上官鼎與武俠小說

在武俠小說發展過程中，家人同心，戮力於武俠創作的拍檔，頗不乏其人，父子後先創作的，有柳殘陽及其父親單于紅；兄弟檔的有蕭逸、古如風及上官鼎，可以說都是武壇佳話。相較於柳氏父子、蕭家兄弟的各別創作，上官鼎兄弟三人合力共創同部作品，而又能水乳交融、難以釐劃的例子，則是迄今武壇上相當罕見的。

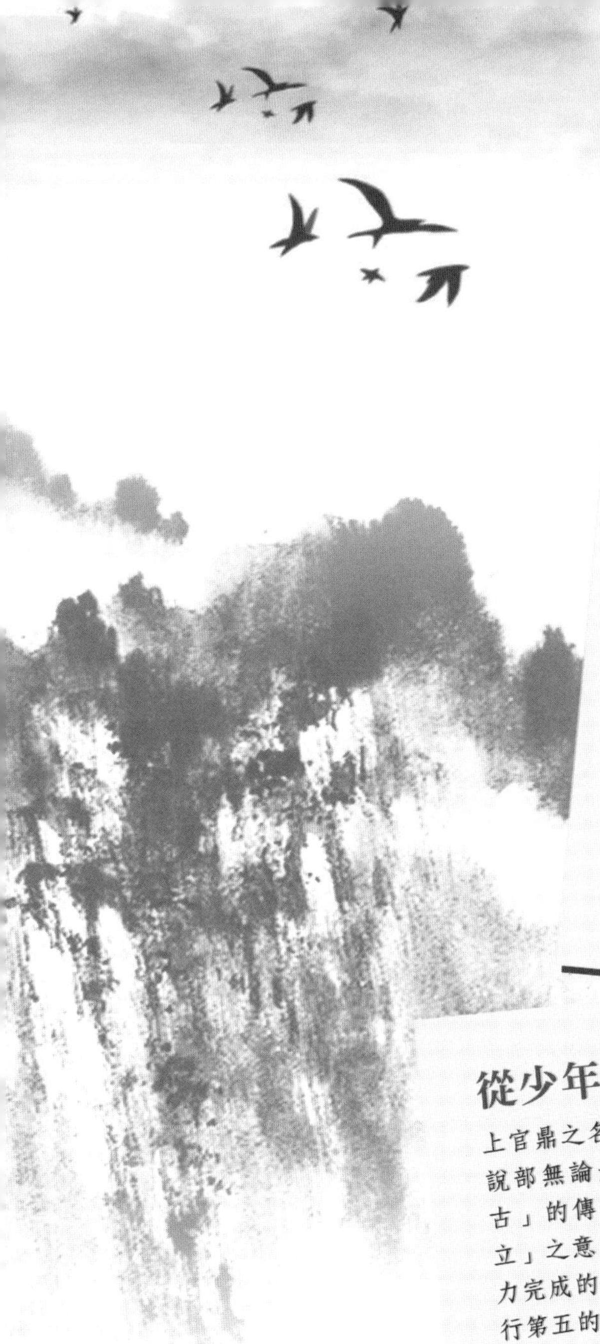

三兄弟協力，鼎取三足之意

上官鼎之名，為兆藜、兆玄、兆凱三兄弟協力共創小說的筆名，鼎取三足之意，大凡故事劇情、人物設定、重要情節，皆三兄弟於課餘閒暇商量討論而定，然後各負責其中章節，大抵兆玄擅於思想、結構，兆藜長於寫男女情感交流，兆凱則優於武打橋段，各有所長。

從少年英豪到調和鼎鼐

上官鼎之名，「上官」複姓源自於武俠說部無論是作者或書中角色刻意「摹古」的傳統；「鼎」字則取「三足鼎立」之意，暗示作品實由劉家三兄弟協力完成的。劉家三兄弟，主其事者為排行第五的劉兆玄。

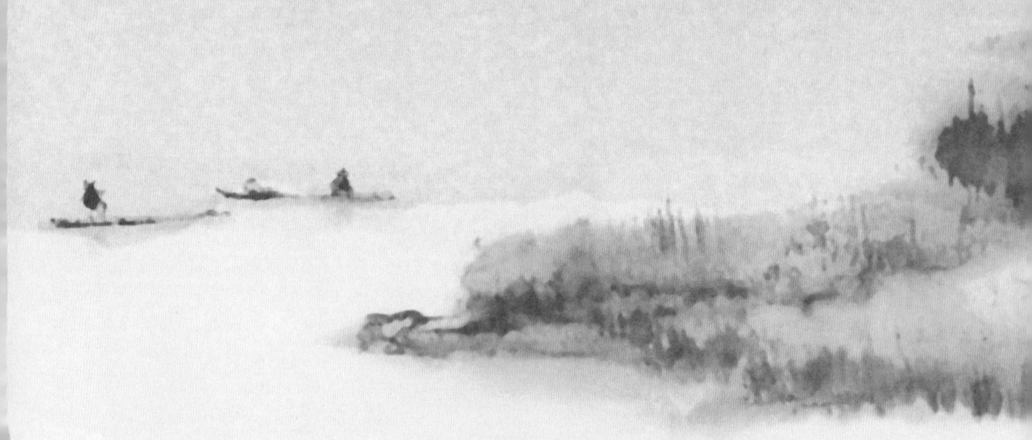

劉兆玄和大多數的武俠作家一樣，
他喜愛武俠文學，
也投入武俠創作的行列，
或者，他只是將武俠視為他的「少年英雄夢」，
而成長之後，還有更重要的夢想該去達成。
上官鼎的「鼎」，尚有「調和鼎鼐」的功能，
與他之後所擔任的職務，或可密合無間了。

林保淳

俠骨關

上官鼎武俠經典復刻版 12

（一）

魅影天下

上官鼎——著

【導讀推薦】

上官鼎的武俠小說

——七步干戈與俠骨關

武俠評論家、師範大學國文系教授
林保淳

在台灣武俠小說發展史上，「上官鼎」是一個很特殊的名字。「上官」複姓，在百家姓中居於「司馬」和「歐陽」之間，並不是常見的姓氏；但卻是武俠小說世界中顯赫的世家，饒具古典、俠義的氣息。寫武俠而以上官為姓，是非常符合武俠小說情味的。

「鼎」是古代用以調和五味的器具，因而有「調和鼎鼐」之說；它也是象徵國家的重寶，相傳大禹聚九州貢金鑄了九個鼎，夏、商、周代代相傳，春秋時期，還引起楚莊王的覬覦，欲問「鼎之輕重大小」。三代的鼎，一般是圓腹、兩耳而三足的，因此我們常說「三足鼎立」——而這顯然是「鼎」的命意所在，劉兆藜、劉兆玄、劉兆凱三兄弟，共用這一筆名，合力撐開了自己一片武俠的天空。空軍將軍劉國運一門六博士，都是學理工出身的，而這隻鼎卻跨越到文學界，兆藜寫男女之情，兆凱寫英雄演武，而文學根柢深厚、文字清新暢達，富於想像、巧於結構的劉兆玄，無疑是最關鍵的一隻腳。

上官鼎的「鼎」，或許在取名時也隱含著對自己未來武俠創作分量的期待。試看那個武俠小說正風起雲湧的時代，一九六〇年，是台灣武俠小說在經歷「暴雨專案」無情的掃蕩後重新轉型出發的重要的一年，前輩作家臥龍生的《玉釵盟》正開始展現膾炙人口的魅力、司馬翎的《劍神傳》逐漸模塑著一代大俠石軒中、諸葛青雲的《一劍光寒十四州》持續著白馬青衫江湖行；而一代奇才古龍，則從《蒼穹神劍》到《孤星傳》，聲譽鵲起，英風俠影，縱橫於武林之中。此時，上官鼎的《蘆野俠蹤》，也不甘寂寞的以新秀姿態，在江湖中留下了身影與蹤跡。面對著前輩、頡頏著同儕，這時的劉兆玄，年方十八，還是師大附中高三的學生，少年英銳如斯，如果說沒有武林雄心，沒有自我期許，純粹是「著書只爲稻粱謀」，恐怕也是不可思議的。儘管這隻鼎的輕重大小，尚沒有明確的定論，而且他自己也未必充分意識到，但三劍齊揮，啼聲初試，上官鼎就已經締建了未來武林重鎮的初期架構。

上官鼎與古龍

但真正讓上官鼎樹立旗號，打響知名度的，是他的第二部作品《劍毒梅香》。

《劍毒梅香》（一九六一）原本是古龍與清華出版社簽約所寫的武俠小說，但不知何故，古龍中途輟筆，只寫了前面三集，是劉兆玄自告奮勇，承接而續寫的。據說古龍後來十分懊悔，因爲他對書中以劍術、輕功、掌力、詩、書、畫、色七項絕技傲視天下的「七妙神君」梅山民，太過喜愛了，而此一原是他精心撰造的故事，卻爲上官鼎無心中承繼過去，失去了主導權，不免覺得萬分可惜。古龍在一九六一年的《遊俠錄》中仍念念不忘「七妙神君」，刻意延續梅山民──→辛捷──→丁伶──→石慧的譜系；而後來更索性重寫一部《神君別傳》，以續前緣。

《劍毒梅香》由古龍肇始，卻由上官鼎續完。此書也是上官鼎成名之作，書中敘寫父母慘遭仇人所害的少年辛捷，巧遇武功盡失的七妙神君，學成七藝後，以七妙神君的身分行走江湖，一面尋訪仇蹤，一面代師雪恨，中間經歷了與方少堃、金梅齡及張菁三位少女的情感糾葛，最後奮起抗衡天竺番僧，終成一代大俠的故事。全書故事線索明快清晰，易讀易懂，很合乎通俗的三昧，而其中對情感的描摹較為出色，上一代梅山民因「色藝」而生的糾葛、新一代辛捷因多情導生的波瀾，乃至辛捷與吳凌風友情與感情的衝突，寫來多格外著力。

上官鼎的作品

上官鼎從一九六〇年開始創作，到一九六六年寫完前半部《金刀亭》（後半為偽作），其後遠赴加拿大留學，在這六、七年間，除了前述諸作外，大約完成了《沉沙谷》（一九六一）、《鐵騎令》（一九六一）、《烽原豪俠傳》（一九六二）、《七步干戈》（一九六三）、《俠骨關》（一九六四）等，共九部作品，其他皆屬坊間冒名頂替、魚目混珠的偽濫之作。其中，《七步干戈》是最為人稱道的代表作之一。

《七步干戈》，顧名思義，寫的是兄弟間的衝突與仇怨，這頗讓人立刻聯想到上官鼎也是家有六兄弟。上官鼎家中六兄弟，在大哥劉兆寧領軍下，步調齊一、感情融洽，早已傳爲昆玉美談。劉兆玄對兄弟情誼的眷念，早在《鐵騎令》中就有所展現。《鐵騎令》這部作品，雖向來未受足夠的矚目，但是他唯一一部企圖將武俠與史事結合的作品，在點到爲止的敘事與穿插中，即已具有相當不凡的史識，對秦檜之所以必欲置岳飛於死地，能直指出高宗與徽、欽二帝之間的矛盾。書中以青蝠劍客挑戰「武林十三奇」爲骨幹，而著力描摹十三奇中最富聲望的鐵旗岳家父子五人的事跡，父慈母愛、兄弟同心，各有奇遇；而於岳家芷青、君青、一方、卓方四兄弟的相互扶持友愛，顯然特別眷顧，甚至還以秦檜、秦允兄弟的一場箕荳相煎作了對比。

七步干戈的悲情

《七步干戈》則更進一步，從誤會、衝突到渙然冰釋、醒悟的過程中，凸顯兄弟情誼之難能與可貴。此書表面上以天劍董無奇、地煞董無公及董其心、齊天心兩代的兄弟反目爲主線，但矛頭所指，卻是針對其中挑撥離間、設計陷害他們的禍首「天禽雙座」，強調的反而是血濃於水的家庭父子、兄弟之情。本書更感人的是丐幫諸豪傑的英風浩氣，以及董其心與這些草莽英俠間生死不渝的真摯友情。就在故事的最後，當董家上一代的誤解冰釋時，董其心、齊天心這兩位堂兄弟，眼看著又要爲莊玲這位可愛的女子拔劍相向時，董其心想起了三國曹家兄弟煮豆燃萁的故事，想到了董家兩位老人一世的仇怨，「七步干戈歷史豈能重演」？他毅然決然的就做了退讓。儘管這樣的退讓說服力明顯不足，且不免令人質疑，但卻深刻透顯了這部小說的主題。

俠骨關的魅影與浩氣

《俠骨關》其實是一部主題與《七步干戈》迥然不同、情節亦完全獨立發展的作品。但這部作品也深具悲劇俠情的意涵，並對《七步干戈》中主角董其心、董天心的後代如何涉入波譎雲詭的江湖變故，作了出人意料的鋪陳與表述，因而創作精神上有脈絡相連之處。

事實上，在《俠骨關》故事開始的時候，當年幾度瀕臨發生鬩牆火併的董其心、董天心，早已言歸於好，且相偕隱遁海外，被武林後輩尊稱為「東海雙仙」，只偶爾如神龍見首不見尾般的驚鴻一現。

然而，在天下騷動、群魔亂舞的時代，連他們都不免被孫兒女輩的危難所牽動，而不得不重入江湖；則新一代的少壯英俠如白鐵軍、錢冰等，動輒面臨千迴百折、險死還生的磨難，自屬勢所必至。

本書以明朝中葉的土木堡事變為背景，以武林中正邪各方頂級高人的恩怨情仇為布局敘事的主線；而貫穿其間的，一是顛覆朝廷的大陰謀，如何逐步被追究和揭曉；一是少壯世代在成長過程中如何逐步建立自己的信念和風格，又如何面對世事滄桑、情感變幻的人生真相。也正因此，悲劇俠情的況味，可謂呼之欲出。（編按：本小節為編者所加撰）

劉兆玄大抵志也不在成爲一個作家，和大多數的武俠作家一樣，他喜愛武俠文學，也投入武俠創作的行列，但武俠創作，不是他安身立命之所在，更未必會因此而高抬武俠文學的價值——或者，他只是將武俠視為他的「少年英雄夢」，而成長之後，還有更重要的夢想該去達成。

俠骨關(一) 魅影天下

目錄

楔子　落英塔之戰

黎明前的黑暗，使得荒野中的景物陷在窒息般的空氣中。
寂靜的大地，似乎正在等待著那破曉的第一線光亮。
這荒原像是無邊無際的海洋，無垠的叢林和莽原四處延伸。
狂風吹過，呼嘯之聲有若怒濤澎湃，使這原始的荒原上更增添幾分神秘的氣氛。
這時候，有兩個人正默默地佇立在一個突起的小丘上。
天邊出現微曦，荒原上的景物欲現猶隱，一片混沌。
那兩個人來回走動起來，左邊那人停下身，輕聲道：「大哥，天快亮了。」
右邊那人也停下腳步，抬眼望了望天邊，應道：「大約就要來了。」
左邊那人忽然輕嘆一聲，道：「唉！說也奇怪，自從五年前咱們兄弟倆在點蒼山上祖師爺前正式封了劍，五年來咱們兄弟沒動過一次傢伙，但是每天的時間仍都耗在研究劍道上，是以小弟自思劍上功夫決不致退步，但是……」
右邊那人打斷道：「但是什麼？」

左邊那人又嘆了一口氣，道：「但是這次咱們重執長劍再入江湖，小弟我竟隱隱約約感到心寒膽顫之意……」他說到這裡停了一下，又道：「唉，大哥，小弟是太沒出息了。」

右邊那人道：「二弟，不瞞你說，為兄的這陣子也感到有點心寒，這並不是咱們沒出息，實在是今日這個局面太叫人震驚了。」

左邊那人道：「大哥說得不錯，咱們封劍後久不問江湖事，試想若是在五年前，便是玉皇大帝要來，咱們也不會有一絲一毫的恐懼之情呀！」

右邊那人沒有答話。

只見他微一揮手，叮然聲響，一道寒森森的白光飛起，他手中已握著長劍。

他輕輕彈弄著手中長劍，過了一會才仰首道：「兄弟，瞧，太陽快出來了。」

左邊那人點了點頭，微弱的晨曦照在他臉上，看得出他清癯的臉上全是緊張神色。

他望著大哥手上那寒光閃爍的長劍，低聲道：「大哥，你說……你說……」

右邊那人抬眼道：「說什麼？」

左邊那人像是費了很大的力氣才說出來。

「你說那姓左的真能闖過前兩關到咱們這兒來麼？」

右邊那人搖了搖頭道：「二弟，你說呢？」

左邊那人道：「這實在是叫人難以斷言，風臨渡第一關，那姓左的便要碰上『八面金刀』駱老鏢頭，我似乎還沒有聽說過有人能在『八面金刀』手下走過百招而不敗的，難道駱老爺子會輸給他？」

右邊那人道：「話不是這麼說，『八面金刀』雖是當今世上數一數二的刀法名家，可是那姓左的功力更深不可測，試想十年前『川東雙煞』的事……」

左邊那人點頭道：「不錯，咱們雖沒見過『川東雙煞』，可是昔年他們的師父『七指婆婆』咱們可不陌生，她那一身黑砂神掌委實是神鬼莫測，『七指婆婆』死後，『川東雙煞』既是黑砂門唯一的衣缽傳人，那功力自是不差。」

右邊那人接道：「是呀，姓左的既能在走千招之上，連廢雙煞花老大的一臂、花老二的一腿，那麼姓左的厲害也就可想而知了。」

左邊那人道：「就算他闖過了駱老爺子的金刀，我還是不信他能再過得了『神拳無敵』簡青的一雙鐵拳。」

右邊那人點了點頭道：「雖然當時說好，那駱老爺子和簡大俠守前兩關，消耗姓左的內力，由咱們哥倆逼他使用那最耗心神的『七傷』拳力，那麼即使他又闖過咱們這一關，也將力盡而成廢人，那時在咱們後面的武當掌門天玄道長便可痛下殺手！」

他一口氣說到這裡，口中雖如此說，面上顏色卻絲毫未變。

事實上，他心中恐懼之念並未因有如此周密的預謀而有所減輕。

左面那人吶吶接口道：「大……大哥，萬一姓左的真闖了過來，他的『七傷』掌力，你別硬碰，由小弟去試試！」

右面那人面色一沉，大聲道：「二弟，你這是什麼意思？」

左面那人道：「等會兒一上來，咱們雙劍連環，我估計他姓左的就算是神仙，也不得不在十招之內施發『七傷』拳和咱們拚個同歸於盡。」

右面那人忽然一聲長笑，打斷了他的話。

他笑聲乃是含勁而發，傳出好遠，好一會才道：「十招？二弟，可不是我自吹自擂，想當年，甭說咱們雙劍並施，就是你我一人一劍，天下有人能在劍下走出十招的恐怕屈指可數！」

左邊那人道：「所以我說，大哥，你號稱天下第一劍，咱們點蒼一脈現在正值青黃不接之際，日後點蒼一門存續，你關係重大，那『七傷』拳力據說無堅不摧，等會……等會你千萬別出勁，由我去一試，不成也就罷了！」

右邊那人雙目直視左邊那漢子，他心中如何不知他二弟的話句句有理。但這話被他二弟如此直接道出，心中百感交集，真不如說些什麼是好。

沉默，兩人併肩而立，右邊那人不時拂弄劍柄上的穗絲，這時旭日初升。

良久，左邊那人似乎忽然想起什麼事。

他脫口問道：「大哥，姓左的本事咱們可從未親見，全是耳聞而已，若他真有如此功力，那就算絕跡近卅年的那幾個高人，也不見得能勝過他？」

右邊那人似乎陡然吃了一驚，不由自主地退後了一步。

他面上神色一變，沉聲說道：「你……你說東海三仙、南北雙魏及那鬼影子？別胡說，他們早不在人世了！」

左邊那人點點頭道：「但是除了那些人外，小弟可真不能相信，武林中還有這等高人！」

右邊那人口角一動，正要開口說些什麼。驀然兩人臉色一沉，晨風微揚處，傳來一陣步履之聲。兩人互望了一眼，剎那兩人立將真氣歸元守一，微微貫注四肢，一齊轉過身來。

只見小丘右首處站著一個年約六旬的老人。一襲灰布衣衫，靜立不動，在晨光之中顯出一種蒼勁的氣質。兩人倒吸一口氣，右邊那人突然哈哈仰天大笑起來，只聽那笑聲之中竟微微有一絲抖顫的音調。

好一會兒，他止住笑聲，拱手問道：「可是左老先生？」

那老者回禮道：「老朽左白秋，兩位壯士請了。」

右邊那人頷首道：「在下卓大江，這位是敝師弟何子方。」

左白秋面上神色不變，頷首不語。

卓大江沉吟了一會道：「在下兄弟倆在這裡等候左老先生好久了！」

左白秋雙眉一皺道：「呵，原來你們是一路的？方才那兩仗可把老朽打慘了，糊里糊塗，不知你們為何要阻止老朽？」

卓大江面色一變，沉聲道：「咱們真人面前不說假話，左老先生，敢問你懷中之物可否借在下一觀？」

左白秋面色微變道：「什麼懷中之物？方才那兩個老頭也曾如此相問老朽，可能是其中有誤會？」

卓大江和何子方一齊沉聲道：「左老先生不必隱瞞，咱們今日是志在必得，否則不出一年，武林中定是腥風血雨……」

左白秋面色又是一變，哼道：「兩位既如此說，老朽不言也罷。」

卓大江冷笑道：「久聞左老先生功力蓋世，十年前『川東雙煞』之戰也還罷了，今日竟連過『八面金刀』、『神拳無敵』……」

左白秋冷冷一哼，插口道：「老朽不願佔人便宜，駱老鏢頭相攔，老朽拚著挨了他一記刀風，在三百招上叫他金刀撤手，只能算是扯平，那神拳無敵一關，老朽和他連對十五掌，他自動收拳而退，老朽也不能算是勝過他。」

卓大江和何子方兩人相對駭然。

左白秋冷冷一哼道：「卓大俠號稱天下第一劍，點蒼連環雙劍的威名歷久不衰，老朽能得機領教，真是三生有幸。咱們廢話少說，兩位請吧。」

卓大江怒笑一聲道：「姓左的，卓某稱你一聲老先生是尊你年高，你若是自恃功夫，助紂為虐，哼哼，卓某手中長劍可不認人。」

左白秋仰天大笑道：「好說，好說，今日之事，咱們不論誰對誰錯，只有在功夫上一見上下。」

卓大江長笑一聲，右手一動，「鏘」的一聲長劍抖彈而出。

霎時寒光大作，卓大江鐵腕一振，漫天劍影，長劍已橫胸而立。

單看這出劍的威勢，卓大江劍上的造詣便可見一斑。

左白秋面色微變，他似乎料不到卓大江劍上功力如此深厚。

「鏘」的又是一聲，何子方長劍也自出手。

卓大江冷冷一笑，道：「卓某兄弟封劍五年，今日為武林蒼生，不得不破誓重出……」

左白秋似乎想開口插言，但又哈哈一笑忍住不語。

卓大江左手拇、食兩指拈著劍尖，微微用力一壓，長劍曲成弧形，冷然道：「如此，姓左的，咱們得罪了。」

他知道此刻左白秋雖連過兩關，但內力消耗極巨，是以不再多說，立刻準備出劍。

何子方身形一掠，輕輕飄到左前方。卓大江長嘯一聲，一彈長劍，陡然破空刺出。「嗚」的一聲怪響。卓大江手中的長劍一閃而出，去勢之疾，勁道之足，簡直令人難以揣度。左白秋驟然之間面目失色，他長吸一口真氣，緩緩封出一掌。

卓大江劍走中宮，劍身顫抖不歇，嗡嗡聲中，陡然一沉，一式「寒江垂釣」反挑而上。他這一劍刺出，連變三式，靈巧之中又挾有極深厚的內家真力，陰陽相濟，威力更加雄渾。

左白秋雙掌隨著劍式上下翻飛，內力綿綿吐出。

剎那間何子方長劍一撩，一劍彈出。

點蒼雙劍自成名以來，就從未雙劍同戰，這時雙劍齊出，只聽到劍嘯之聲呼呼不絕，劍光霍霍繞體生寒，威勢之強簡直駭人。

左白秋似也萬料不到對方雙劍功力如此深厚，加之他內力消耗甚多，不敢全力搶攻，只有節節敗退。

卓大江不愧號稱「天下第一劍」，那柄長劍在他的手中，有時重如巨鎚，有時輕如枯葉，有時硬如金玉，有時柔如長鞭，劍光閃閃，將左白秋團團困住。

那何子方在一旁發劍，劍劍不離左白秋要害，劍式之快之狠似猶在卓大江之上。左白秋連退三步，避過三招，大吼道：「果然名不虛傳！」

卓大江冷冷一哼道：「你能在雙劍中走出十招，卓某立刻折劍認輸。」

左白秋面上神色一沉，頷下白鬚根根倒立，冷笑一聲道：「衝著你這句話，老朽無論有多少解釋，都要在十招之後請教。」

卓大江仰天大笑道：「你自認七傷拳力天下無雙，但七傷拳力一出……」

左白秋冷冷接口道：「不勞卓大俠費心，接招吧！」

他此時話落人到，一反只守不攻的局面，雙掌一錯，罩向卓大江手中劍式。

卓大江唰唰兩劍挑出，卻覺劍上承受一股無形之力，重如山嶽，招式竟然遞之不出，駭然驚呼，仰天一翻，退出五步。

就在這最緊要的關頭，左方的何子方絲毫不亂，穩穩地對著左老先生發了兩劍。

左白秋只覺整個左方全是密密一片劍網，對方只隨手兩劍就如此地嚴密，而且劍影之中蓄勁豐沛，隨時都有反震而出的可能，以他這等功力，心中也不由得暗暗讚嘆點蒼劍術之精湛。

他不得不收回直攻向前的氣勁向左一封，側身避過，而這一剎那卓大江身形已然騰空而起，足足躍起三丈多高，劍式一凝，直劈而下。

左白秋仰目一看，只見那劍式威猛，劍光森然，被旭日映照，射出刺目的白光，整個頭頂全是一片劍影，劍風尚未及體，全身衣衫已片片揚起。

幾乎在同一時刻，何子方身形忽然躍起，剎那間卓、何兩人一上一下交相斜掠，兩道匹練似的劍光在長劍叮然一觸，「嗤」地彈開！

左白秋突然狂吼一聲，他深知這一式「上下交征」乃是劍術中最絕頂的功夫，他猛吸一口真氣，忽覺胸前一窒，暗呼不好，真力已消耗過多，萬不足硬拚此式。

說時遲，那時快，兩劍在空中一觸即分，化作兩道弧形，一左一右夾攻而下。

左白秋面上汗珠陡現，他當機立斷，猛然仰天一翻，雙足釘立，疾向右一個轉身。

這一剎那間，卓、何兩人已各自戳出十餘劍之多，劍光有如長浪般裂岸疾湧。

只聞「呼」的一聲，左白秋竟在這千鈞一髮中，一轉身避過劍網，倉促間身形立足不穩，一連向右方衝出好幾步，「嗤」的一聲，衣襟衣袂處仍被刺破兩道口子！

卓大江一振鐵腕，收劍而立，面上寒如冰雪，他簡直不敢相信左白秋是如何逃出劍網的。在他估計之中，左白秋唯一的辦法，便是使出「七傷」拳力硬拚，那時他們便達成任務，豈料左白秋竟未硬拚而仍能脫身而出，看來這左白秋的功夫真到了令人難測的地步！

左白秋大大喘了兩口氣，冷冷道：「第八招了！」

他左手拂著衣袂的破口處，右手不停顫抖，面上陡然掠過一絲殺氣，方才僅差一線便死在對方雙劍之下，這一口怨氣，縱使他有再好的涵養也嚥之不下。

卓大江冷冷道：「左老先生的功夫，卓某是心悅誠服，方才那一式輕身功夫，卓某見之未見，自認不如，但此事有關武林蒼生，卓某不得不厚顏再試二招！」

左白秋見他口口聲聲有關天下武林，實想開口相詢，但此時他滿腔怒火，殺機高熾，仰天大笑道：「點蒼雙劍號稱天下第一，老夫今日不叫你們劍折人傷，任隨你們處置。」

卓大江緩緩舉起長劍，沉聲道：「廢話少說，你出招吧！」

左白秋雙掌一錯，對著卓大江發出了輕飄飄的一掌。

這一掌看似半分力道也無，但是對面那天下第一的劍術高手，卻已面露無比緊張之色。

卓大江大喝一聲：「二弟，鳳凰飛翅！」

那何子方劍出如風，端的是一等一的劍術身手，只見他劍尖向左挑出，灑出一片銀光閃閃的劍雨來，挾帶著一股嗚嗚怪嘯，其聲勢真是駭人到極點。

卓大江身飄如電，只見他輕輕鬆鬆遞出長劍，但是劍氣渾厚凌厲，顯然已達到登峰造極的地步，點蒼這位不世的劍術高手真不愧了「天下第一」這四個字。

左白秋雙目圓睜，他也是第一次見到這等神乎其技的劍招。

他雙掌一沉一揚之間，突然運起一股怪異無比的吸力。

卓大江一見他吐掌之狀，心中猛然驚覺，大喝道：「百步追魂！二弟留神！」

何子方大吃一驚，立刻他已感到劍上受到強烈吸力，這時他那點蒼名招「鳳凰飛翅」正施到一半之際，只見他長嘯一聲，劍走偏鋒，正迎著卓大江揮來的一劍，「叮」的一聲交擊，左白秋的掌勢竟然爲之一挫。

卓大江劍勢一轉，在那電光火石的一刹那間，反彈出了一劍，他口中默念：「第十招！」

左白秋在心中暗自稱絕，能在這等情勢下輕鬆揮灑反客爲主，卓大江的功力真稱得上爐火純青了。

他心想一招立見勝負的時刻已至，要想拖延都沒辦法，只見他的身形暴旋，起初還有幾分九宮神步的章法，到了三個轉身之後，身形忽然之間一片模糊，速度驚人，使得這一對點蒼名手相顧駭然！

說時遲，那時快，只聽得尖嘯之聲驟然昇起，直要震破耳膜，緊接著嗚嗚然一片陰風與起，方圓十丈之內，飛砂走石，天昏地暗，左白秋已發出了七傷神拳！

只見劍光一盛一斂，接著嘯聲嗚響全部停止，左白秋飄然退到五丈之外，他臉上的神色呈現異常的酡紅，而五丈外的點蒼高手卻只剩下了一個。

卓大江手中橫握長劍，何子方倒臥在他腳邊。

他俯下身去摸了摸何子方的胸口，喃喃道：「二弟，你幹麼要搶在我前面去強接那一掌七傷神拳？你這是何苦呢？」

何子方忽然睜開眼道：「大哥，我不行了……記住輔助三弟……咱們點蒼……」

說到這裡，何子方已經闔上雙眼。

卓大江叫道：「二弟，二弟……醒醒啊……」

正在這時，啪的一聲，一個小油紙包落在卓大江的腳前。

卓大江抬起頭來，只見五丈外的左白秋揚了揚手道：「這是九陽還魂散，天下治療內傷的藥品沒有比這種更好的，令師弟死不了的！」

卓大江一聽到「九陽還魂散」五個字，不禁驚喜得呆住了。

在武林傳說之中，這「九陽還魂散」比靈芝仙草還要神妙，據說天下能配製此藥的只有八十年前的南極藥仙謝傲。

謝傲一生只配製了一百顆這種仙藥，他在五十年前神秘失蹤後，這治傷神藥就成了絕方，世上有的就只是那一百顆，幾十年來，誰人發現一顆這種神藥，往往要造成極大的搶奪廝殺，是以卓大江一聽到這五個字，不禁喜得呆住了。

他低頭向地上望去，只見一個密密包裹的油紙包，他慌忙地從中掏出一顆豆大的鮮紅藥丸，塞入何子方的口中，心中頓時放下了一塊萬斤巨石。

他抬起頭來，打量著正向他走來的左白秋。

左白秋走到他半丈之前，停下了腳步，沒有說話，只是默默地凝視著卓大江。

卓大江說不出心中是什麼滋味，對面這個武林中最高深莫測的神秘人物，天下沒有一個人能說出他的來歷，更沒有一個人知道他的功力究竟有多深。

卓大江默想道：「爲了整個武林的命運，我必須不擇手段地毀了此人，但是咱們一而再地埋伏圍攻於他之餘，他竟還把天下至寶的九陽還魂散送給咱們，我還能眼看著他去送死嗎？」

左白秋忽然開口一字一字地道：「卓大江，你不愧爲天下第一劍！老朽服了！」

卓大江輕輕抖了抖手中長劍，他想說出武當的天玄道長已在三里之外等候著左白秋，準備痛下殺手，但是身爲武林俠士的正義之心阻止了他，於是他無言地低下了頭。

左白秋沒有再說話，調轉頭大步飛縱而去。

卓大江幾次想叫他留步，但是又拚命地忍住了，他喃喃對自己說：「若是不阻止住他，從此天下武林的大劫就要來臨了，我卓大江寧做一個無義之人，豈能因一念之差，而壞了天下大事？」

他低頭看了看地上躺著的何子方，何子方的臉色一絲絲地轉紅潤起來，他想到左白秋把那天下至寶的九陽還魂散擲將過來的時候，真是一擲萬金而面無吝色，他不禁想得呆了，抬眼望，旭日東升。

卓大江滿腹煩惱，抖手將長劍擲出，嗚的一聲插在十丈外的大樹幹上。

迎著上升的旭日，左白秋拖著元氣大傷的身體在原野上奔著，他的速度雖仍像是支滿蓄強勁的疾矢，實則他的內力是消耗得太大了。

堪堪翻過了一個丘頭，一座灰色的石塔尖出現在眼前，在朝霞之中，陣陣金光卻掩不住那古老的濃灰顏色，令人看了自然而然的生出一種嚴穆憂鬱的感覺。

左白秋的足步突然停止下來，他的面孔下出現了一種從未有過的激動表情，雙目注視著那高聳的建築物，口中喃喃唸道：「落英塔，落英塔！」

他緩緩啓動足步，筆直向那石塔行去，一步步來到塔前，那塔底一扇沉重的木門深閉，左白秋伸起左手一推，呀然一聲，大門應手而開。

突然他怔了一怔，迎面的一條石級上清潔異常，分明是經常有人打掃。

他四下略一打望，見左方地上端端正正放置著一個白色絹袋，那絹袋用紅線繫著袋口，絹上有黑線繡的四個字。

左白秋上前一步，那白絹上四個黑字清清楚楚地映入眼簾，只見繡著「天下第一」四個字。

左白秋呆了一呆，望著那四個字，嘴角突然浮起一絲冷冷的笑容，喃喃自語道：「莫非是我來遲了？」

突然他面色微變，身形一掠，呼地穿出塔門，又來到門外，只見左方五丈開外站著個道人，一襲青色道袍，背上斜插長劍，面貌古樸。

左白秋暗暗喘了一口氣，那無堅不摧的「七傷拳」已耗去他全身真力，幾乎連目力都有些模糊起來。

那古樸的道人面色沉重已極，他微一稽首，沉聲說道：「人稱左老施主百年奇傑，神龍難見，貧道的是心悅誠服。」

左白秋微微笑道：「過獎，過獎，道長……」

道人單掌微揚，沉聲答道：「貧道天玄。」

左白秋驚了一驚，道：「原來是武當掌教。」

天玄道長面寒如冰，沉聲道：「施主能破駱金刀、接簡神拳，貧道乃敢斷言，當今舉目武林，唯君猶尊……」

左白秋卻驚嘆道：「原來道長也是他們一路的，奇怪，奇怪……」

他突然住口不語。

天玄道長冷冷地道：「施主竟能在惡戰之餘，突破點蒼蓋世神劍，簡直功參造化，但卻甘願助紂為虐……」

左白秋的臉色大變，冷笑道：「這句話老朽今日已聽過多遍，道長自認天下武林之尊，不想竟是這等……這等……」

天玄道長冷笑道：「左施主也許認爲咱們數人手段有欠光明，以重重關卡攔截閣下，但此乃有關天下武林興廢，閣下功力不可測度，咱們也不得不如此。」

左白秋似乎沒有聽見他的後半段話，只是恍然啊了一聲道：「難怪那天下第一劍拚死逼老夫發拳同歸於盡……」

天玄道長嘆了一口氣，道：「貧道無緣見天下奇功七傷拳的是遺憾，但施主即使是活神仙，也非得力盡不可！」

左白秋突然感到一陣激奮，他雙目之中神光暴射，冷聲道：「天玄，你把守的是第幾關？」

天玄道長頷下白髯簌動，雙目精光閃爍，冷冷道：「施主還闖得過這一關嗎？」

左白秋只覺一股極其憤怒的情緒充滿胸中，但是體內的真力卻再也提不起來，他狠狠地注視著天玄道人，一字一字道：「天玄，你不要後悔！」

天玄道長仰天狂笑道：「義無反顧！」

左白秋氣極大吼道：「放屁！」

天玄面色一寒，陡然一朵紅雲閃上額際。

左白秋大爲震驚，忍不住脫口道：「暗香掠影！」

天玄道長右掌一沉，一股氣勁應手而發，寬大的道袍上立刻隱現千百條皺紋。

掌力及身，左白秋身形一顫，仰天倒在地上！

天玄道人呆了一呆，忽然仰天大笑起來，那笑聲之中微微帶著顫抖，好像是極度緊張後的鬆弛。

他俯下身來，望著左白秋，左白秋靜靜的躺在地上，一動也不動了！

天玄道人的目光慢慢從他身上收回來，轉到那尖聳入雲的高塔！

忽然左白秋的身體微微動了一下，只聽他勉強開口低低的一字一字說道：「打遍天下無敵手！」

霎時之間，武當掌門天玄道長好像被人猛擊一拳般全身震動，頂門之上立刻滾下汗珠，他呼地一個反身，凝視那座古舊的高塔，忽然他彷彿想起什麼事，又轉過身來，俯身下去。

他把手伸入左白秋的懷中，摸索了一陣，果然掏出一塊紫色銅牌。

此刻，他全身的道袍都已被汗水浸透了，雙手不停的顫抖著！

天玄道長將那銅牌迅速藏在懷中，身形再也不停，飛掠向十丈外的塔門，來到門前，他停下身形，右手猛地一翻，鏘的一聲，那武當鎮山寶劍已到手中。

他吸了一口真氣，長劍一指，一股強勁的劍氣應手而發，砰一聲將厚木門撞開。

木門一開，只見有個人當門而立。

那人只見木門一開，霎時身形一晃，那速度簡直令人難以相信，一掠而逝。

天玄道長大吼一聲，只聽陣陣回音，再也沒有人蹤！

天玄道長呆呆地站在木門前，那模糊的人影他只隱約分辨出是一個男子，面貌模糊只見一個輪廓，世上竟有這等輕功。

天玄道長呆了半晌，突然震驚起來，忍不住喃喃道：「鬼影子！除非……除非這人就是鬼影子！」

他呆了一呆，踏前兩步，走入塔中，提了一口氣大聲道：「錢施主別來無恙？」

這一聲可是含勁而發，整個塔中都充滿強勁的聲波，卻不見回答！

天玄道人緩步走下塔來，只見塔門口突有人影一閃，連忙掠出一看。

只見一個大漢揹著一個昏迷的人，入眼識得，正是那號稱天下第一劍的卓大江。

那背上揹的人自然是他的師弟何子方了！

卓大江滿面肅然。

天玄道人呆呆地望著他，沉默了好一會兒，才開口道：「錢百鋒不在了！」

卓大江吃了一驚道：「道長，是那……那左老先生……」

天玄道人長嘆一聲道：「天意如此，天意如此，卓大俠，咱們都毀啦！」

卓大江奇異地望著他答不出話來。

天玄道人又道：「方才貧道飛奔入塔，忽見人影一閃，那身法之快，貧道永生難忘，但卻絕不是那錢百鋒的身法，可見這塔中另有其人了……」

卓大江驚嘆了一聲道：「這麼說……」

他話聲一頓，突然伸手一指道：「那……那是什麼，道長？」

天玄道人呼地轉身，只見塔底右方有一個白色絹袋端端正正放在地上，鮮紅的繫帶格外醒目！

那黑線繡著「天下第一」四字，天玄道人悚然後退一步，失聲呼道：「丐幫！」

卓大江的面上也掠過不安駭驚的神色，忽然天玄道長彷彿想起了什麼事，呼地又是一個轉身，只見方圓一里平地，光光坦坦，哪裡還有左白秋躺在地上的身軀？

天玄道長再也說不出話來，「鏘」的一聲，緊握在手中的長劍竟然落在地上，他顫聲道：「他……他也走了！」

卓大江只覺疑雲重重，他駭然望著武當一門之尊天玄道長，吶吶問道：「誰？誰也走了？」

天玄道長呆呆地望著他，忽然仰天長嘯，那嘯聲充滿悲涼、自嘲與駭急。

卓大江只覺心中噗跳，耳邊聽那天玄道長道：「卓大俠，咱們一世名聲已毀，從今起貧道永不再入江湖！」

卓大江驚問道：「道長，這到底是什麼事？」

天玄道長長嘆道：「那左老施主，那左老施主！咱們攔錯了他，因此遺害天下！」

卓大江只覺熱血上湧，雙目圓睜欲裂，那左老先生擲下九陽還魂散的一幕浮上心頭，他顫抖著聲音問道：「什……什麼？他……他是好人？我們費了九牛二虎之力不惜設下重重關卡，竟攔錯了好人……」

天玄道長嘆了一口氣，然後一字一字低聲說道：「打遍天下無敵手。」

卓大江聽了這七個字，只覺眼前一黑，仰天昏厥過去。

一　小鎮風雲

陽光照在古老的小鎮上，兩條交叉的街道反射著金黃色的光亮，街道的兩邊是些不大不小的店舖客棧，小鎮前前後後不過兩里不足，然而一段轟動武林的故事卻從這個鎮上發生起——

鎮中央偏南的街道，有一家不能算大的小客棧，店的斜對門是一家鐵匠舖，店的兩邊隔壁都是雜貨商行，客棧的主人是一個龍鍾的老人，他帶著僅有的一個女兒來到這鎮上已經好多年了，鎮上的人見著他，只要喊一聲葉老爺子，他準會招待進去喝上一兩杯的。

寧靜的日子在這寧靜的小鎮裡平淡地過去，每天有數十上百的旅客經過這小鎮，或宿上一宿，或歇上一餐，但是日子畢竟是平淡的，沒有一樁值得記下的事。

直到那一天——這個故事開始的那一天，情形不同了——

那是個晴朗的日子，葉老頭伸個懶腰把店門推開，忽然陣陣的蹄聲從遠處傳過來。不一會，三五成群的馬隊湧到了鎮中，這批人全都是武林人物打扮，他們有的在酒肆飯店中飽餐一頓，也有的在客棧中過上一夜，但是他們之間有一個共同之點，那就是全都在興高彩烈地談著一個什麼「祁連山劍會」的事，看來這些人全都是趕到祁連山去的。

葉老頭靠在櫃檯上，一面招呼著客人，一面忙著算帳，但是當他一聽到「祁連山劍會」之時，他驀然就愣住了，只見他的臉上流露出一片茫茫然而又奇異的神色，接著是低沉的自語：「啊……又是十年了，華山、武當、少林、崑崙又要赴祁連劍會了，日子過得多麼快啊……華山啊華山！今年的代表劍手不知是誰？」

這時，竹簾一閃，露出一張少女的俏麗臉孔來，嬌甜的嗓子道：「喂，爹爹，快來瞧瞧，大白兔昨天生了四隻小白兔。」

葉老頭微笑著揮揮手道：「梅兒，妳沒看見爹爹忙不過來嗎？」

那少女吐了一下舌頭，只是不到三分鐘，她又伸出頭來問道：「爹，小白兔不吃蘿蔔，拿什麼餵牠好呢？」

葉老頭道：「拿棵小白菜吧！」

他一面回答，一面起身招呼一個中年客商走進店裏來。

那中年商人年約四旬，是對面鐵匠舖中的掌櫃。

葉老頭招呼道：「王掌櫃請坐請坐。」

那王掌櫃欠欠身坐了下來，他喝了兩口酒，忽然道：「這兩天咱們這裡忽然熱鬧起來了。」

葉老頭笑道：「正是，咱們這兒好像從來還不曾這麼熱鬧過。」

王掌櫃道：「貴號生意看來也興隆多了。」

葉老頭笑道：「彼此彼此。」

王掌櫃放低聲音道：「這些過路的客人，不瞞你老說，身上全都帶了傢伙，不少人到咱們店裡訂製兵器，有些兵器簡直奇形怪狀得很，除非他們自己繪一幅圖來做樣子，否則咱們店裡可打造不出來。」

葉老頭淡淡地應了一聲。

王掌櫃道：「所以這兩日咱們舖裡委實忙得緊，便是這刻也是忙裡偷閒開溜出來的。」

他喝完了兩杯酒，站起身來，揮手道：「瞧那邊，又有客人來了，我得回去啦！」

葉老頭送他走出客棧，看著那王掌櫃文弱的未老先衰之態，不禁輕嘆了一聲。

這時，兩個雄赳赳的騎士飛馳而過，與那王掌櫃的背影形成強烈的對比，不知怎的，葉老頭的心中忽然興起一種久已未有的衝動，他自己也不明白到底是爲什麼，只是忽然之間，一種奮起的雄心重回到他蒼老的心田，他在不知不覺間，腰桿自然挺直了起來。

這時候，如果有人注意到他，一定會發現悅賓客棧葉老頭臉上的龍鍾之態，忽然一掃而光了。

他左右瞥視兩側街道一眼，仍有三五成群的英武騎士躍馬而過。街心黃塵飛揚，從那滾滾塵埃中，他似乎又看見了昔日的自己，他喃喃道：「華山，華山，我從華山藝成出山，如今卻成了歸不得華山的人，唉，葉飛雨，你已浪蕩二十年啦……」

他跨過橫街，猛抬頭，只見那悅賓客棧的招牌，斗大的賓字上有一隻麻雀正停在上面拉屎，他見四顧無人，於是從身上那縫線脫落的舊袍上扯下一段線來，沾些口水用手搓成一個小濕線團，只見他微一彈指，那線團如箭矢一般直飛而去，一分不斜的打在那麻雀的頭上。

那麻雀一個倒翻跌了下來，但是一落地又振翼而去了。

葉老頭嘴角帶著微笑，緩步到了臺階前。

這時，客棧裡傳來嬌嫩的嗓聲：「爹爹，您到哪裡去啦？找您半天了。」

葉老頭馬上恢復龍鍾老態，咳了咳才答道：「小梅，我就來啦！」

他緩步走入客棧，然而這時在對面的打鐵舖中，那王掌櫃正伸出半個頭來凝視著葉老頭的背影。

王掌櫃的臉上一片漠然，不知他在想些什麼。

黑夜未盡。

昏黃的油燈，隨著火焰的高低而明暗閃爍，牆壁上也映著跳動不定的陰影。

在房裡的東南角，一張紅木桌上，一支蠟燭供奉著一塊神位，燭火閃爍中，隱約可見那塊神位牌是用最上好的檀木雕成的。

在木桌的前面跪著一個龍鍾的老人，一襲灰布袍在燭光搖曳下尤顯單薄。

這老人跪在神位之前，一會兒抬起頭來望望那神位，一會兒又低下頭喃喃自語，他手中捧著一柄長劍，正用一塊雪白的絹布不斷揩拭著，細看去，正是悅賓客棧的葉老頭。

這時，從屋外走進來一個黃衫少女。

她走到桌前，細聲低語地道：「爹，您怎麼又在傷心了？」

那老人抬起一雙淚眼，望了望那少女。

那少女忽然看見老人手中的長劍，立刻叫了起來：「喲，爹爹，您怎麼又拿出這東西來？」

老人站起身來，把手中的長劍輕輕地放在桌上，對著桌上的神位喃喃道：「胡兄胡兄，你地下有靈，可要助我一臂之力啊！」

那少女挨近身來抓住老人的衣袖，叫道：「爹爹，您不是說過不再用這柄長劍了嗎？爲什麼您又……」

老人轉過頭來，慈祥地注視著那少女，他撫著少女的頭髮，忽然綻開慈藹的微笑，道：「梅兒，妳越長越標緻啦！」

那少女一縮頭，扭身躲進老人的懷裡，嗔道：「爹爹，你胡說。」她伸出手來，指著那柄長劍道：「那柄劍，那柄劍……」

老人的臉色驀然沉了下來，他望著桌上的神位牌，低聲道：「那柄劍嗎？爹爹還要用它一次，最後的一次！」

那少女望著老人，見他那龍鍾的臉上忽然掠過龍騰虎躍般的神采，雖然只是一剎那，但是那神采已足夠令人震懾了，那少女不禁看得呆住了。

老人伸手取回桌上的長劍，插入劍鞘之中，輕輕地藏床底下。

那少女默默看著老人做完了這一切動作，然後道：「爹爹，天已經亮啦，早飯也已做好了，快來吃吧！」

老人應了一聲，慢慢地走出這間寢房。

這時雞啼聲起，黎明正臨。

這父女兩人所開的客棧是一幢大木屋，前面是客棧，最裡面自己居住。

這時葉老頭吃過早飯，剛把店門打開，便坐在櫃檯上等候，不一會兒有客人下來吃早飯了。

忽然之間，街道上傳來陣陣蹄聲，緊接著一陣馬嘶，三個騎士勒馬停在客棧門前。

馬上三人向左右打量了一眼，居中的那人道：「咱們就在這裡先歇歇吧！」

三人跨下馬來，把馬匹拴在樹上，大踏步走了進來。

當先一人一進門便揮手道：「伙計，快來三斤白乾，要燙過的。」

葉老頭躬著腰應了一聲，轉身進去拿酒。

那三人揀了張靠牆的桌子坐下，左邊一個滿面虬髯的漢子噓了一口氣道：「咱們從溪頭上路起，一口氣趕了七八百里路，再不飽灌一次黃湯，簡直就要支持不下去了。」

右邊一個英俊非常的青年十分豪氣地笑道：「大哥總是三句不離酒字，若是讓師父知道了，只怕要立刻趕出門牆哩。」

居中那個白皙瀟灑的青年，看上去似乎在三人中年紀最輕，只有他一直閉著口。

這時，葉老頭拿著酒轉了回來。

左邊那個虬髯漢子搶過來先乾了一大杯，連呼過癮。

右邊那英俊青年也痛飲一杯，道：「從前師父老是說咱們過於狂妄，總拿人外有人、天外有天的話來告誡我們，不錯我承認人外有人、天外有天的話，但是也的確有不少浪得虛名的人，譬如說……」

他才說到這裡，居中的少年插嘴道：「不必譬如啦，我知道二哥你又要吹噓白象崖的那件事啦！」

說著他轉向那虯髯漢子道：「大哥，你憑良心講，咱們聽二哥吹那樁事吹過幾遍了？」

那「二哥」面色一紅，有些不好意思地強自道：「我吹過幾遍是另一個問題，想那武當七子是何等驚世名響的人物，那天在白象崖前，武當七子中的老六清泉子楊濤竟然不敢和我動手，抱劍鼠竄逃去，由此看來，武當七子威名雖大，但其中也不乏膿包人物，咱們大可不必把別人想得太高。」

那虯髯漢又乾了一杯，道：「這次祁連山劍會，聽說武當派的代表就是清泉劍客楊濤哩——」

那「二哥」道：「若是他，怎會是咱們對手？我看多半是武當派故意使的驕兵之計吧。」

虯髯漢道：「二弟，你可別輕看了武當，說實話，咱們崑崙、武當、少林、華山這四派每十年派少年高手一會，已成了武林中眾所周知的事，十年前祁連劍會我是目睹的，武當銀鬚道長在千招上突破崑崙派第一高手『紅拂手』時，那威力真稱得上驚天動地，豈是浪得虛名的？」

葉老頭靠著櫃檯在閉目養神，似乎全然沒有聽他們談話的意思。

但是虯髯漢說到這裡時，他忽然睜開了雙眼，兩道精光一閃而出。

他喃喃地道：「這三人的口氣，既不是崑崙、武當，又不是和尚，那必是華山了，啊……華山……啊……華山……」

他說到「華山」兩字，忽然面上流露出異常激動之色。

但是那只是一刹那之間，立刻他又恢復了寧靜，閉上了兩眼在那裡「養神」。

那邊三人還在繼續談著。

居中那白皙的少年說道：「武當的且不管他，只是崑崙派便教人夠寒的了，這次崑崙的代表必是年僅十七的諸葛膽，聽說他三個月前曾劍敗秦嶺雙怪，如果傳說是實的話，我可沒有把握能勝過他。」

虬髯漢道：「三弟你也不必長他人威風，你是咱們這一代中最天才的劍手，師父要你來參加，就有他的道理在，若論功力，雖則愚兄可能高一些，可是這祁連劍會乃是劍道與智慧結合的決鬥，你豈能妄自菲薄？」

葉老頭這時候忽然抬起頭來瞟了那居中的白皙少年一眼。

只見坐在右面英俊的青年叫道：「正是，大哥說的有理，依我看來，崑崙的諸葛膽縱使高強，我就不信十七歲的娃兒能強到那裡去，武當的膿包更不必談了，少林寺這十年來還不曾聽說過有什麼少年高手，三弟，我瞧你是贏定了。」

他話才說完，忽然一個清越的嗓音響道：「大師兄，我好像聽到有人在說武當膿包哩。」

眾人都大吃了一驚，齊向門口看去，只見店門口不知什麼時候已站了兩個道人。

左邊的一個面目清癯，年約三旬，右面的一個卻是書生典型的青年道士。

虬髯漢子低聲道：「二弟你又惹禍了。」

只聽那左邊的道士轉首道：「師弟，膿包不膿包單憑講講算得了什麼?祁連山上用劍真碰兩下就知道啦。」
右面的青年道士道：「一點也不錯。」
他們兩人說著就走了進來，要了一桶稀飯，幾個饅頭，就吃起來了。
那牆邊坐著的三人不斷地向這邊打量，坐在右邊那「二哥」哼了一聲道：「愈是大門戶裡，愈容易出些浪得虛名的寶貝，平日仗著師門金字招牌，招搖撞騙，真正遇上對手的時候，就夾著尾……」
虯鬚漢子在桌下踩了他一下，禁止他再說下去。
然而那邊桌上的青年道士已經聽清楚了，他把手中一個饅頭一小塊一小塊地扯碎了，猛一彈指，那一小塊一小塊的饅頭射箭一般疾飛而出，一塊接著一塊。
奇的是那道士的對面板壁上立刻現出一行字來：「狂言者由何處來？」
這行字全是碎點饅頭連綴而成。
饅頭乃是軟不著力之物，這年輕道士但憑彈指之力，竟能將之牢釘板壁上，那份內力之強，真是驚人之至了。
只見那牆角處的「二哥」呼的一聲站了起來，大笑道：「不才華山于方，請教道長稱呼——」
那左邊的道長站了起來，對著于方稽首道：「不敢不敢，貧道姓華。」
那虯鬚漢子霍地站了起來，拱手道：「原來是武當七子之首，白楊真人華道長到了，敝人華山施一虹，這是敝師弟孫富庭——」
他望著那青年道士。

青年道士轉過臉來，稽首道：「貧道姓馬，俗字九淵。」

虯鬚漢子道：「原來是馬三真人，失敬失敬。」

那于方故意皺著眉，大剌剌地向虯鬚漢子道：「聽說馬真人是從前西北道上馬回回的後人，不知是真是假？」

虯鬚漢子要想阻攔，已是不及。

只見那青年道士雙眉一挑，斜睨著于方道：「但願青萍劍客于方先生的劍術也和他的口舌一樣犀利。」

于方正要說話，虯鬚漢施一虹忙搶著道：「兩位道長想必也是去祁連山的，不知貴派此次劍會的代表是二位中的那一位？」

華道長道：「施兄誤會了，武當此次的代表乃是貧道六師弟。」

華山派居中的孫富庭上前一步，拱手道：「清泉真人楊濤？」

華道長點頭微笑，道：「不敢，楊師弟年方弱冠，怎擔當得起真人二字。」

那于方忽然呵呵大笑起來。

青年道士馬九淵道：「何事可笑？」

于方笑道：「武當山乃天下武林正宗，今年怎派這麼一個弟子參加祁連劍會？」

馬九淵冷笑道：「有關祁連劍會的事，最好到祁連山用劍比劃過後再談。」

于方笑道：「若是到了祁連山上，貴派的清泉真人再來個不戰而退，貴派的面子往那放？」

馬九淵哼了一聲，向前大跨一步。

華道長微一揮手止住了他，然後道：「如此說來，貴派代表必是于施主了。」

孫富庭拱手道：「不敢，是區區在下。」

那櫃檯上的老人不停打量著孫富庭，有時甚至目不轉睛，似乎這個年輕瀟灑的華山劍手令他勾起另一件往事來。

華道長看了孫富庭兩眼，然後說道：「孫施主年輕有為，想來這次少年劍術大會，必是孫施主獨佔鰲頭了！」

華山派三人都不由一怔。

孫富庭吶吶道：「華真人過獎了！」

華道長微微一笑，道：「敝派的代表原決定是貧道六師弟，但這都是過去的決定了！」

華山派三人一齊驚問道：「什麼？」

華道長點了點頭，道：「家師已封劍，敝派不準備爭強爭勝了！」

華山派三人一齊驚的站了起來。

那武當掌教天玄道人盛名天下，竟然宣布封劍，這的確不是一件尋常的事情。

華道長笑了一笑，又道：「貧道本來想到祁連山宣布此事，湊巧在這兒遇上了三位，就煩三位代言一聲……」

那于方冷哼一聲，卻也不便多言。

這時華道長臉色陡然一沉，聲調轉沉道：「這件事先說明白，至於那年在白象崖的事……」
于方冷笑一聲道：「如何？」
華道長忽然轉過頭來，問那馬九淵道：「三弟，為兄的功力如何？」
馬九淵呆了一呆，但他本是十分伶俐之人，即刻接口道：「較之于施主，想是高出不少！」
于方大怒，冷笑連聲。
華道長卻正色又問道：「那六弟的功力較之為兄如何？」
馬九淵故意沉吟一下，才道：「確在伯仲之間，要分勝負也得在五百招之後。」
華道長點了點頭道：「是了，如此看來，這位于施主必非六弟敵手了！」
于方冷笑一聲，驀然提氣大吼道：「住嘴！」
華道長冷笑一聲，道：「這幾年來，于施主一定將這件事情說了不少遍了，可笑你卻不明白貧道六師弟忍讓的美德！」
他這句話可真擊著痛處，于方只覺羞憤齊發，大吼一聲，右手一閃，鏘的一聲，只見寒光一顫，他竟動起真怒來。
華道長冷一哼，陡然右手一橫，也不見他招式如何，只見寒光陡然一斂，「啪！」的一聲，于方手中長劍劍尖竟被華道長右手食拇兩指牢牢夾住。
這一個照面便見出武當七子之首果然功力深不可測，于方呆了一呆，內力陡發，那劍身抖動不休，卻始終奪之不回！

華道長冷然笑道：「貧道六師弟不出手則已，一出手必然有驚人之舉，比于施主要高明多了！」

于方臉上青一陣、白一陣，其他二個華山門人說什麼也不好意思上前相助，只能在一旁暗暗著急。

那華道長惱怒那于方口出狂言不休，內力連催。

于方不但不能奪回長劍，而且還感到手中壓力漸增，有一種握不住劍柄的感覺，眼看長劍就要脫手。

局勢僵持不下，看來華山派的名聲注定一敗塗地，這時忽然店外走進一個人來。

那人年約四旬，也是一副商人打扮，他看見這個情形不由一怔，但仍然走了進來，輕聲對在一旁的老人道：「葉老先生……」

葉老頭瞥了這人一眼，口中應道：「王老弟快莫走近！」

那姓王的正是對面鐵匠舖的掌櫃，他止住足步，望了望場中兩人，那葉老頭此時似乎很著急的模樣，王掌櫃又望了望葉老頭兒，只見那葉老頭突然右手微晃，他看了一眼，默不作聲。

忽然之間，只聽場中喀的一聲，于方手中長劍自尖端而斷，于方窘勢立解。

那華道長似乎呆了一呆，回過首來望了望，只見王掌櫃呆如木雞，那葉老闆面色沉沉，絲毫看不出跡象來。

于方似乎也不明白自己絕望之勢如何陡然消除。

華道長曲指一彈，那截斷劍便釘在屋樑之上，他微一稽首，向三人道：「領教！咱們後會有期！」

他一揮手，馬九淵隨著他一齊走向店門。

那華山派三人都呆在當地，還是那施一虹較爲老練，微一抱拳道：「在下當將道長之言轉告各門。」

華道長緩緩走出店門，這時葉老頭恭敬地送他們出來，王掌櫃也來到門外，華道長走出店門，忽然止下步來，目光一掠，看著那王掌櫃道：「敢問施主如何稱呼？」

王掌櫃呆了一呆答道：「敝姓王。」

華道長注視了他一會兒，又將目光移向那葉老先生，他微一稽首道：「這位老先生——」

葉老頭深沉地一笑，道：「老朽姓葉。」

華道長望了望他，忽然雙掌一合，恭身行了一禮。

葉老頭疾然跨前一步，頷下白鬍微微抖動。

華道長緩緩直起身來，面色沉重已極，他望了望葉老頭道一聲：「領教！」然後和馬九淵一齊走遠。

葉老頭望著他們漸漸遠去的身形，嘴角浮上一絲笑容。

那王掌櫃似乎驚呆在當地，但是他雙目之中神色仍是閃爍不定。

葉老頭緩緩回轉頭來，只見那三個華山門人都賭氣似地坐在桌前，低頭喝悶酒，再也不出聲了。

那三人顯然沒有注意這邊的情形，葉老頭望了王掌櫃一眼，王掌櫃面露茫然神色，他笑了笑道：「王老弟這兩日生意忙，還有空來喝酒？」

王掌櫃這時面色微微一沉，道：「葉老先生，你看這圖樣——」說著從懷中取出一張紙來，口中一邊說道：「從昨日起，接二連三有武林中人物到店中訂製各色各樣的兵刃，店中上下夥計都忙不過來了，今天清晨有一個漢子單獨來到店中，叫老闆在兩天之內，要給他做好這件貨。」說罷一指那白紙。

葉老頭將白紙展開一看，忽然面色大變，雙手不由自主顫抖起來。

那王掌櫃看了他一眼，又道：「葉老先生，這件貨恐怕就是你上次提起的吧！」

葉老頭微微點頭，沉吟了一會，問道：「那漢子可是四旬左右？」

王掌櫃點了點頭道：「不錯，年齡和小弟不相上下。」

葉老頭又問道：「那人身材是不是不很高大，但濃眉寬面十分深沉的樣子？」

王掌櫃又點了點頭。

葉老頭嗯了一聲道：「看來就是他了。」

王掌櫃想了一想，突然又道：「對了，那人還向小弟打聽一個人，聊了好一會兒才離去。」

葉老頭面色逐漸回復平常，他淡淡道：「他打聽什麼人？」

王掌櫃想了一想道：「他打聽一個少年，只是他形容不得體，我也沒聽仔細。」

葉老頭哦了一聲便不再言語了。

這時那坐在店內的三個華山門人幾杯悶酒下肚，忍不住又高談闊論起來，不過方才吃了一次虧，言語之間已不見狂妄。

那于方唉了一口氣，道：「大哥，咱們今日栽在武當手下，小弟是心服口服，那華道長的內力簡直神奇無比，唉，我說……我說咱們全派，恐怕只有師父他老人家可以抵擋得住！」

葉老頭這時又走到店中，正好聽到他說的話，尤其是最後一句。

他心中一震，連忙留心聆聽下去。

那施一虹哼了一聲，道：「華道士名列武當七子之首，年歲也大了，功力自然深厚些，以他在武林之中的聲名，幾乎和他師父天玄道人也不相上下，師弟，你栽在他手中不算什麼，倒是一個好教訓。」

于方搖了搖頭，沉聲道：「師父最近閉關不出，咱們已整整一年沒見到他了，這次劍會結束後，回去如果師父破關，小弟想要好好虛心再多練幾年……」

施一虹點了點頭道：「不是滅自己威風，二弟，咱們華山派的聲望的確是一年不如一年了！」

于方點點頭，沉重地道：「師父以前每次談到這個問題，總是嘆息說華山一派自內部分裂以後，就一蹶不振，大哥，那內部分裂之事你可知道詳細情形？」

施一虹搖了搖頭，忽然回過身來。只見那葉老闆不知什麼時候已來到三人座位後面不及一丈之處，見他一回頭，急忙趨身向前，問道：「三位客官還要些什麼？」

施一虹奇怪地望了望他，才道：「老闆，再加一壺酒吧！」

葉老頭不一會兒加上新酒，緩緩走向店門，心中不斷地思索著方才施一虹和于方的對話。

那王掌櫃想是閒來無事，走了進來坐在櫃檯旁邊。

葉老頭忖想片刻，只覺思緒紛紛，他索性不再想了，轉身對王掌櫃道：「王老弟，你還有事忙嗎？」

王掌櫃提起一支筆在紙上隨手塗寫，答道：「這兩日店中生意雖忙，但算帳之事已了，我早沒事啦！」

葉老先生點點頭，走到店門之外。這時晨風清涼，他故意讓涼風迎面吹拂，沉重而複雜的心情不由爲之一快。

這時朝日初升，陽光灑在街道上，朝東的街頭上走來一個態度瀟灑的少年。

這少年穿著一襲青色的布衫，雖然風塵僕僕，但看上去仍是格外出眾。

他挺直了瘦長但好看的身軀，邁著大步一路走過來。

他走到十字路口，向左轉了過來，正好經過這家酒店，他停下身來望了望，忽然又轉過身走到一家小燒餅店前，買了幾個大餅，就坐在店中吃了起來。

他一口氣吃了四個大餅，似乎還意猶未盡，但是伸手入懷一摸，無奈的搖了搖頭，只覺口中很乾，走出店來，這時葉老頭正負手當門而立。

少年走了過來，對葉老頭點了點頭，道：「老先生，可否賜一點水給在下？」

葉老頭慈祥的望著他那瀟灑不羈的模樣，忍不住微微一笑，道：「小哥兒，你請坐，就算我老頭子作東，請你大喝一頓如何？」

他已看出這少年人與眾不同，是以言語之間甚是親切。

那少年果不推辭，點點頭道：「多謝老先生！唉，不瞞您說，在下身上的一點錢還要留著作盤纏呢！」

葉老頭點了點頭，轉身走入店中打酒。

那少年四下張望，只見這時那燒餅店又來了一個大漢掏錢買餅。

那大漢牽著兩匹馬，信口問那燒餅店的胖子老闆道：「老闆，貴鎮繁榮得好快呀，半年前俺到這來的時候，這還只是一個小村莊，現在已成了熱鬧的鎮集了。」

那胖子老闆笑道：「誰說不是呀，客官您是……」

那漢子道：「俺這兩匹牲口都是上乘好馬，敢問老闆一聲，鎮裡有人想買馬嗎？」

那老闆道：「賣馬嗎？咱們這鎮中多是生於此老於此的莊稼人，恐怕沒有人買得起這麼好的坐騎。」

那瀟灑的青衫少年一直旁聽著，得知那大漢要賣馬，忍不住打量那兩匹馬一眼。

只見左面的那匹馬毛色光亮，又高又壯，背上還配著大紅鑲金的馬鞍，真是神駿之極，右邊的一匹卻是又瘦又髒，鞍子也破舊不堪。

他看那葉老頭還沒出來，便起身走了過去，問那大漢道：「敢問大哥，這馬匹要賣怎麼一個價錢？」

那漢子指著那匹神駿萬分的馬兒道：「這匹嗎？誰要出八十兩銀子俺就賣了。」

那少年摸了摸衣袋，他搖了搖頭道：「這一匹呢？」

那漢子道：「這匹要七十兩。」

那少年幾乎不相信自己的耳朵，他問道：「七十兩？」

那漢子道：「不錯，客官你莫瞧這匹馬生得難看，其實也是名種駿駒，而且這兩匹馬是俺用同一價錢買進來的，如今要賣，也不能差得太遠呀。」

那少年想了一下，如果有一匹馬的話，必能早日到達目的地，雖然剩下的銀錢將再也不夠住宿吃喝，但是他委實心急如焚，巴不得立刻飛抵目的地。

他考慮又考慮，暗忖道：「管不了那麼多啦，我能快一點就得快一點！」

於是他放下茶杯，上前道：「喂，賣馬的大哥，我想買一匹！」

那漢子立刻把那配著漂亮馬鞍的駿馬牽了過來，口中道：「八十兩。」

那少年紅著臉道：「不！我要另外那一匹。」

那漢子立刻叫道：「哎！客官你怎麼這麼不會打算盤，只差十兩呀！這馬怎能和那馬相比呢？」

那少年暗自生疑：「這倒奇了，我要買這一匹，你應該是求之不得才對，怎麼反過來勸我呢？」

不過他也沒多想。他是存著省一兩是一兩的心理，這時聽那漢子一說，再瞧瞧那匹馬，實在相差得太遠，於是他便道：「好，好，我就買這一匹，這是八十兩。」

他付了錢，牽過那匹馬，那馬仰首輕嘶了一聲，好不雄壯。

那漢子道：「客官最好先餵牠一頓，俺是昨天夜裡餵過的。」

少年點了點頭。

那燒餅店老闆道：「那邊牆下堆的是草料，客官你就牽過去餵吧，不要客氣。」

他把那匹駿馬牽了過去，任牠吃食，自己站在一邊看著。

這時候忽然又走來了一個年約二十三、四的青年，這青年頭上戴著布帽，粗衣打扮，但身材高大，相貌方正，好不雄壯威武。

這戴布帽的青年走了過來，高聲道：「聽說這裡在賣馬，我要買一匹。」

那馬販子怔了一怔。

這時賣燒餅的胖子老闆見那雄武的青年，急忙打個招呼道：「白老弟，你也來買馬嗎？只有這一匹啦！」

那姓白的雄武青年看了看那匹瘦馬，搖搖頭道：「這馬不好！」

他抬頭瞧見正在吃草的那匹駿馬，大喜道：「好，這匹好，我就要這匹馬吧！」

那馬販子面色一變，連聲道：「這不成，這位客官已先買了！」

那姓白的青年注視著那馬販子好一會兒，然後回過頭來看著那瀟灑的少年，心中不由叫了一聲：「好俊的小伙子！」

他上前一步道：「這位老弟，你這匹馬轉賣給我如何？」

那青衫少年見他面貌堂皇，氣度豪邁，心中頗生好感，一抱拳道：「這匹馬是在下以八十兩銀子買下來的，原來要趕長路，如白兄急迫，在下可以轉讓，等機會再買一匹便是。」

那姓白的青年爽朗地笑道：「老弟夠意思，好，咱們成交了！」

他付過銀子，正待去牽那匹駿馬。

那馬販子忽然上前一步，吶吶道：「這……這……」

白姓青年目光如電一掠而過，道：「你有什麼話要說嗎？」

那馬販子似乎有口難言，急得頭上都浮現汗珠。

那瀟灑的青衫少年和姓白的青年都大奇。

馬販子忽然上前對那青衫少年道：「那麼你就買下這匹馬吧！」

那少年本想買這匹馬，如此便可省下十兩銀子，心中雖疑惑，但他到底入世不深，高高興興付了錢，那馬販子拿了銀子飛快的走了！

少年望著馬販子的背影，搖了搖頭，對那姓白的青年說道：「這人真是奇怪。」

只見那姓白的正沉吟著望著那馬販子的身形，似乎在思索什麼。

少年也不再多說，點了點頭，便牽著瘦馬走回酒店。這時那葉老頭正好端了一壺酒及飯菜出來。

少年走進店中，只聽身後一陣蹄聲，回頭一看，只見那白姓青年已躍馬離去。他走的方向正好跟著那馬販子，少年也不再多看，忙向葉老頭道謝，坐下身來。

這時那華山派的三個少年高手還在店中，見這少年進來，都不由打量他一番。

這少年毫不在意，神色自如。

葉老頭微笑著問道：「小哥兒可是要趕路嗎？」

那少年似乎酒量很好，喝了一大口，點頭答道：「方才在下買了一匹馬兒，尚有好幾天的遠路要趕……」

他為人甚是隨和。

那葉老頭道：「聽小哥口音，似是北方人？」

少年喝了一口酒，笑道：「人在北方，說北方話當然方便些。」

葉老頭打探地道：「那麼小哥兒是從南方來的了？」

少年露齒笑了笑道：「從哪裡來有什麼重要？只管到哪裡去便是。」

葉老頭一楞，哈哈一笑。

少年一仰頭，又是一杯下肚，微微舔了舔嘴唇。

葉老頭道：「這酒太淡了嗎？」

少年晃了晃酒杯道：「不錯，的確是淡了些。」

葉老頭笑道：「原來小哥兒也好酒，老朽屋裡藏有陳年珍品，可要拿一壺嘗嘗？」

少年聽說有陳年好酒，眼睛不禁亮了一下。

他望了葉老頭一眼，微笑道：「既是珍品，在下豈敢奪人所愛？」

葉老頭笑道：「好酒尚須知人品，小哥兒你品嚐品嚐便知老朽之言不虛。」

他說著便向裡面叫了聲：「梅兒，把我地窖邊上那罈老酒倒一壺出來。」

少年見他如此，便不再言，只是哈哈一笑。

不一時，竹簾掀處酒香四溢，一個稚氣猶存的黃衫少女托著一壺酒走了出來。

她一出來就埋怨道：「爹爹，你那罈老酒可封得真緊，我費了好大勁才打開哩。」

葉老頭道：「這酒我好久未飲，罈子口當然不易啓開，來，小哥兒你嘗一杯。」

梅兒才放下酒壺，就看見倚在櫃檯前的青衫少年，她怔了一怔，立刻呆住了。

梅兒隨著葉老頭拋頭露面，雖不比那些深閨緊閉的大家閨秀，但也從來不曾如此正面看過任何少年男子，此時她和那少年相距不足三尺，立刻被少年那種超凡的瀟灑韻味吸引住，她忘記一切應有的矜持，竟然癡癡地凝視著那少年，不知所措起來。

那少年一抬頭，發現一雙美麗的眼睛正注視著自己。他很有禮貌地站起身來，欠了個身對梅兒微微一笑。

梅兒臉上一紅，碎步退了兩步。

那少年舉杯一飲，大讚好酒。

葉老頭笑道：「碰上小哥這等識貨之人，真比喝入老朽肚子裡還要令我高興，來，再來一杯！」

少年剛一舉杯，他的衣袖卻將桌上原來的那隻酒壺一帶，翻倒過來，頓時櫃檯全是酒，少年口中急道：「喲，對不起，對不起……」

他慌忙地翻著小包裹，總算找出一張皺皺的白絹來，連忙將桌上的酒漬揩去，口中連聲抱歉。

葉老頭微笑道：「不要緊的，不要緊的。」

少年笑了一笑，放下手中白絹，重新舉杯道：「老先生，再來一杯。」

葉老先生笑容可掬，緩緩舉起酒杯，突然他的目光掃過平放在桌上的白絹，霎時右手一顫，砰的一聲，滿杯酒摔在地上，跌得粉碎。

少年呆了一呆，葉老先生似乎驚魂未定，一連後退兩步。

這一來那三個華山派的門人也都注意到這邊，不約而同起身察看。他們一瞥見那張白絹，駭然對望一眼，滿面驚疑。

施一虹突地伸手入懷，噹的一聲，丟下一大錠銀子在木桌上。

三個人一言不發，匆匆衝出酒店，跨上了馬飛馳而去，再也沒有回頭。

少年呆在當地，這時那站在一旁鐵店舖中的王掌櫃，忽然走了上來，他目光不斷的變動著，面上全是驚疑，少年此時怔怔望著葉老頭，並沒有注意他。

王掌櫃走上前來，右手一伸，有意無意拿起那張白絹，轉身揩去葉老頭身上所沾上的酒漬，那白絹隨他一動，展了開來。

只見上半截繫著一截紅線，白絹中間四個清清楚楚的黑字：「天下第一」。

這時忽然店門一陣馬蹄聲戛然而止，又走來一個身材雄偉的漢子，正是那匆匆趕去又復回的白姓青年。

只見他隨手將那買來的駿馬一拴，才入店門，便看見三個人呆呆站著，他豪爽地笑道：「葉先生，王掌櫃，啊，還有這位老弟——」

葉老先生此時猶自驚魂未定。

王掌櫃看見那姓白的青年，似乎十分熟絡的樣子，他有意無意將手中的白絹平平又放在桌上，迎上前去道：「白大哥。」

那姓白的青年點了點頭，大踏步走到桌前，拍拍那青衫少年的肩頭，哈哈笑道：「老弟……」

他話音戛然而止，敢情這時他的目光落到那張平展著的白絹。

少年這時回轉頭來，也叫了一聲：「白……白兄……」

那白姓青年抬起頭來凝視著那瀟灑的青衫少年好一會兒，他又看看那張白絹，忽然哈哈笑了起來。

青衫少年本是天性隨和，先是微微笑著，然後見白姓青年笑得豪邁已極，心中忽然暢快，不知不覺間也哈哈笑了起來。

王掌櫃在一旁目不轉睛地注視著青衫少年，卻在他笑聲中找不出一絲虛假！

屋內每個人都在驚駭之中，然而那瀟灑的青衫少年卻似沒有注意到這些，他只是大大方方地喝完酒走出客棧，那魁梧的白姓青年也跟著走了出去。

這時，街上的一角忽然響起一片鑼鼓之聲，兩個軍士站在桌子上大聲疾呼。

那白姓青年擠到人群之中，只聽那兩名軍士正在向眾人講話：「……列位父老兄弟都是炎黃子孫是不是？黃帝子孫是天底下最偉大的民族，怎能受到別人的欺侮？」

四周的民眾越聚越多，那軍人高聲道：「請列位仔細想一想，犬戎人、匈奴人、鮮卑人、氐人、羯人、夏人、遼人、金人、突厥人、蒙古人，這些異方野人歷年來想侵佔我們的土地，結果呢──」

他舉起手，握拳揮舞著道：「結果全讓咱們給打敗了──」

四周民眾一起喊起「好」來。

那軍士道：「現在韃靼人竟敢來侵略我們，凡是中國人都要同心協力，有錢出錢，有力出力……」

鑼鼓又敲打起來，民眾紛紛上前去自動掏出銀錢來捐獻，一個大籮筐立刻被銅板銀兩堆滿起來。

那魁梧的青年走上前去，伸手在懷中一掏，掏出一個大金元寶來，噹的一聲，丟在籮筐中。

那兩個軍人拱手道：「多謝各位父老支持，咱們在前方必定打個大勝仗！」

民眾都歡呼起來。

那青年退出了人群，又想回客棧去喝幾杯，但是伸手一摸，身上已經一文不名了，他微微一笑像是在自我解嘲，走上前去在自己的馬背上取出一個皮革水袋來，仰頸灌了幾口，只聞得酒香撲鼻，原來他的水袋中竟然裝的是美酒。

白姓青年喝完了酒，便牽著馬兒，向著鎮集的北端緩緩走去……

二 神劍重吟

這時，悅賓客棧外又有一個人匆匆走了進來，只見他年約五旬，穿著一身白色布衣草履，但是卻帶著一種威風凜凜的氣勢，使人一看之下，就有一種神采照人的感覺。

這白衣老人走到櫃檯前，四面略爲打量一下，轉過身來道：「酒。」

葉老頭從櫃後拿出一壺酒來。

白衣老人伸手接過，就接著酒的當兒，他翻起雙目望了葉老頭一眼，霎時之間，兩人都怔住了。

只見四目相對，兩人的臉上都露出極爲古怪的神情。

那白衣老人盯著葉老頭，目不轉睛。

葉老頭卻轉過首去對著左角上的兩個酒客招呼道：「兩斤滷肉，好的，就來了。」

他的聲音顯得蒼老無比，還夾著一些咳嗽聲。

那白衣老人望了一會，便低頭斟酒喝酒。

葉老頭轉身走向裡面去取滷肉。

白衣老人又瞇起一雙目光偷偷打量葉老頭的背影，只見葉老頭一步一曲，實是老邁龍鍾無比。

白衣老人低聲自語道：「不會是他的，他怎麼會老成這個樣子。」

於是他仰首又喝了一杯。

過了一會，葉老頭轉回身來。

白衣老人忽然把酒壺一伸，道：「老闆，再來一壺。」

葉老頭伸手來接。

白衣老人忽然微微一咳，握壺的手微微一振，葉老頭卻是一個接不住，那隻酒壺「嘩」的一聲跌在地上，摔成碎片，奇的是那一片片碎瓷竟如受了千斤之力一般，片片嵌入地中。

白衣老人道：「對不住，對不住，我賠我賠。」

葉老頭笑道：「那裡的話，是老朽年邁手抖，怎怪得客官，老朽再去拿一壺。」

白衣老人連聲稱謝，但他眼中那懷疑之光已斂，望著地上的碎瓷片，微微一笑。

滿座的酒客見了這一幕都紛紛稱讚葉老頭為人和氣，真會做生意。

白衣老人抬起頭來，忽然之間，他的目光落在壁上一幅對聯上。

霎時之間，他那原已鬆弛的臉色又忽地緊張起來。

只見那幅對聯寫著：

「莫笑天下情癡人　點點滴滴　盡是血淚
且看老夫血指刀　斑斑累累　全乃情孽」

白衣老人喃喃讀著，臉色愈來愈是難看，最後他「砰」的一聲放下手中酒杯，默默地自語道：「葉梵，果然是你，果然是你！」

這時候，葉老頭正捧著一壺酒走出來，白衣人收回落在那對聯上的目光，伸手接過，就抓著酒壺對著嘴咕嚕咕嚕一口氣把一壺酒喝得精光。

葉老頭讚道：「客官好酒量。」

白衣老人微微一哂，放下酒壺道：「多少錢？」

葉老頭道：「十個銅板。」

白衣老人伸手懷中掏錢，往櫃檯上拍的一放，口中道：「連酒帶壺，都在這裡面了。」說罷，便轉身離去。

葉老頭正要說不要賠壺的話，猛一看見桌上的東西，臉色立刻就變了。

只見檯上哪有什麼銀錢，竟是一柄銀光燦爛的小劍！

那小銀劍打造得精巧無比，通體不過五寸長，劍柄上邊雕有兩條銀龍，栩栩如生，劍柄中央刻著一行小字：「華山至尊，見劍如見掌門。」

葉老頭伸出抖顫的手，把檯上的銀劍拿了起來，他的臉上流露出萬分激動的神情，頷下鬍鬚無風自動，他四面望了望，沒有人注意他，於是他偷偷把銀劍藏入懷中。

他喃喃地道：「夏侯康，果然是你來了，咱們免不了要幹上一場！」

他再低頭看著那櫃檯上，只見檯上用酒畫了三個圈四個叉，他一面伸手輕輕擦去了桌上的圈圈叉叉，一面喃喃道：「哼，今夜，三更，林東，城隍廟……」

又是夜深人靜的時候了，客棧裡的油燈一盞盞地熄滅，最後只剩下了主人房中的一盞。

葉老頭又跪在那檀木神位前擦劍了，偶而劍身翻動一下，閃耀出令人心寒的光輝。

「爹爹，你又在擦劍了？」

葉老頭回過頭來，深深地看了小梅一眼，忽然道：「小梅，妳，妳走過來一點。」

小梅輕盈地走近去。

葉老頭伸手握住了她的手，卻是半天說不出一句話來。

小梅眨了眨眼睛，問道：「爹爹，你怎麼啦？」

葉老頭道：「小梅，妳今年幾歲啦？」

小梅輕輕扭了扭身子，笑著道：「爹爹，你問這個幹什麼？小梅今年十八歲了。」

葉老頭望著她許久說不出話來，好半天才輕嘆了一聲，喃喃道：「十八歲，還是個小孩子啊……」

小梅搖了搖他的肩膀笑道：「還是個小孩子？爹爹你擔心什麼？擔心我長不大嗎？」

葉老頭閉上了眼，搖了搖頭。

小梅道：「你怎麼不說話，有什麼事要……」

葉老頭撫了撫手中長劍，低聲道：「小梅，如果……如果……如果有一天爹爹忽然離開了妳，妳能照料妳自己嗎？」

小梅皺起眉頭來，想了一會答道：「爹爹，你怎麼忽然問起這樣的話來？」

葉老頭想說什麼，但是忽然又忍住了。

他淡淡地笑了笑，卻道：「小梅，我看妳也該找個婆家了。」

小梅輕輕打了葉老頭一下，笑道：「爹爹，你瞧你是不是犯了神經病，還怕小梅嫁不掉嗎？」

葉老頭哈哈笑了起來，但是他的笑聲卻絲毫也帶不起歡樂的氣氛，令人聽了只會感到無比的淒涼與寂寞。

小梅驚奇地倚在他身旁，扯著他的衣袖問道：「爹，你爲什麼……這樣笑？」

葉老頭又撫了一下手中長劍，目光落在桌上的神位牌上，沒有回答小梅的問話。

小梅抬起頭來，隨著他的目光看去，只見那檀木神位在昏黃微弱的燈光下顯得格外神秘而肅穆。

她緊靠著父親，神位上刻著六個簡單的字：「胡白翎之靈位。」

小梅低下頭來，那寒光閃閃的長劍正好落入她的眼中，她低著頭問道：「爹爹，你老說還要用這……這長劍最後一次，究竟是爲了什麼事啊？」

葉老頭望著小鳥依人的女兒，淡淡地道：「總有一天妳會知道的，何必問呢？」

小梅搖了搖頭道：「我現在就要知道……」

葉老頭似乎忍不住了，他喘了一口氣，低聲道：「這柄劍……還要殺一個人！」

小梅悚然大驚，殺一個人？父親要用這柄劍去殺一個人？

她不敢想像，老態龍鍾的爹爹竟然要去殺一個人。

她睜大眼睛望去，只見父親不知什麼時候彷彿變了一個人，雙目射出懾人心魂的神光，那神光隱含著一種撼山易岳的英雄氣勢，哪裡還是她心目中那老邁的父親呢？

她不禁駭然，張大嘴好半天只說出一句話：「爹……你……是說著玩的吧……」

葉老頭吸了一口氣，閉目片刻，然後笑道：「當然是說著玩的呀！小梅，爹爹是和妳開玩笑的。」

小梅望著那柄長劍，想問，卻不敢再問下去。

葉老頭道：「小梅。」

小梅嗯了一聲。

葉老頭道：「小梅……」

小梅又嗯了一聲。

葉老頭忽然抱住她，輕聲道：「小梅，妳是個好孩子。」

小梅道：「爹，你今天怎麼啦？」

葉老頭搖了搖頭，只是撫著她的頭髮，緩緩地道：「小梅，爹不是個好父親。」

小梅感到即將有一件大事要發生，但怎也想不出是什麼事，她不安地望著父親。

葉老頭道：「自從妳娘去世後，我一直沒有好好照顧妳……」

小梅伸出手來捂住了葉老頭的嘴，搖著頭笑道：「爹爹，你別說啦！你是世上最好的父親，因為……因為……」

她說著，眼淚竟流下來了，她一邊擦去淚水，邊道：「因為你是我爹爹。」

葉老頭只覺淚水在自己眼眶中打轉，差點就要滴落下來。

他輕輕推開小梅，柔聲道：「傻丫頭，別流淚啦，妳……妳快去睡吧。」

小梅望著他，驚疑充滿了她的心扉，但是她並沒追問，只是溫馴地站起身來。

忽然，她看見桌角上放著一柄短短的銀劍……

「爹……那是什麼？」她指著桌上那柄銀劍。

葉老頭連忙伸手抓住銀劍收入懷中，道：「沒什麼，只是一件……古玩罷了。」

小梅彷彿瞧見那銀劍柄上刻著一行小字，她只看到頭上彷彿是「華山」兩個字。

她望了爹爹一眼，沒有再說什麼，只道：「爹，那……我去睡啦。」

葉老頭站了起來，拉住小梅的手，低聲道：「小梅，再見。」

小梅吃了一驚，道：「爹，你說什麼？」

葉老頭忙道：「不，我是說妳好好睡……」

小梅應了一聲，道：「爹爹你也早些睡吧。」

她緩緩地走到內房去。

葉老頭望著她關上了門，他「鏘」的一聲將長劍插入劍鞘，轉過身來，對著桌上的神位深深凝視了一會兒，然後喃喃道：「胡兄，他找來了，事情總要解決的，也許從今夜後，我沒法再照顧你的小梅了，胡兄胡兄，你英靈若在，可要保佑你的女兒啊！」

他把長劍掛在腰際，從左邊一個木櫃中取出一個牛皮紙包來，輕輕放在神位旁，喃喃道：「如果我一去不返，小梅一定會看見這紙包的，那時候，她就一切都明白了。」

他輕輕地拉開了窗子，返過身來深深一瞥小梅的閨房，晚風吹進來，腰間的劍穗與頷下的銀鬚同時飄舞著，然後他一躍身，矯捷地翻出窗外，反手關上了窗子。

月光淡淡地照著林梢，樹林東面一座小小的城隍廟，在月光掩映下，益發顯得淒涼而頹敗。

時正三更，涼風如水。

葉老頭身形悄然從西側林中出現，他輕輕一躍，如同騰雲駕霧般飄到城隍廟前。

城隍廟前是一片不大不小的空地，葉老頭站在空地中央，影子淡淡斜灑在地上，四面一片空寂。

他四處望了望，然後道：「夏侯康，可以出來了吧！」

只見城隍廟那扇破落的木門呀然一開，走出三個人來，爲首的正是那白衣老人。

那三人走到臺階前，停下了步子。

白衣老人道：「葉梵，你真會裝呀！」

葉老頭摸了摸長鬍，大聲道：「你們走近些再談吧。」

白衣老人冷冷地道：「那銀劍你帶來了嗎？」

葉梵冷冷地笑道：「見劍如見掌門，夏侯康，劍是你投的，你還要說什麼？」

白衣老人陡然面色一沉，厲聲道：「既然如此，爲何不負手聽令？」

葉梵面色大變，忽然伸手入懷，摸出那銀劍，高高舉了起來，猛地擲在地上。

夏侯康冷冷地望著他。

了。」

葉梵突然大笑起來，好一會兒才收住笑聲，一字一字地道：「葉某早就不是華山的人了。」

夏侯康似乎吃了一驚，怒道：「葉梵，你……你竟敢叛離師門？」

葉梵仰天大笑，道：「夏侯康，虧你還說得出口，華山一門出了你這號人物，也是師門不幸……」

夏侯康面色一沉，打斷他道：「那年老夫網開一面，阻止本門弟子追殺你，本有罷休之意，今日你竟當面侮辱華山一門之尊，我是再也容不得你了。」

葉梵冷哼一聲。

夏侯康等了一會兒不見他答話，又自冷笑道：「這兩位朋友老夫尚未介紹……」說著一指右邊那個漢子，開口道：「這位是青龍鄧森。」

葉梵大吃一驚，暗忖道：「昔年武林盛傳這青龍鄧森的名頭，想不到就是這樣一個人物。」口中卻冷冷道：「咱們見過面了！」

夏侯康哦了一聲。

鄧森卻微一抱拳道：「葉大俠此言何來？」

葉梵冷然道：「昨日鄧先生在市中賣馬，一駿一瘦，老夫親眼看見。」

那鄧森吃了一驚，面上神色驟變。

葉梵又道：「這位是你的愛徒，咱們在酒店中也照過面。」

施一虹不好意思的笑了一笑。

這時葉梵面色逐漸陰沉下來，沉聲道：「這十幾年來，葉某閉門思過，時常捫心自問，葉某到底做了什麼罪大惡極之事，竟受如此苛待，往往想之不透，便問疑於那胡兄在天之靈，冥冥中似乎有一種力量叫葉某不可封劍，不可棄武，葉某內心也明白，世上還有一個十惡不赦的奸徒沒有死，葉某的劍上也還未沾上他的血漬……」

夏侯康的面色由青變白，怒喝道：「住口！」

葉梵冷笑道：「夏侯康，這十幾年來你的劍術必然精進了不少。」

夏侯康也冷笑道：「你想試一試嗎？」

他話聲方落，右手一振，長劍已脫鞘而出。

葉梵緩緩退後一大步，望了望穹空明月，忽然間豪氣大作，「鏘」的一聲長劍出手。

這時站在一旁的青龍鄧森和施一虹不約而同倒退了兩步，只見刹那間夏侯康已發動攻勢！他劍式連閃，速攻三招，葉梵左挑右封，連守三式，身形一輕，掠後半丈，冷然道：「你是華山一門之長，讓你三招也罷。」

夏侯康冷哼一聲。

葉梵忽然仰天叫道：「胡兄，胡兄，這一天終於來了。」

他話聲方落，劍式已起，只見那一柄長劍有如洶湧不絕的海水，一波一波密密圍住夏侯康，每發一劍都帶有極強的內力。

青龍鄧森在一旁只看見他攻了五劍，面色已然大駭。

夏侯康似乎也不料對方劍術凶猛如此，但他究竟是華山之尊，在劍術上浸淫了一生，想都不想便固守中庭，只見他守式連綿銜密，不時還尋隙發出一兩下厲害的反擊。

葉梵攻到第十八式，突然長劍倒轉，夏侯康右手一翻，急如兀鷹，長劍反削而出。

突然之間，葉梵長劍劍柄一側，準確已極地撞在夏侯康的劍尖之上！

這一式巧妙驚險已達極點，鄧森忍不住驚叫起來。

說時遲那時快，葉梵長劍齊肩倒劈而下。

這一式本是華山絕招「寒江倒掛」，夏侯康自幼習武，不知苦練過多少遍了，但萬萬料不到對方在施出如此巧招之後，會以這一式作爲殺手。

霎時間他只覺左面劍氣森然，再也來不及收劍相擋，他厲吼一聲，想也不想長劍一閃，不退再進，但這時他長劍已被封歪，只能點向葉梵左肩。

這一式本是玉石俱焚之意，先攻敵之必救，但那葉梵卻絲毫不理會這攻入中鋒的一劍，力貫右臂，長劍沉落，挾著嗚嗚怪聲照樣劈下。

只聽一聲悶哼，場中人影一分，夏侯康身形踉蹌倒退，一身白袍幾乎都被鮮血染透了，他右手長劍落在地上，捧著齊肩被卸下的左臂，咬牙對葉梵道：「你……你好……」

話聲未落，仰天一跤跌倒在地上。

葉梵面色森然，右手長劍斜斜指在地上，左肩被深深扎了一劍，鮮血順著手臂流下，霎時整個衣袖都是一片鮮紅。

這下勝負分的太快，前後不過只二十照面，夏侯康萬萬不料這十幾年來，葉梵爲了這一式不知演練過多少次，下了多少心神，但他能在陡然失敗之際，仍傷了葉梵左臂，劍術造詣的確不凡。

施一虹駭得呆住了，一會才猛一個箭步上前，扶起暈在血泊之中的師父。

這時青龍鄧森緩緩走上前來，冷然對葉梵道：「葉朋友，好劍法，好劍法，鄧某請教一二。」

他分明看見葉梵左臂受創不淺，竟仍開口挑戰。

葉梵呆呆地望著那一地的鮮血，似乎根本沒有聽見他說了些什麼。

鮮血之中他似乎又望見滿天大火，一張張面容浮上了眼際，突然他只覺雙目之前一陣模糊，再也忍不住淚水迷茫。

青龍鄧森冷冷道：「怎麼？葉先生不肯賞面嗎？」

葉梵只覺如夢初醒，他向那青龍鄧森看了一眼，冷然道：「鄧先生是空手嗎？」

鄧森冷然道：「鄧某生平無隨身兵刃。」

葉梵吸了一口氣，只覺左半身漸漸麻木起來，他暗嘆了一口氣，緩緩插上長劍。

青龍鄧森可真是老得不能再老的江湖了，他心知佔得這場便宜，勝算已是十拿九穩，雙掌一錯冷笑道：「鄧某雖與葉先生往日無怨，近日無仇，但既是夏侯掌門邀來助拳，朋友之事不能不管，葉先生你請吧！」

葉梵只覺一股怒火上升，他望著鄧森奸詐狠毒的神色，一言不發，右掌猛抬推了出去。

青龍鄧森身形一晃，待那股掌風及體，才右掌一沉，猛可吐出內力。

那鄧森一身功力全在掌上，內力雄渾已極，兩股力道一觸，葉梵只覺全身一陣巨震，蹌踉倒退一步。
葉梵心中暗暗駭然，自己這一掌雖然是因受創後力道不繼，但對方內力之雄，的確出乎意料之外，這幾年來青龍之名大盛實是不虛。
鄧森掌力一進，左手五指齊張，急拍而出。
葉梵只好勉力一揮右掌，這一下更是倉促之間應變，力道沒有聚純，只覺全身巨震，雙目之前一陣昏然，心知已受內傷。
只見那青龍鄧森一聲獰笑道：「你敢再接一掌麼？」
葉梵大口大口地喘著氣，目光黯然，怒火在心中猛烈燃燒，卻始終提不出一分勁道。
青龍鄧森一步步走上前來，葉梵左手僵直下垂著，右手也無力地橫在胸前，他本能地一步步後退，退到第七步上，鄧森陡然開氣吐聲——
葉梵暗暗長嘆一聲，一霎時只覺思潮洶湧，竟似乎忘記了當前的生死關頭，腦中茫然一片，直到那渾厚的掌力壓體——
驀然之間，一個沉重的話聲在林邊響起：「鄧森，快停下手來。」
鄧森嘿地一聲，硬硬收回已吐的內力，雙掌保持原式不變，離那葉梵身前不及半尺，緩緩回過頭道：「是那一位？」
簌簌一陣林子顫動，走出一個中年人來，一身商人打扮。
這時葉梵如夢初醒，怔怔地隨聲望去，淡淡的月光下看得分明，竟是那鐵匠舖的王掌櫃！
葉梵只覺心中一陣狂跳，王先生，王先生，他竟然也是武林中人，瞧他深沉的模樣，那裡像是平日斯文的商人！

鄧森似乎並不認識王掌櫃，但王掌櫃臉上神色深沉如海，他心中不由暗暗吃了一驚。

王掌櫃冷笑道：「鄧森，你不認識我麼？」

鄧森心中反覆思索了一遍，搖搖頭，正待開口。

那王掌櫃又道：「十年前武林之中，青龍之名盛傳，王某雖久不入江湖，但也有所耳聞，今日一見，卻可不料萬萬是如此乘人之危，奸詐狠毒的小人。」

鄧森面上微微一紅，老羞成怒地厲吼道：「你是什麼人？」

王掌櫃面色一寒，雙目之中陡然精光閃然而露，直直盯著鄧森，好一會兒突然大笑起來。

鄧森怒道：「你笑什麼？」

王掌櫃冷冷道：「笑你見識太少，笑你記憶太差。」

鄧森哼了一聲。

王掌櫃陡然跨前一步，伸手指著呆呆站著的葉梵道：「你可知他是誰麼？」

鄧森冷笑道：「葉梵！聽說他與夏侯掌門有不解宿怨。」

王掌櫃冷冷道：「十五年前奪魂劍葉飛雨，姓鄧的你聽說過麼？」

鄧森陡然吃了一驚，不知不覺後退了一步，吶吶道：「他……他就是華山前一代的掌門？」

王掌櫃仰天一聲冷笑道：「可記得我是誰？」

鄧森驚疑不定地望著他，忽然他雙目中逐漸流露出懷疑畏懼的神色。

王掌櫃冷冷道：「區區姓王，草字竹公——」
霎時之間鄧森身形連退三步。
那呆在一邊的葉老先生也震驚得啊了一聲，他作夢也想不到對門鐵匠舖的王掌櫃，他——他竟是這麼號人物！
鄧森滿面驚懼之色，雙手抱拳道：「丐幫王三俠駕到，在下有眼不識泰山！」
葉老先生只覺熱血湧了上來，他似乎忘記了身體的苦痛，情緒完全被這突來的變化所控制著了，他喃喃地道：「丐幫，天啊，他恐怕早就知道我深藏功夫了，這真是臥虎藏龍，名震天下的王三俠竟然是這麼一個隨和平凡的模樣……」
這時王竹公冷然一笑，突然走上前兩步，對鄧森道：「今日之事原是夏侯康與葉飛雨間的樑子，你我說來都是局外人——」
鄧森見風轉舵，忙抱拳道：「王三俠言之有理，施一虹，快扶起夏侯掌門，咱們走了吧。」
施一虹此時已震驚得幾乎失去了鎮定，但師父傷倒在血泊之中，生命垂危，仇恨之火卻難以熄滅，聞言狠狠地瞪了鄧森一眼，突然站了起來吼道：「葉梵，你有種接我施某一劍！」
王竹公面上神色陡然一變，冷然道：「此話當真麼？」
鄧森忙扯了施一虹一把，大聲道：「青山不改，綠水長流。姓葉的，咱們後會有期了。」
說著一把抱起倒在血泊中已昏迷的夏侯康。
葉梵冷冷一笑道：「葉某隨時候教，倒要瞧瞧青龍的名頭，是否專門是乘人之危得來的。」

鄧森面色一變，他目光緩緩注在葉梵的面上，但當他望見王竹公雙目之中電射般的神光，不由暗暗吸了一口冷氣，拍拍施一虹的肩頭，緩緩走了開去。

走了兩步，驀然之間那施一虹右手一沉，嗆地一聲，長劍出鞘過半，就待向葉梵削去。

王竹公身形一飄，正好落在葉梵身前，大吼一聲道：「快住手！」

施一虹呆了一呆，驀然那鄧森身形一頓，回轉身來，懷疑地望著王竹公。

王竹公心中暗暗著急，面上卻冷冷不露神色。

鄧森微微一頓，突然開口問道：「王三俠何作此語？」

王竹公暗暗嘆道：「這鄧森心機果然超人，方才一急之下口氣有些差錯，竟已引起他的疑心！」

他面上冷冷不變道：「鄧森你想知道原因麼？」

鄧森斜斜放平夏侯康的身軀，王竹公陡然連跨三步，右掌一圈，左掌緩緩直舉而起。

鄧森面色驟變，王竹公右掌齊胸，頓了一頓，鄧森陡然一個反身，疾奔而去，再也沒有回過頭來。

施一虹呆了一呆，身形一掠也跟了前去。

王竹公望著他們漸漸遠去的身形，嘴角上浮起一絲神秘的微笑，好一會才轉過身來，走向葉老先生。

葉老先生這時已撕下衣襟包住劍創，他望著王竹公，長揖到地道：「王三俠拔刀相助，老朽衷心相謝！」

王竹公微微一笑道：「葉老先生當年名震天下時，小弟還是無名小卒，相謝之言如何敢當。」

葉梵嘆了口氣道：「王三俠如此人物，足可震動江湖，竟能深藏不露，老朽好生佩服——」

王竹公搖了搖頭道：「葉老先生，你說錯了。」

葉梵驚道：「什麼？」

王竹公微微一笑道：「小弟一身功力已不存在了。」

葉梵大吃一驚，脫口驚呼。

王竹公道：「只剩輕身功夫尚可施用。」

葉梵筆直地望著他，忽然激動地道：「王先生爲了老朽，竟冒了生命之險……」

王竹公淡然一笑道：「那鄧森到後來已然起疑，小弟冒險施出『擒龍手』的起式才將他嚇走的。」

葉梵仰天嘆了一口氣，王竹公卻微微一笑道：「咱們不如離開此地，先回去再說。」

葉梵點了點頭，默然跨開步伐。

王竹公忽然想起來，在懷中摸出一小瓶藥粉交給葉梵道：「這是白骨生肌散。」丐幫的白骨生肌散是武林中有名的靈藥。

葉老先生感激地接過來敷在左肩，如注的血流立刻止住了。

葉老先生道：「老朽也許是孤陋寡聞，這許多年來江湖上能夠使王三俠喪失功力的人好像還沒有……」

王竹公淡然一笑道：「這是許多年前的事了……」

葉老先生見他欲言又止，立刻知趣地岔開道：「老朽的身分想來王三俠知之甚詳，華山一門十四年前內部分歧的事，當時在江湖之中也曾轟動一時，這一段恩怨一直到今日仍未能完全了結。唉，這十多年來，老朽日夜鑽研那夏侯康劍法中的破綻，今日終能突出奇式將之擊倒，卻不料那青龍鄧森橫手插入，這段恩仇不知又要等到那年才能徹底解決！」

王竹公點點頭道：「葉兄神劍驚人，能在二十招內卸下當今華山之尊一條手臂，這件事傳出去包管轟動驚人。」

葉老先生嘆了口氣道：「那青龍鄧森功力委實不弱，老朽方才接了兩掌，那內力造詣實不多見，已是一流人物。」

王竹公道：「十年前鄧森默默無名，有一次在點蒼山下，他和小弟有過一次衝突，那時小弟正是全盛時期，但內力並不勝他多少，全仗經驗及招式奇變才擊敗他，這十年來他功力一定又大有進展，確是不可輕視。」

兩人說著走著，已漸漸走回了鎮集。

驀然葉老先生好像觸電似的震驚起來，脫口道：「不好！」

王竹公咦了一聲道：「什麼事不對，葉兄？」

葉老先生頓足道：「那銀劍，那銀劍被鄧森拾去了！」

王竹公道：「不好，那鄧森為人最工心計，而且手段毒辣──」

葉老先生連連點頭道：「老朽就是想到這一點，現下夏侯康傷重難醒，他若立刻持劍以令華山門人，華山派岌岌可危矣。」

王竹公點了點頭，葉老先生沉吟了一會，斬鐵斷釘地道：「王三俠，你先回去吧，老朽回頭去跟他一程！」

王竹公吃了一驚道：「你……你的臂傷……」

葉老先生揮了揮左臂道：「老朽雖已非華山之人，但師門大事卻決不能袖手旁觀，何況此事由我而起，這左臂的血已止住了，不礙事的！」

王竹公深深明白他這種俠義的心情，搖搖頭不說什麼。

葉老先生思索了一會，在懷中摸了一回，摸出一截炭筆，在衣上撕下一條布襟，飛筆在布上寫著字，然後摺好交給王竹公，道：「王三俠，煩你將布條交給小女——」

王竹公點點頭，欲言又止，葉老先生身形一掠，回過身來向原來的地方奔去。

王竹公暗暗嘆了一口氣，大聲道：「葉兄千萬小心！」

葉老先生半反過身子揮了揮手，一連兩個起落，身形已消失在林中深處。

三　囊中金盡

一彎清溪優美地繞著那偏僻的小鎮，河床全是淡黃色的鵝卵石，水清可見。

這時正是黎明初交，旭日尚在地平線下，只是一線清淡的霞光從天邊斜斜地閃躍出來。

這時，靜靜的溪畔一個人影也沒有。

葉老頭的客棧就背對著這一彎清溪。

一排磚牆顯得有些古老，僅有一扇小窗，正對著小溪的轉彎處。

這時，在牆角下有一個蜷縮臥著的人，他伸了一個懶腰，看來他是在這牆角下過了一整夜。他抬起頭來，晨光照在他的臉上，正是那個買了匹瘦馬的瀟灑少年。

他吸了一口新鮮的空氣，看了看自己過夜的地方，嘴角浮起一絲苦笑，他喃喃地道：「實在太窮了，只好將就些吧。」

他站了起來，看見他那匹瘦馬拴在不遠處一棵大樹下，正在舒服地大嚼青草，低頭看看身上，衣衫上沾了些塵土，便伸手把灰塵拍去。

這時，磚牆上那一扇小窗忽然緩緩推開，一張雲鬢鬆散的少女俏臉伸了出來。

她本是打算伸出頭來吸一口新鮮空氣的，但當她一伸出頭來，迎面映入眼簾的卻是一個少年男子，她嚇了一跳，輕呼一聲，「啪」的一下把窗子關上了。

那少年也是吃了一驚，他沒有想到自己在一個少女的閨房牆角下過了一夜。

他抬頭望去，只見那未關緊的窗子縫隙後面，依稀閃爍著一雙清澈明媚的大眼睛。

想了一下，他不禁暗自莞爾，彷彿看見窗縫後那雙大眼睛在眨著。

他盯視得太大膽，於是那扇窗子終於緊緊地關閉起來。他聳聳肩，轉過身來向著那匹瘦馬吹了一聲口哨，那匹馬豎起耳朵向他瞥了一眼，立刻揚起前蹄歡嘶一聲。

少年舉步向那拴馬的大樹走去，偶而他回過頭來望望，卻見那扇窗子又打開了，窗中依然是那個少女，只是已經穿著梳理整齊了。

她沒有想到這個男人又會回過頭來，再也不好縮頭關窗，只得勉強的笑了一笑。

那少年卻是十分輕鬆而有禮貌地點了點頭，道：「早。」

他整夜睡在人家閨房牆角下，居然一點也不感到難爲情，大大方方地打了招呼就轉首向馬兒走去。解開馬轡，牽著馬兒走到清溪畔，讓馬匹喝些水。

他自己也蹲下身去，雙手捧著清涼的溪水痛痛快快地洗了一把臉。

那匹瘦馬一見到溪水，立刻高興地往溪中間跑去，似乎也想找個深水處好好洗一洗。

這瘦馬看來其貌不揚，精神卻是出奇地好，牠在冷水裡泡了兩下，竟然樂得馬首亂搖，水花四濺，自覺趾高氣揚起來。

少年微笑地望著那匹瘦馬，讓牠泡了個過癮，才呼哨一聲道：「喂，你也洗得夠了吧。」

那匹瘦馬居然聽得懂似地點了點頭，自動連湯帶水的走上岸來。

少年上前去牽著，摸了一手水，他嘆口氣道：「只好等太陽出來曬乾了，咱們再上路吧。」

他就坐在溪邊的石頭上，手中拿著一支樹枝在溪水中劃著，這時旭日已經升了上來。

不一會，馬毛乾了，少年牽著馬匹緩緩向西走去。

然而就在他將要走上官道之時，忽然一個尖嫩的聲音叫道：「喂……喂……請你慢走一步……」

那少年吃了一驚，回頭一看，只見先前那個少女正向他急急跑來，他心中又驚又疑，回頭看看，時候尚早，四面沒有一個行人，這才斷定那女孩子是在喊他，於是他停身相待。

那少女跑得近了，只見她跑得氣喘汗淋，面上卻滿是淚痕。

她跑到那少年五步之外停下身來，氣喘喘地問道：「昨天晚上，你……你有沒有看到我爹爹？」

她停了一下，又補充道：「我爹爹就是悅賓客棧的葉老闆，你……有沒有看見他？」

少年怔了一怔，答道：「沒有呀，是怎麼一回事？」

那女孩跺腳道：「哎呀，叫我一時怎麼說得清楚……爹爹他……他不見了。」

少年低目一掃，看見那女孩子手中還緊握著一個皮紙包，裡面全是信箋，密密麻麻的寫了許多字，他猜不透是怎麼一回事。

只見那少女忽然一扭身，又向屋子跑去。

這時，忽然一個沉重的聲音喊道：「小梅，到我這裡來。」

少女猛然止步，只見一個中年商賈立在客棧門前，正是那鐵匠舖的王掌櫃。

王掌櫃道：「小梅，妳找妳爹爹嗎？這是妳爹爹央我帶給妳的信。」

小梅站在那裡緊張得發抖，她怯怯生地道：「帶給我的信？……」

王掌櫃點了點頭，小梅走上前去伸手接過一張布條，並不立刻打開看，卻先問道：「那……我爹爹是無恙了？」

王掌櫃點了點頭，他轉首望見牽著馬的少年，便以目示意叫小梅走進屋內去看。

那少年見他們似乎是要避著自己，便遠遠的朝著王掌櫃點了點頭，算是打個招呼，便反身牽著馬上路了。他跨上了那匹瘦馬，一夾馬腹，那瘦馬就飛快的向前跑去。

那匹瘦馬瘦骨嶙峋，跑起來也是顛三倒四，若非騎馬的人有相當馬術造詣，只怕十步之內就要被顛下馬來，但是速度卻快得驚人，只見黃塵飛揚，一會兒就跑出幾十丈。

馬上的少年舉目四望。只見一走出市鎮，立刻就顯得荒涼起來，除了偶然迎面奔來幾起江湖人物外，路上絕少行人。

少年縱馬奔了一程，想起清晨起來尚未進食，腹中不禁餓了起來。

他把馬騎到一棵大樹下，摸出懷中存的幾個大餅，慢慢地吃了起來。

忽然，後面蹄聲響起，一匹駿馬如風趕來。

那駿馬奔到這棵大樹前，忽地一聲長鳴，驟然停了下來，馬上坐著一個魁梧英偉的青年，正是那姓白的青年。

「啊——原來是你——」白衣青年拱了拱手在馬上叫道。

清癯少年亦道：「白兄昨夜也在那市集上過夜，真是巧極了。」

白姓青年爽朗地大笑道：「咱們相見數次，還不曾請教大名哩。」

坐在大樹下的少年站起來身來道：「不敢，小弟姓錢，單名一個冰字。」

那白姓青年道：「小弟草字鐵軍。」

錢冰道：「白兄是要入陝西，還是要下北蜀？」

白鐵軍道：「小弟要到蜀地一行。」

錢冰道：「那麼咱們只有一段路同行了。」

白鐵軍哈哈笑道：「浩浩江湖，人海茫茫，就算能同行一里路，也得有三生的緣分才行哩。」

錢冰道：「白兄風姿英爽，騎在這匹駿馬上，當真是雄偉俊逸兼而有之了。」

那白鐵軍被人讚了一頓，只是豪邁地大笑一聲道：「好說，好說，錢兄真會說笑話。」

錢冰低目一望，自己手中還抱著一包大餅，面上的一個大餅被咬了一大口，成一個月缺形，他不禁微微有點不好意思，便拿起一個大餅道：「今晨匆匆上路，還不曾吃過早餐，白兄可要吃一個？」

白鐵軍也不推辭，伸手接過去就開始吃將起來，想來他也是空著肚子的，三口兩口就把一個大餅報銷了。

他拍了拍手的餅屑，一副意猶未盡的樣子。

錢冰微微一笑，又丟了一個過去，白錢軍也就接了過去。
兩個餅吃完，白鐵軍從馬鞍上取出一個皮水袋來，他打開蓋子，卻飄出陣陣酒香。
白鐵軍喝了兩口，遞給錢冰道：「喝兩口解解渴吧。」
錢冰喝了兩口，只覺那袋中酒味之醇之香，一嘗便知是五十年以上的陳年名酒。
他略帶驚奇地望了白鐵軍一眼，看不出他把這等上乘美酒當做開水喝。
白鐵軍笑了一笑說道：「小弟我生平最恨喝那淡淡的開水，平日根本不喝開水，渴了就喝這玩意兒。」
錢冰笑道：「這酒怕是五十年以前釀造的了。」
白鐵軍喜道：「不錯，原來錢兄也是同好人，哈哈，再喝幾口吧，喝了咱們就上路。」
錢冰仰頭喝了幾口，待要把酒袋還給他，卻發現酒袋已經空了。
白鐵軍哈哈一笑，順手把皮袋丟了。跨上馬叫道：「錢兄，咱們走。」
二人二騎的的得得地上了路。
白鐵軍忽然問道：「錢兄，你昨日買馬時……你可識得那賣馬的嗎？」
錢冰微微怔了一怔，他答道：「不認識呀……白兄何出此問？」
白鐵軍搖了搖頭道：「不，沒有什麼，我只是隨便問問罷了。」
錢冰想了想，沒有再說話。
白鐵軍也沒有說話，面上卻現出一種沉思的神情，過了一會，白鐵軍問道：「錢兄，你可曾聽說過有一個人叫做青龍鄧森的？」

錢冰茫然地搖了搖頭道：「不認識，從來不曾聽過這個名字。」
白鐵軍又問道：「那麼錢兄你一定認得一個叫做銀嶺神仙的人了吧？」
錢冰睜大了眼睛，脫口而道：「銀嶺神仙？你說的可是銀嶺神仙薛大皇？」
白鐵軍勒住了馬，道：「是的，你認識他？」
錢冰笑了起來，他笑著道：「我怎會認識他？只是聽說過北方沙漠中有這麼一個奇人。」
白鐵軍皺著眉頭道：「錢兄你和這人可有什麼樑子？」
錢冰不解地道：「樑子？……什麼意思？」
白鐵軍盯著他望了一望，解釋道：「我是說——你和那銀嶺神仙有什麼仇恨？」
錢冰大笑道：「白兄你怎會想到那上面去，小弟只是聽說過有這麼一個人罷了，連見都沒有見過他，怎會有什麼仇恨？」
白鐵軍望了他一眼，喃喃道：「便是我猜想也不可能的，但……這是怎麼一回事？」
錢冰道：「白兄所言令小弟大感不懂，可否請……」
白鐵軍忽然面色一沉，十分嚴肅地道：「小弟與錢兄雖是萍水相逢，卻是一見如故，如今有一言要說，尚希錢兄不要見怪。」
錢冰一怔，也勒住了馬，轉首道：「什麼話？」
白鐵軍道：「依小弟判斷來看，錢兄性命只怕就在旦夕之間……」
錢冰聽了這麼一句話，不禁皺眉道：「這話怎麼講……」
白鐵軍道：「小弟昨日見到一件怪事，一個賣馬的販子居然是昔年名滿武林的高手，而且更奇的是，他現在居然成了別人手下的家奴！讓我把那馬販和另外一個人的對話轉述給你聽吧——

那販子道：『整整跟了那小子三天三夜，總算打探出這小子想要買一匹馬，這才定出這條妙計，豈料那小子居然把那匹瘦馬買了去，這一下豈不前功盡棄，幸好我腦筋快，立刻又用了第二個妙計，神不知鬼不覺地施了手腳，如今總算大功告成了。』

另一個漢子道：『老鄧，這一下可以將功抵罪了，回去老爺子必然不會再加怪罪啦。』

那馬販子道：『說也奇怪，咱們老爺子銀嶺神仙已是半仙的人物了，怎會和這個乳臭未乾的小子有樑子？而且定要取他性命而後已，這真是怪事……』

另一個漢子道：『老鄧，你想那些幹什麼？』」

白鐵軍說到這裡停了一停，然後道：「錢兄你想想，這是怎麼回事——」

錢冰知道他先前說的什麼「青龍鄧森」就是那馬販子了。他想了想，搖頭道：「不可能的，這是不可能的，我怎會和那什麼銀嶺神仙有仇恨？真是大笑話了，也許是白兄你……」

他才說到這裡，迎面山風突勁，只見山勢一變，小道的左邊成了面臨深淵的形勢，形成一個險惡的小轉彎，此時路邊忽然出現一個全身紮著大紅衣服的草人。

錢冰騎的那匹瘦馬一見到那古怪的紅衣草人，忽然有如發狂一般猛衝過去！

這轉彎處過分陡急，路中離深淵不過五尺，瘦馬這樣太過突然地一衝，馬上人便是神仙也無挽救之方，眼看就要人馬雙雙粉身碎骨——

說時遲那時快，那白鐵軍忽然大喝一聲，身形比閃電還要快地從馬上一掠而到路邊，伸手抓住了那瘦馬的馬尾！

只聽見他又是開聲吐氣地大喝一聲，竟然一把將那發狂的奔馬硬生生地拉住，那路邊的怪草人被馬首一撞，滾落到深淵下去了。

那瘦馬一被拉住，立刻似乎又恢復了平靜，一動也不動地乖乖站在路邊。

錢冰在馬上嚇得魂魄都飛散了，他睜目一看，只見白鐵軍頭上冒著絲絲白煙，雙足陷在土中深達半尺。

好一會兒錢冰才從驚駭中恢復了正常，他感激地望著白鐵軍。

白鐵軍噓出了一口氣，深深地望著錢冰，緩緩地道：「你……你真不會武功？」

錢冰道：「是呀，我一點也不會，真謝謝你……」

白鐵軍揮揮手道：「不要提謝字，我們是好朋友，不是嗎？」

錢冰不再說話，只是重重地點點頭。

白鐵軍道：「咱們上路吧。」

他們跨上了馬，那瘦馬像是沒有發生方才那樁怪事似的，安靜地跑著。

白鐵軍道：「方才你這匹馬實在太奇怪了，怎麼會無緣無地故猛衝起來，還有……還有那個草人也古怪……」

錢冰驚魂甫定，喃喃道：「我也覺得奇怪，但這馬現在不是好好的嗎？」

白鐵軍沒有說話，卻是皺著眉不斷地苦思著，似乎有一個極大的問題困擾了他。

中午的時候，他們來到了一個小村莊，此時正值午膳時刻，白鐵軍便道：「錢兄，一道去吃一頓中飯吧，走出這村子，咱們就要分手啦！」

他們走入村裡唯一的小飯店，吃過了中飯，白鐵軍伸手想掏錢付帳，那知伸手一摸，袋中竟已空空如也。他似乎永遠不知道自己袋中有多少錢，只是抓來就用，從不考慮。

錢冰見他窘狀，微微一笑，掏錢付了帳，白鐵軍只聳了聳肩，大步跟了出來。

他們並騎走出了村莊，前面現出兩條路來。

白鐵軍勒住了馬，指著左面的路道：「我從左面走，咱們要說再見啦。」

錢冰望了他一眼，忽然他覺得他們像是相識了多年似的。

白鐵軍道：「關於那馬販子有什麼陰謀……」

錢冰絕不相信有人會想謀害自己，他打斷道：「白兄不必擔心，我自信也絕不可能，試想銀嶺神仙是何等身分之人，怎會一心一意要置我這一點武功也不懂的人於死命？」

白鐵軍輕嘆一口氣道：「我也認爲不可能的，但是……總之，好兄弟你一路珍重，」

錢冰道：「這個我知道，白兄，我走啦。」

他掉馬向右，走了幾步，忽然又轉了回來。

他伸手在袋中一摸，袋中一共還剩十兩銀子，他全拿了出來，遞給白鐵軍道：「白兄，走遠路人身上帶一點錢總比較方便。」

白鐵軍道：「你自己呢？」

錢冰道：「我這裡還有。」

白錢軍沒有再說，伸手接過了，放在懷中，猛一勒馬，叫道：「後會有期。」便躍馬如飛向左疾馳而去了。

錢冰等他走得不見了影，才拍馬上路，他喃喃地道：「史記上記載的那種遊俠劍士，大概就如這位白兄一般了——」

他抬頭看了看前途，喃喃道：「我要先找個地方，設法賺一點銀子做盤纏再說。」

塵土飛揚，蹄聲寂寞地響起。

日又暮了，西風中錢冰騎著瘦馬，緩緩地在道上行著，夕陽迎面照著他瀟灑的面孔，白皙的皮膚淡淡映上了一層紅色，更顯得生動。

但只有一刻工夫，日影從他臉上移開了，沉到前面的山後。

錢冰欣賞著這寧靜的景色，想起前人的詩句：「夕陽無限好，只是近黃昏。」此情此景，真是貼切不過，對於前輩詩人寫境之深與觀察入微，不由大感佩服，一路行來，只覺讀萬卷書，不如行萬里路，大生「井蛙」之感。

忽然前面樹林中發出一陣咕咕怪叫，聲音又是低沉又是難聽。

錢冰聽得全身發毛，那瘦馬兒也豎起尖耳傾聽。

他暗暗忖道：「不知是什麼怪物，前面這林中又大又密，我得乘著天光未盡之前穿過，不然碰到什麼毒蟲猛獸可就麻煩了。」

他一拍馬首，那馬一步步前行，才走進林中幾十步，只見林中巨木參天，那聲音越來越大，彷若便在跟前。

錢冰抬頭一看，只見面前一棵合抱古樹，樹枝上停著一隻碧綠的小鳥，那聲音正是小鳥所發的。錢冰大感奇怪，這等小鳥怎能發聲如雷?不覺又多看了幾眼。

只見那小鳥全身綠得可愛，比樹葉還綠幾倍，正在啄食樹上蚜蟲。

錢冰是少年心性，心想這鳥兒可愛。便想抓到手中玩玩，正待起身捕捉，忽見那鳥兒雙目連眨，淚水不停流下來。

錢冰好奇心起，駐馬觀看，那鳥兒食量極大，飛來飛去啄食蚜蟲，可是眼淚流個不停，心中似極為不忍，錢冰瞧得有趣，不由得呆了。

那鳥兒吃完了這棵樹上蚜蟲，又飛到另棵樹去。

錢冰心中忖道：「世上竟有如此怪鳥，吃起蟲子還會傷心流淚，偏生吃得又這麼凶，這不自相矛盾嗎?牠流著眼淚吃蟲子，看那模樣兒是傷心透了頂，這樣吃法，便是山珍海味，又有什麼味兒?」

他胡思亂想了一回。忽然從林子深處傳來一陣腳步聲，接著一個清脆的聲音叫道：「碧綠兒，回來啦!」

那鳥兒一昂首，拍拍雙翼，向林中飛去。

錢冰心想這鳥兒原來還是人養的，看來這林外必有人家，今宵是不會露宿的了。

他拍馬緊跟著小碧鳥前去，走了不久，只見前面的一株大樹下立著一個俏生生的少女，衣著單薄，那鳥兒端立在她肩頭。

錢冰一怔，但他為人瀟灑，任何場合都不會尷尬，當下翻身下馬，向那少女微一揖道：

「請問姑娘，前面可有人家？」
那少女滿臉幽怨愁苦之色，仿若未聞。
錢冰滿面笑容又問了一遍。
那少女哦了一聲，雙頰微紅，好半天才輕聲答道：「穿出這林子便是一個大莊子。」
錢冰道了謝，正要放馬而行，忽想到那少女一個人孤零零站在這荒野林中，瞧她神色不對，莫非是來尋短見。
他本是熱心人，一想到此，聯想到很多別的可能，卻沒有一樣是好的結局，當下再也不能置少女不顧而去。
那少女見他停下不走，心中奇怪，又見他雙目瞪著自己張口欲和自己談話，不覺微慍，轉身便欲出去。
錢冰急道：「請問姑娘，莊子離這林中還有多遠？」
那少女心中哼了一聲，本待發作，但心中愁苦便忍住了，冷冷地道：「頂多只有半個時辰的路程。」
錢冰哦了一聲，見她神情冷漠，急於打發自己上路，心中更自證實所想，一時之間找不到什麼話搭訕，口中只有喃喃道：「這林中又黑又暗，一個人真不好走，真不好走。」
那少女見他愈說愈離譜，臉色一寒，重重哼了一聲。
錢冰道：「姑娘肩上這鳥兒叫什麼名字，真是有趣得緊，哈哈！真是古怪得緊。」
那少女心中一百二十個要趕他走路，可是少女面嫩，卻說不出口，躊躇半天才道：「你要投宿請趕早，遲了只怕別人莊院不開門了。」
她說完便走。
錢冰大急，脫口叫道：「姑娘請慢。」
那少女一回身，便要發作，但她瞪了錢冰一眼，心中一震，只覺全身發顫，情感激動，眼淚幾乎奪眶而出。
錢冰和她目光一觸，只見她眼中盡是傷心絕望之色，心中更是憐憫。
那少女深瞧了他兩眼，一語不發，呆呆立在那兒。
錢冰乾咳了幾聲，勉強找出話題，仍是關於那鳥兒道：「小可走遍天下，卻從未見過這等漂亮的小鳥，姑娘能夠馴養，本事真大得緊。」
那少女笑了笑，笑意斂處卻是一絲淒涼。
錢冰又道：「這鳥兒又聰明又聽話，姑娘有此良伴。真是妙趣橫生，再不寂寞的了。」
那少女抬頭又瞧了錢冰一眼，心想：「這話是安慰我嗎？難道他知道我的心事嗎？」當下不好意思再不理會，便隨口道：「碧綠兒脾氣大得緊，可難侍候，一發脾氣，是不食不休，非等主人千方百計替牠解憂，這才轉過氣來。」
錢冰見那少女開口了，心中一震道：「天生異物自然是不同於眾，就以牠奇怪行徑看來，這種脾氣原算不了什麼。」
那少女點了點頭道：「我有時真不想理牠，一頭小小扁毛畜牲脾氣這般傲，可是又捨不得拋掉牠不顧，真是食之無味，棄之可惜哩！」

錢冰道：「總是姑娘縱容牠，待牠太好了，如果真是不管牠，牠餓得久了，豈能堅持不食？活活自斃嗎？」

那少女聽著聽著，只覺得對方每句話都是針對自己說，想到自身委屈之處，不禁柔腸寸斷，恨不得立刻死去，心中沉吟忖道：「是我待他太好了，是我待他太好了，所以他根本不珍惜我的情意，只道我應該待他如此。」

錢冰見她剛剛稍霽的臉色又陰沉下去，眼中淚光閃爍，也不知她心中到底想著些什麼，但見她鼻子挺直直通天庭，心中忽然想起塔中那異人和自己談論過的相術，暗自忖道：「他老人家說凡是這類通天鼻的人，性格最是堅毅，我應激勵她一番。」

當下緩緩地道：「大凡萬物尤其是人，大多明明身在福中不知福，像我小時候，明明父母雙全，生在一個很溫暖的家庭裡，可是我卻偏偏這也不是，那也不是，現在哩！流浪天涯，什麼事都要自己操心了。」

那少女聽他誠懇地說著，而且又大有道理，不由略收悲思，凝神聽著。

錢冰又道：「像我現在，衣服破了，便得自己學著綴補，錢花光了，便得掙錢去，就是做苦工也好，隨便遇到什麼難題，只有面對它去解決，逃避有什麼用？難道還能像那碧綠兒一般，撒個嬌便解決嗎？姑娘妳認爲怎樣？」

那少女情不自禁的點著頭，但一轉念，心中暗暗想道：「你說得不錯，可是你怎麼知我的苦楚，唉，你四海爲家，豪放慣了，那裡知道我們女兒家心情。」

雖是如此，但心中直覺這陌生少年親切得緊，雖是萍水相逢，恍若什麼話都可以跟他說，她性子剛強，想不到好幾次在這陌生少年前落淚，自己也不知是怎麼回事。

錢冰暗覷神色，只見那少女悲蹙大減，臉上一片剛毅之色，心知自己的話生效，便揀些有趣的事和她瞎聊。

他口才極好，一些本來只有三分趣味的事，被他口若懸河的一說，便有十分趣味，美不勝收。

那少女聽著聽著，心懷大開，也和他暢談起來。

兩人談著，不知時間溜過，突然林中一亮，原來月已當頭，從密茂沖天樹梢中透出幾許的蟾光。

那少女一驚道：「啊喲！已經是午夜了，咱們趕快回家去。」

錢冰一怔道：「回家？姑娘妳家在那裡？趕快回去，免得妳爹娘操心了。」

那少女奇道：「喂，你不去嗎？我家便是在莊院裡呀！」

她不知不覺間已將錢冰看做自己人，再無矜持。

錢冰雖想到男女有別，深夜裡同行不便，可是他心中坦然，人又灑脫，當下笑道：「那正好，我送姑娘回去，我也好在莊上求宿一晚。」

那少女高高興興站起，兩人才走了幾步，忽然一陣簫聲裊裊從林端飄起，聲音嗚嗚然又是幽怨又是淒愴，兩人駐足聽了半晌。

那少女輕輕嘆了口氣，錢冰正想發問。

簫聲突止，一個清越的聲音念道：「菁菁子衿，悠悠我心，但為君故，沉吟至今。」

那少女臉色突一紅，回首看了錢冰一眼，月光下只見他牽著一匹馬，俊秀朗朗，心中一驚，只覺六神無主，彷彿天大的禍事即將臨頭，心中只是反來覆去地想道：「天啦！難道我苦命如此，一次不夠，上天還要再給我一次痛苦？」

她一定神，口中似夢囈般地說道：「我先回去，你……公子……你……此去向前走幾里，便到莊院了。」

她邊說邊走，身形快疾非常，生像是在逃避什麼大禍一般，她路徑熟悉，只幾個起落，便消失在黑暗之中。

錢冰呆在當場，直到那少女身形消失，這才緩緩騎上瘦馬前去，心中想道：「這女子瞧來弱不經風，想不到卻是一身功夫，輕功尤其高強，看來那莊院可能大有能人。」

馬行數里，林子走盡，只見前面火光閃爍，兩支巨大火把高高懸在空中，現出一座莊院來。

錢冰沉吟一會，拍馬上前，輕叩了兩下門，大門一開，走出一個壯漢，錢冰道了來意，那壯漢很客氣地引他入內，走了一刻引進一幢平屋。

那壯漢打開一間房門道：「客官早歇息，山野之人招待簡慢，尚請多多包涵。」

錢冰道了謝，那壯漢轉身去了。

他暗暗稱奇，心想這人生得粗魯，言語卻是斯文，真是不可以貌取人。

他行了一天，身體著實疲乏，也不暇看房內設置，倒下身便睡。

正在朦朧之間，忽聞叩門之聲，他無奈下床，打開門一瞧，只見一個青衣丫環手中托著一個盤子，盤中放著兩個碗，熱騰騰冒著煙。
那青衣丫環和他照了一個面，臉色一驚，手中托著的盤子幾乎倒翻。
錢冰睡眼朦朧，倒沒有注意。
那丫鬟囁嚅地道：「公子請用點心！」
錢冰見那丫環站在一旁等待，加上飢腸作祟，便飛快將兩碗點心吃完，向那丫環笑著道了謝。
那丫環原見他吃得凶猛，忍俊不止，可是後來只見他舉止瀟灑，便如在自己家中一般自然，不由對此人生出親切感。
次晨一早，錢冰便要告辭而去，他走出房門，只見一大夥壯漢負著巨斧，成群結隊往莊院後走去。
錢冰想穿過人群去尋莊中管事人，忽然背後被人重重拍了一記，一口濃重山東音道：「老弟，你也是做短工去？瞧你白淨淨地倒像公子哥，伐木可不是好玩的。」
錢冰一回頭，只見一個卅多歲黑鬍漢子，衝著他關切的問，錢冰心中一動。
那黑鬍漢子又道：「老弟你定是盤川缺少了吧！來來來，俺哥倆一塊去做工，粗活都歸俺老哥，你只要搬搬木材，紮好成捆，咱哥倆工資對分如何？」
錢冰心念又是一動，忖道：「我目下當真缺少盤川，做個短工賺幾文工資也不錯，只是昨天還是別人客人，今天倒變成工人了，哈哈！」
他這人最是無所謂，凡事心安理得，從未把這等粗工當做下賤，當下興高采烈地道：「多謝老哥好意，小弟這就一起去！」
那黑髯漢子大樂，又拍了錢冰一下道：「這才是好兄弟，咱們男子漢大丈夫說幹便幹，有道是『英雄不問出身低』，張三爺是賣布販子，秦老爺流落街頭賣馬，後來還不都成了大英雄大豪傑？」
錢冰點了點頭，心想這人歷史倒還熟，他擠在眾人之中，那黑髯漢子對他極好，攔在他身前，彷彿怕別人擠傷他似的，錢冰心中暗暗好笑，但對那大漢甚是感激。
眾人到了工地，原來就是昨夜和少女邂逅的林子。
那黑髯漢子取下巨斧，揮動砍伐，口中道：「這莊主就靠這片巨木成富，老弟你別瞧這樹林，都是百年難成一材的香楠木哩！」
錢冰吃了一驚，心想從前聽人說，如能求得一蓋楠棺，便不枉人生一場，這片林子連綿何止數十里，又都是參天巨木，所值之鉅，真是駭人聽聞。
那黑髯漢子又道：「這楠木値錢，可是這裡地處山區，運出去實在困難，所以每年砍伐有限，但就算這樣，莊主仍是富可敵國。」
錢冰道：「聽老哥口音不像此地人士？」
那黑髯漢子嘆口氣道：「俺本山東人，五年前一次大水，家破人亡，流落來此，唉，要不然俺那小弟也有老弟這般大了。」
錢冰連忙安慰，那大漢赤膊上身，筋肉交結突起，他揮動巨斧真像開山巨神一般，好不神氣，錢冰將木柴一堆堆捆好。

眾人工作到了中午，紛紛休息進食。

那黑鬍漢子從包中取出幾個又大又硬的鍋巴，喝著水和錢冰分食了。

忽然從後面走來一個二十五六的青年，臉色白皙清秀，向那黑鬍漢子一笑道：「黑大哥，今兒又是你伐得最多。」

那黑鬍漢子呵呵大笑道：「梁兄弟，你別往俺臉上貼金了，這兒兩百多個伐木工，俺可沒見過比你老弟更能的。」

那白面青年笑笑，又向錢冰望了一眼。

黑鬍漢子連忙引見道：「這位是梁四哥，這位是新來的老弟。」

那姓梁的淡淡一笑，便走開了。

黑鬍漢子伸著大拇指讚道：「老弟，這位梁四哥是咱們這裡最血性的漢子，你別瞧他生得秀氣，做起工作卻是一把好手，他每天伐木數量都一般多，多的時間總替別人多做，他雖然未超過我，但我心中有數，這裡唯一工作能勝過你老哥工作的人，便是他。」

錢冰不由又向那青年背後望了望，下午仍和黑鬍漢子一起工作，到了傍晚收工，那莊中管事的人前來驗收，錢冰竟分得十兩銀子工資，那黑鬍漢子將自己分得的一半也給了錢冰，錢冰力推不得，只得受了，那黑鬍漢子高興得咧口大樂。

吃過晚飯，那黑鬍漢子忽對錢冰道：「老弟，如你沒有急事，明天喝了咱們老莊主的六十整壽壽酒再走。」

錢冰想想便答應了。

四　巨木山莊

錢冰不好意思到莊中客房去睡，便和眾人擠在工棚中，雖說是工棚，可是巨木爲梁，不漆不色，高大寬敞，顯得十分適意，那楠木放香，棚中極是舒適。

眾人都是血性漢子，性情豪邁，錢冰和他們談天說地，別是一番風味，那莊主待人顯然甚厚，十個工人中倒有七、八個受過他恩惠。

第二天一早，眾人歡天喜地去向莊主拜壽。

錢冰放目一瞧，一夜之間全莊氣象大變，到處結燈掛綵，一片洋洋喜氣，心想這莊子上下一心，好生興旺。

正要隨著眾人往內院走去，忽然蹄聲得得，從莊門口奔來二騎，一男一女，都是年輕俊秀，衣著華麗，向眾人一擺手，縱馬前去。

錢冰混在人群中走了很久，地勢愈來愈高，這才發覺莊園之大，方圓總有十數里，好半天才走到內莊。

只見山腳下聳立一座大樓，簷牙起伏，彩色新鮮，好一番氣勢，當中正門上橫放著一塊大匾，「巨木山莊」四個金色大字，端的龍飛鳳舞，躍躍欲飛。

錢冰跟著眾人進了正廳壽堂，他抬眼一看，堂中坐著一個清癯老者，手持木杖，笑容滿面向眾人答謝。

錢冰心想這人並非爲富不仁之輩，不由對他多看幾眼，不禁吃了一驚，只見他身旁立著一個朱衫少女，臉上脂粉薄施，喜氣洋洋，真是天姿國色，明艷不可方物，卻正是前晚在林中所見少女。

那少女抬目正好和他相望，卻眼色一轉望向別方，眾人一個個上前拜壽。

待輪到錢冰，他心想此人待人厚道，自己拜他一拜也無妨，正待躬身作揖。

那莊主凝目瞧了他一眼，臉色大變，站起身來，口中顫聲道：「你……你……你有臉……回來？」

那少女不停向莊主使眼色。

莊主一定神，隔了半晌歉然道：「老夫年老眼花，認錯了人，兄弟莫怪。」

錢冰莫名奇妙，那少女向他使了一個眼色，示意他到廳外後面去，錢冰緩緩走出大廳，走到廳後去了。

他才等了片刻，那少女也走了過來。

那少女神色黯然，喜氣全斂，看著他半晌講不出話來。

錢冰正欲啓口，那少女幽幽道：「你這一打擾，爹爹的心情壞透了，這六十大壽也別想快樂度過。」

錢冰雖不明白真相，但總是因自己而掃人之興，趕緊連聲道歉再說。

那少女嘟著嘴道：「其實也不能怪你，唉！此事你不知也罷！你這人也真怪，好生生到我家作客不好，去做什麼工？」

錢冰聳聳肩，忖道：「妳爹爹才看我一眼，便恨不得食我之肉，還說要我到妳家作客，真是笑話。」

但他豈會和一個少女計較，當下也懶得追究此事原委，雙手一攤笑道：「貴莊工資比別地高上幾倍，小可短缺盤纏，正好趁機撈上幾文。」

那少女恨恨地瞪了他一眼，道：「你別口是心非，我可不信你沒錢了，瞧你出身，一定是什麼名門貴冑。」

錢冰瞧她滿臉自信，便不說了。

那少女也無話可說，目光卻繞在錢冰臉上，竟是情意款款，意亂情迷的樣子。

錢冰心頭一震，正打算藉故溜走，忽然背後一個少年的聲音怒叱道：「好，你……你這背叛師門的小賊，少爺今天叫你來得去不得。」

錢冰回頭，只見那適才騎馬而來的少年立在身後，一言不發便是一掌。

錢冰見那少年長身而進，雙掌交錯，直逼近身。

那少女大叫住手，但那少年似乎紅了眼，招招都是致命之式，錢冰退無可退。

那少年呼的平胸一掌，來勢緩慢，卻隱隱約約激起一陣風雷之聲。

錢冰被逼在牆角，眼看走頭無路，他心中大感後悔，心想適才一開始便走，這廝再強也追不到，此番欲走無路，不知如何是好？

那少年雙掌推出一半，待到雙臂推直，錢冰非被擊中不可。

那少女在一旁急得花容失色。

正在這千鈞一髮之際，忽然人影一閃，一股強勁掌力往那少年雙掌推去，那少年身形一慢，倒退三步，定睛一看，從空中落下一個二十五、六青年，手中握著一支長簫。

錢冰死裡逃生，百忙中向這救命恩人瞧了一眼，正是昨日那伐木工人梁姓青年。

那少年驚得合不攏嘴，斷斷續續地道：「你……你……你……玉簫劍客……」

那梁姓青年漠然一瞥，目光凝注那少女，口中低吟道：「春蠶到死絲方盡，蠟炬成灰淚始乾。」

手一抖，那長笛齊腰而折，幾個起落便失去蹤影，那少女卻掩臉跑進廳中。

那華服少年半晌定下神來，對著錢冰怒目而視，兩目彷要冒出火來，錢冰一寒，只見那少年滿臉殺機，心中真是一片茫然，也不知在那裡得罪了他。

那華服少年陰陰地道：「好哇，姓俞的，你以爲有人替你撐腰，便可以爲所欲爲，哼！欺師叛門卑鄙之徒，今日叫你納命。」

錢冰根本沒有聽清他說的話，只是沉吟思索脫身之計。

那華服少年嘿嘿冷笑道：「玉簫劍客又怎樣？俞智飛，你那崆峒妖女呢？叫她出來一起受死，也好作一對同命狗……狗鴛鴦呀！」

錢冰心中打好主意，趁他不注意時，一溜了之，當下裝作不解道：「什麼崆峒妖女？小弟從未和女子打過交道，要有，便是剛才那位姑娘。」

那華服少年對莊主女兒似乎極爲仰慕，聞言只道錢冰在繞彎子罵人，只氣得臉色泛青，一提真氣，右掌在胸中才劃了半個圈子，只見眼前一花，對面立著的錢冰，已失了蹤影。

那華服少年一怔，他一刻之間便走下風，心中又氣又羞，大覺沒有面子，一迴身，見莊主的女兒倚在大廳側門，嘴角含著笑意，像是揶揄又像是幸災樂禍似的，只覺臉上發燒，恨不得地下有洞鑽下去。

那莊主女兒含笑道：「五哥，你這種火爆的脾氣，要哪一天才能改進一些？瞧你人長得文質彬彬，性兒卻像點燃了的火炮似的，一觸即發。」

那華服少年被少女笑語搶白，心中更不是味兒，他一肚子火要發，可是對眼前這少女自小將就得慣了，一時之間，那裡發得出火來，只有乾咳兩聲，臉上雖有笑容，但苦味顯然比歉意多得多。

正在這時，廳內又走出一個青衫少女，對華服少年柔聲道：「五哥莫惱，小妹子是跟你說笑的，便是舅舅，適才也差點認錯哩。」

這青衫少女人長得極美，說起話來聲音悅耳，雙目含情脈脈凝住那華服少年。

那華服少年聽著她柔聲安慰，心中火氣洩盡，但還故作沉著，臉上沉豫不語。

那莊主女兒吐吐舌笑道：「喲，小姊姊，我沒有欺侮妳五哥，倒惹得妳出頭了，好！好！單拳難敵四手，我認栽啦！」

青衫少女秀臉一紅，低下頭來，半晌才對莊主女兒道：「妹子，妳伶牙利齒，別說五哥和我加起來不是妳的對手，便是天下才子，哪有比妳知道得更多的？」

那華服少年輕輕一哼不服氣，抬起眼來，只見莊主女兒雙道眼光掃了過來，連忙將眼光閃開。

莊主女兒聽青衫少女說完，忽然心有所感，悲從中來。

她是世間少見聰敏之人，性子又剛強激烈，一生只真心服氣一人，原因是她根本不願與他相爭，那人卻棄她而去。想著想著，眼圈都幾乎紅了，那還有心情鬥口？

這是她剛強中惟一軟弱的一面，只要提起此事，真是氣焰立斂，再也發不出狠來。

莊主女兒強自微笑，學著她姑媽日常的口頭禪道：「揚兒真好福氣，也不知那生修來的。」一邊說邊往廳內走去。

那華服少年姓君名樸揚，他母親是巨木山莊莊主妹子，那青衫少女是他母親家的遠房侄女，兩人從小生活在一起，原是一塊玩泥堆沙，青梅竹馬的小玩伴，這幾年人長得大了，倒顯得生分起來。

君樸揚和那青衫少女每年一逢姑父生日，都不遠千里趕來拜壽，一住便是幾個月，是以這兄姊妹三人，一向混得極熟。

這時廳外只有君樸揚和青衫少女兩人。

青衫少女看了君樸揚一眼道：「五哥，咱們也進去瞧瞧熱鬧，姑爹今年好像有滿腹心事，今天是他整壽喜日，也不見他臉色開朗。」

君樸揚哼了一聲氣道：「雲妹，妳也發覺了，什麼臉色不開朗，簡直是做顏色給咱們瞧來著，明天他壽一過完，咱們拍馬走路便是。」

青衫少女叫周滿雲，連忙說道：「五哥，你怎麼連姑爹也怪上了，姑爹是長輩，難不成要向咱們作晚輩的應酬？你切莫亂說，如被別人聽去了，真是鬧笑話。」

君樸揚瞪了她一眼道：「我可受不了這種冷落，雲妹，妳看看咱們來了兩天了，姑爹和我們一共才說過幾句話？」

周滿雲柔聲道：「姑爹是何等身分？他老人家一向嚴肅慣了，你又不是不知道？怎麼會為這事鬧脾氣，這不太小家子氣麼？」

君樸揚帶怒道：「妳懂什麼？我明天走定了，妳不走也由得妳。」

周滿雲被他搶白得粉臉通紅，半晌說不出一句話來。

君樸揚恨恨地道：「姑父總好像瞧不起我們晚輩，把我當小孩子看，什麼事也不跟我說，我受得夠了，他少年時，不知別人是不是也這樣對待他？」

他聲音愈說愈大，周滿雲急得臉色發白。

她素知這人草包脾氣，偏又生性傲得緊，你愈勸他愈是發怒，當下幽幽地道：「五哥你要走也得跟主人告辭啊，走！咱們便找小表妹去，告訴他你有急事明天要回去。」

君樸揚亂搖手道：「不要找她，我不要告訴她。」

周滿雲道：「為什麼？咱們不好意思和姑爹講，也得和小表妹打個招呼啊，免得姑爹說咱們不懂禮貌，沒有教養。」

君樸揚道：「我說不和她講便不准和她講，妳操什麼閒心？」

周滿雲道：「那就多住幾天，明兒我和小表妹採些明湖菱角來，我親手作菱肉蒸鴨請你吃如何？」

君樸揚滿臉無奈地道：「就依妳，就依妳。」

周滿雲笑生雙頰，輕聲道：「這才是我的好五哥。」

她聲音說得極低，生怕別人聽到，卻是柔情款款，說著說著臉先自紅了。

君樸揚哼了一聲道：「妳別以爲我什麼都會聽妳的，每次我離家外出，姆媽總要妳跟著我，說什麼兩人結伴比較放心，其實根本不是這回事，她總怕我出事，妳說說看，真的遇到強敵，我對付不了，妳還能勝麼？真是不通之至，難道妳本事比我強麼？」

周滿雲伸伸舌頭道：「我怎敢和神劍太保比？」

她模樣又是天真又是美麗，任何有天大火氣的人，瞧著這可愛的小模樣，都會釋然一笑。

君樸揚卻並未注意她，接口道：「所以我說姆媽不懂事，有妳在身旁，我很多事不能放手去做，上次和青城派年輕第一高手上清道人比劍，不也是因爲妳的阻止而爽約，不但讓人家以爲我姓君的窩囊，而且失去了一個名揚天下的機會。」

周滿雲低頭聽著，她眼皮低垂，十分羞愧的樣子。

君樸揚又道：「上次爲了妳好心，給一個童子銀子買饅頭，差點著了雲南百毒教主的道兒，性命丟在長安，妳說說看，妳壞了多少事？」

周滿雲委屈地道：「我見那孩子可憐，哪想到人心如此狠毒？」

君樸揚得意地道：「這就是所謂婦人之仁了，江湖上人心險詐，妳們女子哪裏能知道？

唉，妳真是一個累贅。」

周滿雲低聲道：「五哥，我以後都聽你的話，不再惹麻煩了。」

君樸揚道：「我常聽爹爹講起他少年時遊俠的故事，隻身單劍走遍天下，大碗喝酒，刀首切肉，管盡天下不平事，那生涯可夠瀟灑的。」

他愈說愈是得意，神色飛揚，說了半天，見周滿雲並無反應，不由瞧她一眼，只見她神情淒楚，泫然欲泣，心中不由大奇，正待開口問話。

周滿雲囁嚅地道：「五哥，你嫌棄我麼？」

君樸揚奇道：「幹什麼喲？」

周滿雲道：「五哥，我是累贅，咱們回家去吧！我不再惹你嫌了。」

君樸揚道：「妳是怎麼啦？好生生使什麼氣？我又沒說以後不帶妳出來遊歷了，我如果真討厭妳同行，每次出門，我難道不會一溜了之？」

周滿雲睜大秀目瞪著他看，想想他的話實在有道理，心中馬上陰霾盡除，回悲為喜，柔聲地道：「我老愛瞎疑心，五哥你莫見怪。」

君樸揚道：「我見妳什麼怪？雲妹我問妳，剛才那人難道不是姑爹的叛徒俞智飛？」

周滿雲笑道：「五哥，難怪小表妹說你粗心，那人右眉心有一粒又大又紅的珠砂痣，成了他的招牌，你剛才難道沒有注意到？」

君樸揚頓足笑道：「我真糊塗，連這個也疏忽了，不過這兩人生得也真夠像。」

兩人都是少年人心性，想到適才差點弄錯了人，莫名其妙大打出手，都不禁哈哈的笑了起來。

笑聲中兩人走進大廳。

就在轉角處走出少年錢冰來。他搖搖頭心中忖道：「真是人在福中不知福，這小子傲氣凌人，偏偏碰到這等好脾氣的姑娘，唉，這姑娘真可愛得緊。」

他瞧瞧日已當午，眾工人都在廳內開懷痛飲了，他心中對那老莊主忽然生了一層戒心，連熱鬧也不願意湊了，一個人踱出莊門之外，漫步又走入林中。

只覺林中檀香木香氣四散，被日光一蒸，更是滿溢空間，真令人無限靜穆。

他靠在大樹旁，想起了很多往事，過了不久，竟沉沉睡去。

這時林中靜悄悄地只有鳥語檀香，一個俊朗瀟灑的少年，安然無憂的躺在樹下，那情景著實動人。

過了半個時辰，一個苗條少女也走進林子，她肩上停立著一隻碧翠的鳥兒，正是莊主女兒。

當她看到錢冰安然睡在樹下，臉上像一個孩子般毫無憂慮，不由瞧得癡了，心中對他又是羨慕，又是驚奇。

她站在錢冰身畔好半天，口中自言自語地道：「這人一表人才，看起來聰明絕頂，可是偏偏好像事事漠不關心，連伐木的粗活也幹了，真不知是何路數，難道是外表聰明，其實胸無點墨，是以到處流落，無棲身之所？」

但轉念又想道：「不對不對，他上次初見我時，那幾句對我的話真是句句珠璣，好像瞧透了我的心事，笨人絕對說不出這樣的話來。」
她想了一會，也不得要領。
原來她早知錢冰留在莊中做工，暗中觀察了他好多次，總是不得要領。
忽然錢冰轉了個身，她怕他醒來瞧見自己，連忙快步走了，心中卻老是惦念此人，走得兩步，又回頭瞧了眼，擔心錢冰睡中著了涼。
她肩頭小鳥兒忽地尖聲長鳴，振翼飛到一株大樹之上，尖爪一抓，從樹皮中抓出一條烏色硬甲條蟲，歡叫幾聲，吃得津津有味。
莊主女兒忖道：「自從碧綠兒被我收服以來，這為害檀木最厲害的烏甲蟲早已絕了跡，不知哪裡又生出來，碧綠兒又有美食可吃了。」
她見碧綠兒吃得津津有味，卻是淚若泉湧，一時之間甚是憮然。
想到前年一場烏甲蟲災，若非碧綠兒晝夜大發神威，這千年檀林便要全部枯萎死去，爹爹經營的巨木山莊也便是有名無實的了，想到為了捕捉碧綠兒，巧救了那人，結果自食苦果，最後又想到樹下的錢冰，心中對他實在頗有好感。
她呆呆出了一會神，心中啐道：「無端端又胡思亂想，真是好沒來由，難道我吃的苦頭還不夠嗎？」
她輕步歸去，遠遠聽得鑼鼓喧嘩之聲，知道工人們又在唱戲作樂，心中更是悽切，也不願回家，逕自往莊外明湖去看荷花去了。

錢冰睡了好久，忽然耳畔聽到一陣豪邁的笑聲。

他在睡意朦朧中，以爲是路上結識的白姓青年到了，心中一陣歡喜，便自醒了。

日影西偏，四周並無一人，他定了定神，背後腳步聲起，回頭一看，哪裡是那白姓青年，倒是對待自己甚厚的黑大哥敞胸醉步行來。

錢冰站起身來迎上前去，遠遠的便聞到一股酒氣沖鼻而來。

那黑大哥見到錢冰好不高興，伸手抓住錢冰雙臂問道：「錢老弟，你怎麼不喝酒瞧熱鬧去呢？」

錢冰笑道：「我吃得差不多了，一個人出來清靜清靜。」

黑大哥道：「年輕人不好熱鬧的倒真少見，錢老弟，不是我倚老賣老說你，年輕人總該開朗，拿得起放得下，有什麼心事只管說出來，咱們大家來設法，總有辦法解決。」

錢冰笑道：「多謝李大哥好心，我實在是沒有什麼心事。」

黑大哥不住蘑菇，錢冰真是哭笑不得，只有趕緊拉開話題道：「大哥酒喝多了，趕緊歇歇吧！」

那黑大哥一拍胸道：「笑話，我李老大當年一口氣喝下廿斤上好汾酒，眉不皺，面不紅，說學識我李老大不成，說酒量，嘿嘿，那可是一把上上好手。」

錢冰應道：「大哥神勇，這裡的哥兒們哪個不知。」

黑大漢哈哈笑道：「好說，好說，老弟，咱們莊主什麼都好，就是一點不好，你道是什麼？」

錢冰搖搖頭。

黑大哥道：「每次他請咱們喝酒，都是紹興酒，咱們男子漢大丈夫只應大杯大杯喝燒刀子，那紹興酒，便是數十年的陳年花雕，也是給娘兒們潤喉的。」

錢冰含笑點頭。

那黑大哥愈吹愈有興致，全是想當年如何闖蕩江湖，如何白手成家立業，不時提起一些人名，好像錢冰也熟悉這些人一般，說到得意之處，反來覆去重覆好幾遍。

錢冰道：「黑大哥醉了。」

黑大哥連聲否認，仍是喋喋不休的談著他自己少年之事。

錢冰扶他一把道：「黑大哥你先回工棚休息一會再說。」

黑大哥口中連道：「我不累，我不累，我還沒有說完。」

錢冰道：「好，好，歇歇再說。」

黑大哥口中猶自強辯，身子卻支持不住。

錢冰半扶半拉將他拖回工棚，一倒在床上，呼聲大地，沉沉睡去。

錢冰只覺手一涼，兩滴淚珠滴在手背上，低頭一瞧，黑大哥眼角晶瑩閃著淚光。

錢冰心中忖道：「這人熱心一世，表面上歡樂無憂，其實心中寂寞得緊，難怪他如此的好交友，原來是內心空虛呀！」

忽然背後一個工人道：「老黃，你別瞧那衣衫光鮮的小夥子年紀只有一丁點兒大，本事之大，名頭之盛，真是江湖上人人皆知。」

另一個工人道：「別聽老孫吹牛皮，人家是莊主的親戚，不是大官便是大富的後人，怎會是江湖上人？」

那起先說話的叫老孫，聞言急道：「李大麻子，你曉得個屁，老子親眼看到的事，怎會是假的？」

李大麻子道：「你胡亂捏造事實，當心莊主知道了，打碎你的飯碗兒。」

他人雖生得又醜又麻，可是一口道地京片子，卻是動聽悅耳。

那老孫被他一再相激，再也忍不住破口罵道：「哪個撒謊便是他媽的龜兒子，要是自個兒沒見識，乖乖作個卵蛋，躲在一旁給老子安分一點！」

眾人一陣哄笑。

那老孫道：「此事我不該講，偏生李大麻子這龜兒子不信，說不得拚老命也要講出來。」

眾人見他臉色鄭重，都凝神而聽。

老孫道：「去年也是這個時候，有一天我在川南收購藥材，正從山裡往回走，忽然前面兵器聲起，我心中一奇，也不及考慮安危，竟跑前去看個清楚，各位哥子，你道如何？」

眾人聽得起勁，不由齊聲問道：「如何？」

那老孫道：「我一轉過山上彎路，只見白光亂閃，全是劍光刀影，我心中這才感到害怕，尋了一個隱身之處，心想是福不是禍，是禍躲不過，再偷偷探出頭來仔細一瞧，瞧了好半天才從刀光中瞧清，只嚇得魂都飛了，哥子們，你道如何？」

眾人齊聲道：「如何？」

老孫道：「原來是五個人，五件兵器招呼一個少年人，那五個人中，有一個頭陀雙額突出，好像生有角一樣，這不是人傳川康邊境橫行十餘年、從未遇到對手的川邊五虎的大哥雙角頭陀嗎？川邊五虎，各位也許不知，在咱們四川可說是人人皆知，連小娃兒夜哭，只消做爹娘的要提出這五個凶神名頭來，都嚇得不敢哭了。」

眾人之中，有一個工人附和他道：「川邊五虎是西南一霸，橫行多年，聽說連官府全懼他們，和他們勾結上了。」

老孫接著道：「我見是川中五虎，更嚇得連大氣也不敢呼半口，別說再探頭偷看了，等了也不知好久，天色漸漸黑了，忽然兵刃聲止，我又等了半頓飯時間，這才敢抬頭出去看看情形，只見那少年正在路旁草上拭劍，川邊五虎全部倒在路上，一動也不動，那少年拭完了劍，插在鞘中，口中喃喃道：『聞名不如見面，川邊五虎如此膿包，怎能混出這大萬兒？』說罷頭也不回便走了。」

他停了停。

李大麻子道：「後來怎麼樣？」

老孫微微一笑心中大感得意，清了清喉嚨道：「我輕輕爬了出來、只見那五人橫在地下一排，每人都還有氣息，再上前一看，樹上竟掛了十隻耳朵，血淋淋用松針釘住在樹身上，各位想想看，那粗可合圍的松木有多堅實，這少年用松針便能將耳朵釘住，這是一種什麼功夫呀……我當時驚得合不攏口來，忽然見五虎中一個人身子動了動，心中一怕，沒命地跑了。」

他歇了歇，只見眾人臉上都是驚異之色，當下緩緩地道：「這個少年，便是今天大家在廳中所見那個光鮮少年……」

眾人聽他這麼一說，都深信不疑，對那華服少年更是仰慕不已。

有些年輕小夥子，對那華服少年一臉傲色，本有點瞧不順眼，這時也是心悅誠服了。

錢冰待黑老大睡熟了，他又溜了出來。

這時天色已是全黑，他心中想到今日如非那叫什麼玉簫劍客的梁四哥，替自己擋了一擊，此刻只怕已命喪那華服少年之手。

想著想著不由腳步移動，走到莊外明湖畔去。

這時新月初上，湖面上一片波光，月影破碎，楚楚動人。

錢冰遠眺湖光山色，朦朧中又是一番景色。

忽見北端人影一閃，一條黑影竟橫渡湖面而來。

錢冰心中一震，只見白光連閃，那黑影踏波起落，那湖面少說也有二、三十丈，那黑影數起數落，已到了湖心，動作更加快了。

又過了一刻，那黑影到了岸上，月光下但見他只有鞋面濕了一截。

錢冰心中鬆了一口氣，暗忖此人輕功雖好，但還是藉踏木而進。

他正在沉吟，那黑影已然走近。

錢冰一抬頭，兩人對了一個照面，他吃了一驚，向後倒退半步。

那黑影因錢冰站在暗處，先前並未看見，此時陡然發覺有人，比起錢冰更是吃驚。

那黑影再抬頭一看，驚得又倒退兩步，口中顫聲道：「你……你……是誰？」

錢冰嘻嘻一笑：「你是誰，怎麼和我這樣相像？」

那黑影定了定神，正要開口說話，忽然後面一個沉重的聲音道：「孽徒！你還有膽回來？」

那黑影面色大變，一轉身放下一物便走，口中高聲叫道：「師叔您好，徒侄是想來瞧師父一眼，給他老人家拜壽的，這盒內是玉門夜光杯，能辨識萬毒，只要微量毒素，這杯兒立刻變色……作為徒兒一點……一點心意。」

他邊說邊跑，聲音愈來愈遠。

錢冰一怔，只見湖畔樹後走出一個病容滿面的老者來。

那老者嘆了口氣，上前俯身拾起地下一個小盒子，口中喃喃地道：「孽障，孽障！」

一言不發，連錢冰正眼也不瞧一眼，大步往莊內走去。

錢冰待他走遠了，忽然想起一件事，走到那西邊一看，那堅逾金石的山岩上，每隔幾丈便是五個指孔。

原來那湖是匯水兩山間而成，東西兩邊都是絕壁，那老者適才從西邊出現，顯然是翻過絕壁而來的了。

錢冰心中隱隱不安，暗忖這莊中怪人極多，不知是何路數。

次晨一早，伐木工人又開始工作了。

錢冰在人叢中發現了梁四哥，他心中大喜，正待開口詢問，那梁四哥示意他不要說話，臉色森森不改，一斧一斧砍著木柴。
到了下午，忽然林外一陣蹄聲，雙騎穿林而來。
馬上的騎士一個是年約二十三、四歲的青年，一個是四十左右的中年人。
少年騎在前面，這時突然收韁，那馬嘶了一聲，停了下來。
身後的中年人也跟著停了下來。
那青年道：「天色已過午了，看來今日一天又是白費了。」
那中年人面貌方正，兩道眉毛十分濃密，聞言答道：「這裡的地形我很熟，距離那最近的市鎮也還得趕兩個時辰的路……」
那青年皺了皺眉道：「咱們的馬匹可不能再跑這麼遠了，不如就在這兒附近找一處地方投宿下來。」
那中年人嗯了一聲道：「這裡直走不遠，有一處很大的山莊，喚作什麼『巨木』山莊，聽說那莊主富可敵國，很是好客。」
青年噢了一聲道：「巨木山莊，這個我倒從未聽說過，既是如此，咱們就去借宿一夜吧。」
說著一放馬韁，那坐下的駿馬又放開蹄步奔跑起來，兩人並肩齊馳，邊行邊談。
那中年人道：「你瞧，從這兒起，這麼大的一片山林都是那巨木山莊的木材工地，其規模之大可想而知。」
青年突道：「湯二哥，那巨木山莊中定是人多口雜，說不定咱們可以在其中打聽得著一些線索。」

那姓湯的中年人嗯了一聲道：「我也是這樣想，那地方規模相當大，不可能沒有人知道它的情形，假若咱們真能問出下落，可真省了不少閒工夫。」

兩人邊行邊談，這時巨木山莊的莊門已然在望。

石板路前方走著一行伐木工人，聽著身後馬蹄之聲得得，都回過頭來觀看。

那青年騎在馬上，忽然大叫道：「錢兄弟，錢兄弟。」

錢冰正在工人堆中行走著，聞聲一看，驚喜道：「白兄，是你！」

那馬上少年豪放英武，正是那與錢冰邂逅相交的白鐵軍。

他看見錢冰扛著一柄長柄利斧，翻身下馬叫道：「錢兄弟，我幫你抬木材。」

說著上前二步，將那沉重的木材抱起，舉著放在右肩上。

錢冰不好意思地笑笑道：「那麼，多謝白兄了！」

這時又有幾個伐木工人走近來，他們都是豪爽的性子，不一會已談笑風生。

那姓湯的中年人在一旁見了，笑笑地搖了搖頭，牽著那白鐵軍的坐騎，緩緩跟在那一堆工人後面。

錢冰微笑道：「白兄到四川一行又趕了回來？」

白鐵軍哈哈道：「到四川找著一位朋友。錢兄弟，你可是將身上的盤銀都給我了，自己來做工賺錢？」

錢冰笑笑道：「不錯，兄弟這幾天已集不了少銀兩了！」

白鐵軍點點頭道：「真是巧極了，我原想在山莊投宿一夜，卻正好又碰上了兄弟你，說不得我要代你做兩天工賺些銀子。」

錢冰笑笑，忽然道：「白兄，今夜你也不必投宿山莊了，就和兄弟擠一擠，咱們抵足夜談如何？」

白鐵軍猛一揮拳道：「好主意，好主意——」

他回過頭來，對姓湯的中年人道：「湯二哥，你也不必投宿了，咱們一齊睡到工人房中來。」

湯姓中年人點點頭沒說什麼，卻看看錢冰。

錢冰微微對他笑了笑，點了點頭當是招呼。

來到莊院，白鐵軍叫了聲「好大的地方」，忽然問一個伐木的工人道：「老兄在這兒工作多久了？」

那工人想了想道：「十個多月了。」

白鐵軍噢了一聲，又道：「老兄對這兒的情形熟不熟悉？」

那工人嘿了一聲道：「這你可問對人了，這兒上下的事情，我老方可是最熟悉不過的。」

白鐵軍忙道：「老方，你可知道這附近有沒有一座叫做『隱賢』山莊的？」

老方呆了呆道：「隱賢山莊？這……這倒沒有聽說過，不過這方圓好幾百里，就只有咱們那巨木山莊，從沒再有第二座——」

白鐵軍好生失望地啊了一聲。

眾人說著，忽然那姓湯的中年人低低驚呼了一聲，白鐵軍回過頭來，姓湯的用手指了指，白鐵軍隨著望了過去，只見一個少年緩緩走了過來。

這時眾工人都迎著那少年招呼道：「老梁。」

白鐵軍面上神色變了一變，但很快就恢復常態。

錢冰忙著招呼，並沒有注意到。

那姓梁的青年也看見了白鐵軍，他似乎怔了一怔，與眾人點了點頭，走向右邊木屋中去了。

白鐵軍忽然對錢冰道：「錢兄弟，你先走一步，我去將馬匹拴好了再到屋中去找你。」

錢冰點點頭，舉起青布衣袖拭了拭額上的汗珠，輕快道：「快去快回，我等你一起喝一杯！」

白鐵軍哈哈一笑，接過湯姓中年人交過來的韁索，兩人牽著馬匹走了過去。

走開過去，白鐵軍咦了一聲道：「湯二哥，怎麼梁四哥在這兒？」

姓湯的中年人也奇道：「我也是驚異非常，梁四弟怎會到這山莊來，他方才作了手勢，叫咱們過去一談——」

白鐵軍點了點頭道：「你先將馬匹帶過去吧，我去會他一面，咱們不知有何事情會發生，最好先小心不露身分為佳！」

姓湯的中年人點了點頭，白鐵軍轉過身子，走向那一棟木屋中去。

一進入屋中，那梁姓青年作了一個手勢，輕聲道：「今日夜晚在莊門相會。」

白鐵軍怔了一怔，但見他神色神秘，也不再問，點了點頭反身就走。

那梁姓青年忽然想起了什麼，輕聲道：「等一下。」

白鐵軍止下足步，只聽他道：「你認識那姓錢的少年？」

白鐵軍點點頭，不解地問道：「錢冰？我認得他！」

姓梁的青年飛快地道：「你留神他一下，他似乎不簡單！」

白鐵軍呆了一呆，正待開口。那梁姓青年突然作了一個手勢，低聲飛快地道：「晚上他上床之前，你注意一下！」

白鐵軍滿腔疑念，但見了他的手勢，不再說話，輕輕走出木屋，向錢冰住著的地方走了回去。

五　深宅隱賢

白鐵軍滿腔疑念，他不知梁四哥要他注意錢冰是爲了什麼，是否他已先有所發現。

他雖和錢冰相交不深，但對他卻極具好感，起初他也不信錢冰不會武功，但看見他那麼誠懇的表情，又不得不相信。

他疑念重重，但面上卻是若無其事走回房間。

錢冰正端著一大罈酒走進來道：「白兄，咱們痛飲一番如何？」

白鐵軍看見酒，心情也開暢了，一把接過罈子，拍開封泥，一股濃香衝了出來，不由大叫一聲：「好酒！兄弟，你從那裡弄來的？」

錢冰道：「小弟方才從廚房中端來，花了不少口舌，那伙夫才肯出售哩。」

白鐵軍哈哈一笑，拿起兩隻飯碗，滿滿注了兩碗酒，道：「兄弟，咱們兩人一見如故，每見著了，我胸中就感到十分舒暢——」

錢冰笑道：「小弟也有同感，來，咱們兄弟來乾一杯再說！」

兩人一口氣將一大碗酒倒入腹中，一同將碗在空中照了一照，相對大笑起來。

然後兩人坐了下來，邊吃邊談。
白鐵軍詞鋒極健，知道的又多，說的都是江湖上的趣事，錢冰聽得不由入神。
兩人談了好久，白鐵軍停下話來，沉吟一會又道：「錢兄弟，你打算在這莊中住多久？」
錢冰聳聳肩道：「頂多不超過三天便得上路了，白兄，你此行有什麼打算嗎？」
白鐵君點點頭道：「我一路上要打聽一處地方——」
錢冰嗯了一聲，白鐵軍看了看他，但見他面上洋洋自若，絲毫看不出端倪。
又談了一會，錢冰打了個呵欠道：「時間不早了，白兄，明日你不打算離此地吧？」
白鐵軍哈哈一笑道：「好歹也得幫兄弟你砍兩天大木頭！」
錢冰笑了笑道：「白兄，不瞞你說，小弟覺得這砍木的生活倒很有意思，尤其是工人們都是爽直性子……」
白鐵軍一擊掌道：「正是，我也最習慣和這種人相交。」
錢冰和他相談一夜，處處投機，兩人心中只覺都已深深瞭解對方，一直到深夜錢冰收拾殘具，準備睡覺。
白鐵軍想起梁四哥的約會，對錢冰道：「錢兄弟，你先休息吧，我要出去會一個人。」
錢冰奇道：「什麼人？湯兄嗎？」
白鐵軍遲疑了一會。
錢冰卻乖巧地笑了笑，他心知這江湖遊俠很可能隨時有事在身，岔開道：「那小弟也靜坐一會，白兄你請便吧。」

白鐵軍拍拍他的肩頭道：「我儘快趕快，錢兄弟你等不耐煩先上床，我若回來倒在床上擠一擠便是。」

白鐵軍緩步走出房門，門外一片漆黑，夜風迎面吹來，十分涼爽，他不由深深吸了一口氣，只覺酒力湧上來，胸頭有些躁熱，一手拉開衣襟，靜靜站了一會。

他反身望望錢冰的房間，這時燈光已被撥小不少，他想起梁四哥的話，沉吟了一會，吸一口氣，身形輕輕飄到窗下，沒發出一絲聲音。

來到窗前，輕輕找了一處空處，眇目向內望去，只見錢冰靜靜坐在桌前沉思。

燈光閃爍之下，只見錢冰那瀟灑俊秀的面容上絲毫沒有一絲陰霾。

好一會錢冰又仰頭打了一個哈欠，喃喃自語道：「前幾天一直沒有練那呼吸之術，昨日練習一會就覺得身心舒暢，但卻有一層似乎阻塞不通，今日反正要等待白大哥，不如練一回吧。」

白鐵軍側耳聆聽，心中暗暗忖道：「聽他口氣，分明像是練有內功，但似乎又全不明白內功的精藴——虛實委實難測。」

這時，錢冰站起身來走到床前，盤膝坐在床上，雙手背在身後，上身微微前俯。

白鐵軍看了好一會，滿面都是茫然之色，似乎連他也看不出這架式是什麼名堂。

這時錢冰胸腹之間起伏激劇，面上肅然歸一，突然一抹青色緩緩升上面際。

白鐵軍陡然之間大吃一驚，身形一掠，疾疾離開窗前。

他駭然忖道：「除了那絕世神功外，還沒聽說哪種別的功夫有如此徵象，可惜我從未見過那神功，但看來這多半便不錯了。好兄弟，好兄弟，原來你也不簡單呀！」

他轉念又想道：「但從他那誠真的表情及他的口氣，又不像是裝出來的，這真是難測虛實。」

他心中感到萬分驚異，但卻又有一些興奮，連他自己也說不出是什麼原因。

他在夜風中站了一會，不覺失笑道：「還是先去會梁四哥吧。」

心念一定，身形陡然一掠，輕輕落在右方的一棟屋窗前，低低咳了一聲。

只見那窗門一開，一條人影疾飛而出，飛出窗口時右手輕拂，窗門又輕輕闔了起來。

白鐵軍低聲道：「湯二哥，咱們還是小心些為是！」

湯二哥略略一停身形，低聲道：「這莊中有問題麼？」

白鐵軍微微搖了搖頭道：「梁四哥的神色有異，可能有什麼大事。」

兩人身形一轉，向莊院大門掠去。

那莊院委實大得很，飛越過好多棟樓房才到莊門。

這時夜黑如墨，連星星都沒有一顆，兩人來到莊門，四周靜悄悄毫無人蹤。

白鐵軍雙手輕拍發出一聲。只見左方一堆矮林後竄出一個身形，正是那玉簫劍客梁姓青年。

梁四哥見了兩人，低聲道：「怎麼你們也到了這兒？」

白鐵軍奇道：「咱們倒正在奇怪，梁四哥你怎麼在這兒住了下來，而且好像待了不少日子……」

梁四哥嗯了一聲。

那湯老二插口道：「這次他到四川，正好找著我，他問我，你四弟這幾年來在那裡駐足，我好像記得上回偶而聽說玉簫劍客在這一帶出沒，便一同過來試試，沒想到一下就遇上你了！」

梁四哥笑了笑道：「小弟在這山莊中已有兩年多了！」

湯二哥驚笑道：「四弟你是有名的遊蕩脾氣，想不到竟能在這兒一住兩個年頭。想來這兒的莊主必是不凡了。」

梁四哥臉上微微一紅，吶吶道：「這莊主嗎？聽說姓卓，在這兒住了六、七年了。」

白鐵軍嗯了一聲，插口道：「對了，咱們此行還有另外一個目的，梁四哥，你在這兒住了不短時間，正好向你打聽一處地方。」

梁四哥啊了一聲道：「什麼地方？」

白鐵軍道：「隱賢山莊——你聽過嗎？」

梁四哥突然臉色一驚，問道：「你找那兒幹什麼？」

白鐵君道：「爲了一椿公案。」

梁四哥心中疑念重生，又問道：「與這莊……莊主有關嗎？」

白鐵軍點了點頭，道：「如若他就是那人，那的確有關了！」

那湯二哥這時插口道：「四弟，你到底知不知道這地方？」

梁四哥沉吟了一會，點點頭道：「知道。」

白鐵君喜道：「那好極了，你……那莊主是什麼模樣？」

梁四哥忽然微微笑了一笑道：「那莊主多半就是你們要找的人。」

白鐵軍瞠目不明。

梁四哥微微吁了一口氣道：「今日小弟約你們到此密會，乃是因爲發現這莊中好些人都是一身功夫，而那莊主卻似乎不是武林中人，小弟老早就懷有疑念，但卻始終看不出破綻，倘若那莊主果真是深藏不露，那他是已到了韜光晦略的地步了！」

白鐵軍道：「你說這兒的莊主嗎？嗯，那的確不易，但是那倒是其次的事，四哥，咱們要打聽的是隱賢山莊……」

梁四哥微微搖頭道：「你先別著急，前幾日小弟突然發現在莊中內廳有一處大堂，這地方平時是不准進去的。」

梁二哥與白鐵軍見他說話嚴肅，知道必有重要發現，也不再發問。

梁四哥繼續說道：「小弟偶然一抬頭，見了一件事物，忍不住走近去看看，果然不錯，在大堂的四壁上都刻劃了很淺的八卦圖……」

湯二哥吃了一驚：「劈空掌！」

梁四哥點點頭。

白鐵軍皺了皺眉，但並沒有出聲。

梁四哥道：「當時我的確吃了一大驚，這劈空掌能練到配合方位的地步的人，當今武林委實寥寥可數。」

湯二哥面呈苦思之色，似乎在猜疑這莊主的來歷。

梁四哥又道：「當時我便準備入內一看，驀然之間一股極強的力道襲體而生，小弟本能右手橫推，但那一股內力強如千軍萬馬，小弟硬生生被推開三步，四下一望卻人蹤全無，只有右手書房中傳來卓莊主的朗朗書聲！」

湯二哥雙眉緊皺。

梁四哥嘆了口氣道：「當時小弟的確是驚駭交集，試想能將小弟推出三步之遠，即是湯二哥你也未必能夠，若真是那莊主所發，他的來歷，起碼也是一門之掌、一方之霸了。」

湯二哥也搖搖頭道：「不想在這山莊之中，竟隱藏了這麼一位人物。」

梁四哥卻微微一笑道：「你們要尋找的隱賢山莊莊主，想來必也是武林中人了。」

白鐵軍點了點頭。

梁四哥道：「所以小弟方才說，多半這位莊主就是你們要找之人了。」

白鐵軍和湯二哥齊聲驚呼。

白鐵軍道：「這……這巨木山莊就是……」

梁四哥點點頭，沉聲道：「就是隱賢山莊。」

白鐵軍和湯二哥對望了一眼。

湯二哥道：「原來改了名字，難怪在這附近找了一天都沒有找著。」

梁四哥道：「你瞧！」

說著身形一輕，飛上那莊門，將那巨大的橫額向旁移了移。

那巨木山莊四字下面果真便是隱賢山莊四字！

梁四哥落下地來道：「那麼咱們下一步怎麼辦？」

湯二哥道：「明日咱們見了莊主再說。」

白鐵軍默默沉思了一會道：「這一次咱們似乎遇到怪事重重，非得小心應付不可。」

湯、梁兩人一齊點頭。

白鐵軍又道：「現在咱們分開再說，我還得回屋和那錢冰同榻而眠呢——」

梁四哥嗯了一聲：「對了，你注意那錢冰沒有？」

白鐵軍微微笑了笑道：「錢兄弟的海底包在我身上好了！」

說著打了一個手勢，三人各自分開。

夜色茫茫，沉沉的黑暗中，蘊藏著陣陣的秘密！

又是一天的開始。

中午的時分——

風起了，黃土迷漫在天空，樹枝沙沙地響著，天空飄著大塊大塊的白雲，但是不一會就被吹散成零零碎碎的雲花，點綴在深藍色的天底上。

羊腸小道從樹林裡蜿蜒出去。

這時，輕微的蹄聲傳了過來，從遠處走來了一人一騎。

馬兒漫步走著，馬上的人也顯得懶洋洋的，馬兒行近了，只見馬上坐的竟是個美麗的少女。

她頭上包著一方淡黃色的頭巾，身上穿的是一襲黃衫，座下馬兒也是一匹黃馬，在黃塵飛揚的大地上走著，幾乎分不清人影。

她輕皺著眉頭，向前探望著，從那樹枝疏淺的方向，她發覺了那深紅的莊院屋角，於是她的臉上露出一絲微喜，喃喃地道：「總算有個莊院了，但不知是不是我要找尋的。」

她輕拍了拍馬臀，輕聲道：「喂，馬兒馬兒，走快一點吧。」

馬兒揚首低嘶了一聲，的的得得加快了一些速度，一會兒就走出了林子，那隱蔽著的山莊出現在眼前。

馬上的少女向四面望了望，卻找不到正門在哪裡。

這時，從莊院的左面走來一個青衣少女。

她一直走到馬前，才問道：「妳……是到我們家來的嗎？」

馬上的少女跳下馬來道：「請問姐姐，這裡可是住著一位卓老官人嗎？」

青衣的女子打量她一番，沒有回答她的問話，反而問道：「妳是來找卓老官人的？」

黃衣少女聽她的話，敢情卓老官人就在這裡了。

她臉上露出大喜的神情，連忙說道：「是的，是的，小妹尋了好久方才尋到此地，有重要事情要尋卓老爺子……」

青衣少女啊了一聲，道：「是這樣嗎，請隨我來……」

她走在前領路，黃衣少女牽著馬，以手加額，默默地對自己道：「小梅小梅，總算讓妳找到了。」

青衣少女領她走到大門，便引她走了進去，一直到大廳堂之前，便有一個僕人走了出來。

青衣女子道：「老王，你把這個小姐的馬帶到馬房去。」

那僕人行了一個禮答道：「是。」

他走過來牽馬，黃衫少女叮囑道：「請你帶我到馬房去，我這馬還要餵料洗刷哩。」

她自小什麼事都是自己料理，是以對於自己餵馬洗馬之事，認爲是理所當然之事。

那僕人微微笑了笑道：「這個小的省得，姑娘請放心。」

那青衣少女聽她要自己去餵馬洗馬，不禁大覺驚奇，但她面上也沒有露出訝色，只是轉首問道：「我還不曾請教尊姓呢。」

黃衫少女道：「敝姓葉——不，敝姓胡。」

青衣少女不由吃了一驚，哪有連自己姓什麼都會答錯的，她不禁又打量了黃衫少女一眼。

黃衫少女十分尷尬地笑了一笑，但是那笑容下卻透出一種難以形容的愁苦之色。

青衣少女又是一聲：「請進。」

黃衫少女跟著她走入大廳。

青衣少女道：「請稍候片刻，我去請爹爹出來。」

黃衫少女道：「多謝姐姐，這裡有一件東西請代給卓老爺子過目……」

只見她從袖中拿出一面小小的紅旗來。

青衣少女心中雖然驚疑不定，但是面上一絲也沒有露出來，只是接過那面紅旗，向內走去。

不一會，一個丫鬟端著香茗出來，黃衫少女似乎十分不好意思的樣子，謝了又謝。那個婢女捂著嘴拚命忍住笑，行了一個禮就走了出去。

又過了一會，一個爽朗的大笑聲從內屋傳了出來，接著一個精神健旺的老人大步走了出來。

老人一路走出來，手中拿著那一面紅色的小旗，大聲道：「哈哈，追魂劍葉飛雨十多年滅跡武林，原來他還在人間，哈哈哈，故人無恙，還有什麼比這個更令人高興的？」

黃衫少女連忙站起來，拜道：「卓伯伯在上，受晚輩胡小梅一拜。」

老人一把擋住，驚色滿面地道：「胡……胡小梅？妳……妳爹爹已經告訴妳了？」

小梅站起身來，忽然眼眶紅了，她低聲道：「是的，爹爹什麼都告訴我了……」

老人凝目望著小梅，右手不斷地捏著那面小紅旗，忽然長嘆了一口氣，喃喃地道：「唉！時間過得多麼快啊！」

小梅忍住悲憾，低聲道：「晚輩奉了爹爹之命，趕到這裡來投奔卓伯伯，詳情容稟……」

那卓老爺子忽然一把拉住小梅的手，喃喃地道：「妳的眼睛，妳的眼睛……是多麼的像啊……」

小梅被他拉住了手臂，心中有一些害怕，但是當她碰到卓老爺子那慈祥和藹的目光，她忽然一點也不怕了。

她只是輕聲地問道：「卓伯伯，您說像什麼？」

卓老爺子喃喃地道：「多像妳的父親啊。」

小梅怔了一怔，心中巨浪翻騰，有說不出的難過，她強忍了一會，道：「事情是這樣的，那天……」

卓老爺子忽然打斷她的話道：「我知道妳有許多話要說，我也有許多話要問妳，但是妳得先休息，洗梳一下，吃飯時咱們再長談吧！」

他轉首叫道：「蓉兒！」

那青衣少女從裡面應聲走了出來。

卓老爺子道：「妳帶這位胡妹妹到妳房裡去洗梳換衣，叫廚房今晚的晚飯開在內堂。」

青衣少女應了一聲，帶著小梅往裡走。

小梅謝了一聲，又向卓老爺子行了一禮，跟著青衣少女走進去。

她們兩人從一排雕欄玉砌的走廊穿過一個天井，天井外面有一口水井。

這時，正有一個少年在井邊提水。

青衣少女走在前面，小梅跟在後面，她偶一側首，正好碰見那打水的少年轉過身來，一瞥之下，小梅驚得呆住了。

原來那個打水的少年正是錢冰。

小梅吃驚地想道：「他怎麼會在這裡？」

錢冰根本連這邊瞧都沒有瞧一眼，就提著水桶向外走去了。

小梅收下驚疑的心，跟著青衣少女走入深閨之中。

青衣少女轉首笑道：「這是小妹的房間，櫃中的衣衫妳隨便揀著穿，咱們的個兒長得倒是差不多高矮哩。」

小梅謝了一聲，青衣少女就走了出去。

小梅洗梳了一番，依然揀了一套黃色衣衫穿了。

她覺得身子十分疲累起來，便躺在床上，不一會竟然睡著了。

等到小梅起來的時候，天色已經暗了。

她一睜開眼，只見青衣少女正含笑站在她床前，笑吟吟地望著她。

她臉上一紅，連忙爬起來道：「呀，我怎麼糊里糊塗地這兒睡著了。」

青衣少女按著她的肩膀道：「小梅妹妹，我比妳大一些，我叫蓉瑛，妳就叫我蓉姐吧。」

小梅道：「是，蓉姐。」

蓉瑛道：「快些起來，就要吃飯了。」

這時門外已有僕人在等小姐們用飯了。

卓老爺子坐在餐桌的主位，他的身旁坐著個全身玄色衣袍的清癯儒生，手中持著一支竹杖，似乎未老先衰舉步維艱的模樣。

卓老爺子笑著對小梅道：「這位何先生是我至交，便是妳爹爹也都認識，現在敝莊休養身體，小梅喚他何叔叔便了。」

小梅行禮道：「何叔叔。」

那何先生點頭微笑道：「賢侄女免禮了。」

卓老爺子肅客入座，舉酒道：「咱們全是草野之人，也不懂那些囉嗦的規矩禮節，賢侄女妳隨便一塊吃喝吧。」

小梅坐在蓉瑛身旁，起初顯得很生澀，漸漸由於桌上每個人都是親切和藹，她也漸漸有說有笑了。

於是她慢慢把自己隨葉老爹隱於市井，一直到變故突生，自己遵葉老爹之命來此投奔的事說了一遍。

卓老爺子和那何叔叔都十分認真地聆聽著。

小梅道：「最後，我看到了爹爹記的日記，我才知道原來爹爹他……他竟不是我的親爹爹……」

小梅說到這裡，眼圈又紅了。

但是她拚命忍住流淚，只是低下首來，輕輕地咬著一塊雞肉。

卓老爺子聽完了輕嘆一聲，轉首對那何先生道：「葉飛雨遲早會爲他胡兄弟再幹出一場驚天動地的大事來的。」

何先生頷首不語。

這時，忽然一個莊丁在門外道：「老爺，信鴿。」

卓老爺子放下筷子道：「你們自己用，我出去一下……」

過了一會，他手中拿著一方小絹走了回來。

何先生問道：「什麼事？」

卓老爺子把那一方小絹放在桌上，絹上寫著幾行小字：「初秋之夜，有一虯髯怪客夜闖點蒼，竟安然而退，此子年紀輕輕，功力之強已如一派宗師，來歷秘不可測，料在數月之內，此子之名必然轟動天下，二位兄長可拭目以待，並希賜覆意見。」

卓老爺子面上罩著一層奇怪的神情，那何先生也是如此。

過了一會，那何先生忽道：「寂靜了那麼多年，武林又出新人了。」

卓老爺子端起一杯醇酒，低聲道：「年輕高手再遲遲不出，老一輩的挑重擔要挑到何日？」

然而就在這時候，莊外發生了大事——

只見林外的草原上出現了一群人影，行動如飛地向這邊移動過來。

漸漸奔得近了，只見是一個人跑在前，六個人跑在後面。

看情形似乎是後面六人追趕前面這人。

前面那人是個虯髯漢子，他縱躍如飛，又輕鬆又迅速，真如陸地神仙一般。

後面追趕的六人卻是六個和尚。

他們一口氣直奔過草原，穿過叢林。

到了莊外不遠之處，那前面的虯髯漢子卻忽然停下身，不再奔跑。

他轉過身來，向著後面追來的和尚望了一眼，冷冷地微笑了一下。

涼風瑟瑟，虯髯漢子當風而立，神態好不瀟灑，六個少林僧已經圍得近了。

虯髯漢子倚著一棵大樹，忽然從懷中取出一支奇形竹笳來，仰起頭來嗚嗚吹了幾聲。

那聲音粗獷豪壯，隱隱是大漠之情。

六個少林僧在距他十步之處立了下來，當先的一個白鬚老僧合十道：「施主，你可是回心轉意，願意隨老衲到少林一行嗎？」

那虬髯漢子停下了吹笳，望著老和尚大笑道：「大師可是對在下說話嗎？」

那白鬚大師顯然是個涵養到家的有道高僧，聞言只淡淡一笑道：「一點也不錯，施主，貧僧正是對你而說。」

虬髯漢子拍手道：「佛家人但知叫人回頭，卻不知世上英雄豪傑向來只知勇往直前，從來不知什麼叫做回頭。」

老僧道：「施主夜闖少林寺，舉手投足之間便破了大雄寶殿的羅漢陣，老僧坐守少林寺數十年，還是第一次看見如施主這等身手的，只是少林寺雖是個小破廟，在武林中也還有那麼一點不大不小的威名，怎能任施主說闖就闖，說走就走，連一言半語的交代也沒有……」

那虬髯漢子道：「原來大師所要的只是一句交代？那好辦，那好辦，在下現在就交代幾句場面話罷了……」

他話尚未完，那老僧背後一個中年和尚疾聲叱道：「狂徒住嘴！」

虬髯漢子把目光瞟向中年和尚。

只見那中年和尚面上全是暗紫之色，身材長得又瘦又長，雙目炯炯發光，從外形上看來，第一眼就給人一種不像是出家人的感覺。

虬髯漢子對著中年和尚欠了欠身道：「這位大師有何見教？」

那中年和尚冷冷地道：「狂徒你油腔滑舌，可知你方才和什麼人說話嗎？」

虯髯漢哈哈一笑道：「不錯，我怎會知道呢？」

那中年和尚指著前面的白髯老僧道：「這位乃是少林金剛院的主持一元大師！」

虯髯漢子拱拱手道：「原來是少林寺的第一號鐵掌，大師三十年前就能一掌把臥龍石拍碎，加上這三十年來的修爲，只怕大師的一雙肉掌已經不啻是六丁巨斧了。」

原來那少林寺的一元大師乃是少林寺百年以來未見的掌力奇才。

他在四十年前就開始面壁苦修。

少林寺的上代祖師臨終之際把一方最上乘的佛學大經封在一個臥龍石之中，規定弟子必須以掌力震碎此石方能得到那本真經。

那塊臥龍石不知是什麼奇石，整個少林寺竟沒有一個人能震得碎那塊石頭。

結果到了一元大師十年面壁期滿，他只是一舉掌之間便將臥龍石震成細粉。

這件事乃武林中盛傳不衰的往事，如今一元大師雖是白髯齊胸的老和尚了，但聽了那虯髯漢說到這件事，仍然不免滿心喜悅。

只見他淡淡一笑道：「施主好說，以貧僧之見，施主年紀輕輕，身負稀世難見的上乘武功，必是大有來歷的人，想來敝寺方丈也不至於難爲施主的，施主就隨咱們走一趟何妨？」

那個虯髯漢子似乎是個吃軟不吃硬的角色，他聽老和尚這麼一說，便把手中胡笳往腰中一插，揮揮手道：「也罷，就隨你們走一趟吧。」

他大步走了上來。

那面色紫黑的中年和尚伸手指道：「施主既隨咱們走一趟，貧僧感激不盡，就請施主隨咱們先到前面尋個地方用一點餐點，咱們大家都有兩日不曾進食了。」

虯髯漢子一抬眼，只見那紫黑的中年和尚右手戴著一個肉色手套，若是不仔細看，根本看不出來。

虯髯漢子面上神色微變，他乾笑了一聲道：「正是，在下的腹中也感飢餓了。」

他走到中年和尚身旁，忽然如閃電般猛一伸手，在場六個少林高手竟沒有一個人來得及看清楚是怎麼一回事，那紫黑的中年和尚手上的肉色手套已被虯髯漢子一把抓去。

只見那中年和尚面色大變，一連退了三步。

那虯髯漢子也面色大變。

他盯著中年和尚墨一般漆黑的五個指頭，喃喃道：「我跑到少林寺胡鬧一通，原來要找的人卻是你，嘿嘿，踏破鐵鞋無覓處，得來全不費工夫！」

中年和尚立刻就恢復了鎮定，他冷笑一聲道：「我與施主素昧平生，不知施主尋貧僧是何道理？」

虯髯漢子大笑道：「小可要你隨我到西北一行。」

中年和尚也放聲狂笑起來，只見他目吐奇光，完全不是一個出家人的模樣了。

「施主說得好輕鬆，貧僧若是說不呢？」

虯髯漢子道：「我說什麼，大師你就得遵行。」

那中年和尚猛一伸掌，大笑道：「有好些年沒有聽人說過這種狂言了，哈哈……」

他大步走將出來。

虬髯漢子道：「你要動手嗎？好！」

他好字尚未說完，忽然猛一伸手，單掌如風一般直拍過來。

中年和尚一個錯身，舉掌斜劈而下，只聽得陣陣掌風，凌厲已極。

虬髯漢子卻是不避不閃。

只聽得轟然一震，中年和尚一個踉蹌，跌坐地上，右手已經齊肘而斷了。

虬髯漢子大步直走上來，冷冷地道：「大師，你還是得跟在下走一趟。」

中年和尚雙目神光暴射，伸出左手來指著虬髯漢道：「你……你活不長了！」

只見他折斷的右手上，五隻漆黑的手指尖上都滲出暗黑色的漿汁。

那白髯飄飄的一元大師俯身用布條縛住了中年和尚的斷臂，低聲道：「法元，你又用毒了？」

中年和尚嘶啞地道：「這……這小子活不長了！」

虬髯漢子冷笑不語，暗自運功，把真氣逼在右臂之上，要把毒氣硬逼出去。

只是片刻之間，他的中指甲縫中就逼出一道黑氣來。

虬髯漢子冷笑一聲，正要說話。中年和尚已冷笑著道：「好內功，好內功，但是你若能把五步追魂手的毒素逼得乾淨，那你就可以做陸地神仙了，嘿嘿，沒有救啦，便是貧僧自己也救你不得啦！」

虬髯漢子一聽到「五步追魂手」五個字，頓時臉色大變。

他顫聲道：「你……你……不姓唐？五步追魂？你是十年前橫行大河南北的花不邪？啊！我弄錯了，我弄錯了……」

他滿面焦急地上來待要替中年和尚接上斷骨，只聽得一片狂笑之聲。

除了一元大師外，其餘四個少林和尚一齊圍了上來，大聲道：「施主，你說得好不輕鬆，弄錯了，弄錯了，嘿嘿！你也未免太狂妄了！」

虬髯漢子怔了一怔，說不出話來。

那四個少林僧又逼近一步，個個都是滿面憤色。

虬髯漢子道：「在下以爲他是四川唐……」

他話尚未完，那四個和尚齊聲道：「你以爲？嘿嘿，你憑什麼以爲？」

虬髯漢子的臉色驀地一沉，冷聲道：「你們想要怎樣？」

那四個和尚一怔，其中一個怒吼道：「咱們要你也自斷一條胳膊！」

虬髯漢子仰天長笑，伸出兩手來道：「在下一雙胳膊在此，列位要取的便來取吧。」

那四個和尚全是倒退半步，只因這古怪的虬髯漢子武功深得出奇，竟然一時之間沒有人先動手。

過了半晌，四個和尚突然大喝一聲：「看掌！」

只見一片狂風起處，漫天都是掌風拳影，四個和尚同時發出了少林神拳。

虬髯漢子雙眉一揚，一個旋風般的大轉身，也不知用了一個什麼身法，他的身形已到了圓圈之外。

四個少林僧連忙猛收拳勢，各自反身而立。
虬髯漢子道：「我是不願再動手的。」
四個少林和尚冷笑道：「施主，現在動不動手已不是由你來決定的了！」
話聲方了，四人再發少林拳。
虬髯漢子驀地暴吼一聲，如閃電般身形連晃，接著是四聲巨震，滿天都是塵沙枯葉。
虬髯漢子一掠身形退了兩步，地上驀地躺著四個少林僧。
只見四個少林僧人全都是掌骨折裂，倒在地上。
虬髯漢子卻似沒有發生過任何事一般，靜靜立在那裡。
那面色紫黑的中年和尚掙扎著冷笑道：「小子，你不要狂，你中了貧僧的毒掌，沒有多少日子好活了。」
虬髯漢子仰首狂笑道：「能活多少日子算得了什麼，大丈夫生死有命，我只要辦完了我的事，便是立時身首異處，又算得了什麼？」
那白髯飄飄的一元大師這時替倒下的四個少林僧人每人點穴包紮。
他揚著一雙壽眉，冷然地道：「施主請稍待片刻，老衲還要領教領教。」
虬髯漢子待要再狂兩句，然而望著一元大師那神光直衝牛斗的眸子，竟然一時說不出話來……

六　丐幫再現

忽然樹枝一陣簌簌，走出兩個人來。

左面一個是濃眉的中年人，右面的年約二十七、八，面目清秀，都是一身布衣打扮。

那青年望了望場中，對那中年人道：「湯二哥，方才的一切你都瞧見了嗎？」

那湯二哥點點頭道：「梁四弟，這小子的狂態你容得了嗎？」

那虯髯漢子望了湯二哥及玉簫劍客一眼，卻不識得。

梁四哥搖搖頭，一吹一唱地又道：「湯二哥，你說咱們該怎麼辦？」

湯二哥乾笑一聲道：「看著辦吧，四弟！」

那虯髯漢子冷笑一聲，卻並不作聲。

梁四哥望望四周躺下的少林僧人，心中也不由暗暗吃驚。

那虯髯漢子這時上前三步，指著他們兩人道：「兩位是哪一門派的英雄？」

梁四哥微微一笑道：「在下梁某，這位是湯奇，咱們都是草野閒人，哪裡是什麼英雄豪傑！」

虯髯漢子望著梁四哥，突然哈哈笑道：「不知兩位閒人，手上功夫是否與口頭一般強硬？」

梁四哥冷哼道：「湯二哥，你瞧這小子又狂起來了。」

那虯髯漢子陡然大吼一聲：「你敢接一掌試試嗎？」

梁四哥面色陡然一沉，一口真氣直湧而上。

霎時那虯髯漢子右手一圈，猛然平擊而出。

梁四哥右掌當胸而立，左掌猛推。兩股力道一觸而散，嗚地一聲，激起巨大漩流。

梁四哥只覺壓力襲體，衣衫被壓緊緊鼓脹起來。

那虯髯漢子冷笑一聲，右手一翻，猛地一掌又自劈出。

梁四哥咬牙雙掌翻天，齊推而出。

砰然一聲，虯髯漢子身形退了一步，梁四哥卻雙足釘立動也不動！

虯髯漢子怔了一怔，猛然大吼一聲，左拳一衝，右拳再起，左胸前停了一停，正待平撞，梁四哥陡然一晃，身形砰然倒地。

湯奇身形如風，一把扶起梁四哥，伸手一摸，已知內傷甚重，心中不由一駭。

那虯髯漢子冷笑道：「姓湯的，輪到你了！」

湯奇緩緩放下梁四哥，一步步走上前去。

他心中明明知道這漢子功力深厚莫測，自己沒有一分把握，但形勢已如上弦之矢，不得不發。

虯髯漢子猛吸一口真氣，臉孔上一片血紅，右掌緩緩抬起。
湯奇來不及再有第二個念頭，全身功力已運在雙掌之上。
突然之間，那少林一元大師一步跨了過來。
只見他頷下白髯簌動，微宣一聲佛號道：「湯施主，老衲接他一掌！」
虯髯漢子仰天大笑道：「乾脆兩人一齊上吧！」
湯奇面上變了一變，額頭上冷汗逐漸浸透髮角。
那一元大師面寒如冰，右掌微微舉起，掌心血紅如火！
虯髯漢子雖是狂妄已極，但在少林一元神僧之前，也不敢大意分毫。
他左手不住上下擺動著，那狂傲的笑聲逐漸減弱。
驀然之間，「卡折」一聲，右面一叢樹木中一截兒臂粗細的樹枝被人打斷掉落下來，樹葉一分，走出一個年約五旬的老人來。
大家都是一怔，只見那老者身著玄色長袍，這時那玉簫劍客已甦醒過來，看了那人一眼，不由脫口驚道：「你……何先生！」
那人對梁四哥微微點點頭，原來竟正是巨木山莊中的上客何先生。
那虯髯客濃眉一皺，大聲道：「怎地如此囉嗦，每到要緊關頭就有人來送死！」
何先生右手撐著木杖，望了虯髯漢子一眼，面色一沉道：「你叫什麼名字？」
虯髯漢子呆了一呆，哈哈笑道：「在下行不改姓，坐不改名，齊青天便是！」
何先生點點頭，冷然道：「齊青天，半月前聽說你曾獨身上過點蒼？」

齊青天怔了一怔，大吼道：「你怎麼知道？你是什麼人？」

何先生冷哼道：「你別管這些，今日既在此相逢，說不得老夫要為這事教訓教訓你的狂傲了！」

齊青天面上神色似乎驚疑不定，口中卻冷然道：「那麼你試試吧！」

他話聲未完，何先生身形陡然一錯，木杖呼地蕩起，筆直點了過去。

霎時間，齊青天面色一駭，大吼一聲，雙掌閃動，不斷在胸前交錯，佈出密密的掌風。

但那木杖一閃，只聽「嘶」一聲，齊青天胸脅的衣衫生生被挑破好大一道口子，差一點便傷及皮肉，杖風一帶，那衣袂飛開，露出他半個胸膛！

眾人目光如電，這一刹那已清楚瞧見齊青天前胸上似乎刻劃了斑斑的青紋，分明是刺上去的，烏青青的花樣奇異已極。

齊青天面色大變，慌忙用手一扯破衫，在肩上打了一個結。

他怔怔望著何子方，好一會才恍然道：「我知道你了！」

何先生卻似乎陷入沉思，頭都不抬。

齊青天大笑道：「點蒼雙劍何子方！你就是何子方，難怪要伸手管點蒼的事。」

那「何子方」三字一出，在場所有的人都大吃一驚。

點蒼雙劍被江湖中公認執天下劍術牛耳，雖於五年前封劍，但盛名仍絲毫不衰！

梁四哥作夢也沒有想到這何先生竟是這麼一個人物，那麼卓莊主必就是天下第一劍的卓大江了。

那齊青天釋然道：「怪不得方才那一式有幾分古怪，嘿嘿，何子方，但是我齊青天可並不服你，咱們再試！」

何子方忽然一抬頭，指著齊青天道：「你──齊青天──你是哈倫族？」

齊青天陡然面色大變，急吼道：「何子方，你知道的太多了！」

他身形猛然掠前，一拳平打而出。

何子方本能地一揮木杖，一股杖風封住了門戶。

但齊青天這一掌可真用了全力，何子方只覺胸前一窒，不由倒退兩步，面色都變白了。

齊青天滿面都是殺氣。

何子方暗暗忖道：「糟了，我那內傷尚未痊癒，不料這漢子內力高強如斯，方才一拚之下內傷多半又發，現在不能運用絲毫真氣了──」

齊青天上前一步，這時湯奇已發現何子方的神色不對了，他雖是奇疑不定，但到底是老江湖了，再也不多想，猛然伸手入懷，摸出一個小小絹袋，用力擲在齊青天足前！

只見那小小的白絹袋上繫著一條鮮紅緞帶，上面用黑線繡著「天下第一」四個字。

齊青天頷下的叢叢虬髯一陣簌簌抖動，他當堂倒退二步，凝視著地上的白色絹袋，也凝視著湯奇，然後沉聲問道：「這裡面，哪一位是丐幫幫主？」

連傷倒在地上的少林和尚一聽到「丐幫幫主」四個字，全都撐起身來，向著這邊投過來驚駭的眼光。

齊青天的目光落在何子方的臉上。

的心情。

只見他撐著枴杖平靜地站在那裡，從他的臉上什麼也看不出來。

齊青天的目光又移到湯奇的臉上，只見湯奇的面上帶著激動，凝視著地上的白布。

齊青天的目光帶著疑詢的光芒，面上流露出狂悍之色，但是任何人都能看得出他色厲內荏的心情。

這時候，樹叢後傳來一個聲音：「湯二哥，湯二哥……」

湯奇一聽到這聲音，面色陡然一霽，緊接著一個身材魁梧的青年大踏步走了進來。

青年一走進來，第一個映入目中的是倒在地上的玉簫劍客梁老四，第二個印象是橫在地上的「天下第一」，接著他看到了站在對面的虬髯漢子齊青天——

他的臉上閃過一陣震動之色，接著立刻又平穩下來，然後帶著一種君臨天下、近乎驃悍的神色抱拳問道：「小可白鐵軍，敢問地上這位是閣下傷的嗎？」

齊青天也正在不住地打量著白鐵軍，他聞言狂笑一聲道：「是又怎樣？」

白鐵軍一言不發，猛然一個跨步，向前踏出半步，雙掌一高一低在胸前一橫，腳下步子微微一蕩，雙掌之間突然冒出了絲絲蒸氣。

齊青天面目失色，他一言不發，猛然一個轉身，如鬼魅一般飛躍而去，霎時跑得不見蹤影。

白鐵軍一舉掌就驚退了不可一世的虬髯怪客，全場的人沒有一個不是驚震得口呆目瞪，那齊青天一身功夫實是深不可測、想不到白鐵軍只是略略比個架式就嚇跑了他。

何子方撐著枴杖，目不轉睛地打量著白鐵軍。

只見他昂然立在那裡，就像千丈豪氣自他身軀上放發而出，又彷彿是一尊頂天立地的鐵塔，高高地矗立在前面，他不由得由衷地讚嘆。

白鐵軍扶起玉簫劍客梁四俠，輕聲道：「傷得重嗎？」

玉簫劍客吸了一口氣，苦笑道：「還不致要了我的命，只是今天這個跟斗可栽大了。」

白鐵軍拍了拍他的肩膊，只見玉簫劍客滿面喪氣色。

白鐵軍道：「梁四哥，你覺得那廝功力如何？」

玉簫劍客道：「那廝年紀輕輕，但是一身功力委實不得了……」

白鐵軍道：「老實說，我若真要和他動上手，也不知能不能取勝哩。」

梁四俠聽了這話，頓時豪放地大笑起來道：「你何必替我遮羞，梁某從十三歲起開始走江湖，九死一生讓人打得奄奄一息也不知多少次了，難道還會在乎這一掌嗎？哈哈哈！」

白鐵軍一拍他肩膊，也豪放地仰面大笑起來，他們兩人問答之間，簡直旁若無人。

少林寺的和尚們互相對望一眼，那眼光彷彿是在說：「丐幫的狂態終於重現江湖了。」但他們卻想不出這姓白的少年究竟是何來路。

這時，那何先生忽然走上來，咳了一聲問道：「想不到在這裡見到了丐幫令旗重現，何某斗膽問一句，閣下可是丐幫中人物？」

白鐵軍抱拳道：「不敢，小可白鐵軍。」

何子方一揖道：「白兄請了，丐幫中三俠駕到……」

白鐵軍還了一揖，哈哈大笑道：「何先生此言白某如何當得起，便拿白某自己來說，放著眼前名滿天下的點蒼何子方，竟然裝著翻白眼不認識，那豈不是有眼不識泰山？」

何先生聞言嘆道：「自楊幫主故去，武林中久久不曾聽到這等豪氣的言語了。」

那邊幾個少林寺的僧人都目不轉睛地注視著這個丐幫的新人——年紀才廿出頭的白鐵軍，他的功力已大大震驚了全場。

白鐵軍道：「白某人忝爲丐幫一員，但楊老幫主的死對白某依然是一個不解之謎，望先生教我。」

他說著就拜將下去了。

何子方聽了這句話臉上神色一變，他猛一伸手中枴杖，一股柔韌而強大無比的力道竟然從枴杖上橫生而出，擋住了白鐵軍下拜之勢。

他重重把枴杖頓地，長嘆道：「楊幫主在星星峽一戰受傷後，從此失蹤武林，何某緬懷故人，無一日不是縈縈在心，丐幫眾俠也從此絕跡武林，今日令旗重現，何某心下萬分感慨。」

白鐵軍忽然雙目牢牢盯在何子方的臉上，一字一字地道：「但是何先生乃是星星峽之變的目擊者——」

何子方縱聲長道：「白兄此話是什麼意思？」

白鐵軍道：「白某不敢說有什麼意思，但是這個不解之謎，存於武林中這許多年，在白某想來，答案必在列位當時目擊者腹中……」

何子方雙目陡然精光暴射，冷然道：「白兄可是對何某有什麼懷疑之處嗎？」

白鐵軍道：「小可不敢。」

何子方冷笑不語，過了一會，忽然嘆道：「楊幫主一生英風俠骨，一雙鐵掌打遍天下，何某與他雖然談不上什麼交情，但是楊幫主乃是何某畢生敬佩的英雄人物，想當年在燕然山上楊幫主獨掌劈四霸的神威，至今猶在何某心頭，他神秘地一去不復現，真是令人思之傷心……」

白鐵軍聽他說得懇切，像是對一個逝去的老友追懷不已的樣子，他不禁微微一怔。

全場望著這丐幫的三人，不論如何，丐幫的重現，連少林高僧們都怔然心凜。

這時那個少林僧走了過來，一元大師合十道：「點蒼何施主隱居在此，貧僧居然得瞻英姿，真是三生有幸……」

何子方還了一揖道：「何子方此刻心如止水，雖是俗世之人，卻與出世之士沒有區別，大師所見的不過是個洩氣殆盡的羸弱老者罷了。」

一元大師轉首對白鐵軍道：「白施主少年英雄，彈指揮袖間能破強敵，老僧好生欽服——」

白鐵軍道：「大師過獎。」

老僧深深望了白鐵軍一眼然後道：「施主年齡方逾弱冠，卻已是一派宗師之身手，目下仗著沖霄豪氣，正好幹出一番驚天動地的大事，十年之後施主大器已成，那時若是老僧命長，說不定咱們還能在少林寺中相見一場——」

白鐵軍吃了一驚，怔然說不出話來，過了一會他才問道：「敢問大師此言何指？」

老僧雙目牢牢注視著白鐵軍，白鐵軍只覺那目光中射出一種慈悲的光芒，他不知是爲什麼，心中忽然有一些傷心的感覺。

老僧這時忽然微笑道：「老僧胡言，施主但比過耳秋風罷了。」

他雙手合十，舉步飄然而去。
何子方叫道：「致上貴寺方丈大師。就說點蒼故人卓大江、何子方祝福他萬事如意。」
大師哈哈笑道：「出家人豈敢談什麼如意，貧僧謹代方丈謝了。」
說罷便帶著受了傷的少林弟子離去了。
何子方看少林僧去得遠了，轉過目光來道：「白兄請進莊盤桓數日，詳談一番罷。」
白鐵軍道：「謝了，做化子的吹風淋雨是慣了，咱們這就告辭了。」
何子方想說什麼，但又覺沒有什麼好說，於是他欲言又止，過了一會才道：「如此，請便——」
白鐵軍道：「白某才疏學淺，雖是難及得上楊老幫主之萬一，但是這個謎，我誓要揭開。」
何子方冷冷一笑道：「何子方預祝順利。」
白鐵軍微微一笑，帶著梁老四和湯二哥緩緩走去。
何子方的臉上流露出一種難以形容的表情，他喃喃地自言自語道：「星星峽的往事，對我來說，又何嘗不是一個謎啊……」
他緩緩地走進莊去，這時，伐木的工人成群結隊地收工回來，有些人合唱著自己編的歌，腔調有高有低，就像一群鴨鵝在唱一般。
何子方微一瞥目，忽然眼睛一亮——
他看到一個氣質高華無比的少年夾在工人中，也扛著一個斧頭大踏步走來，看他那模樣分明也是一個工人，但是他的氣資卻是令人一望而驚，他雖是穿著破爛的舊衣，然而一種天生的瀟灑氣質卻是隨著他一舉一動流露出來。

他再一看，心中更驚這人怎麼會和師兄門下叛徒長得一模一樣，其實上次在南湖，何子方和錢冰已照過面，只是何子方當時沒注意罷了。

何子方憑著他幾十年的經歷，他暗暗對自己說：「這個人一定是個人物，絕不會是普通的工人。」

這時，工人們都已走近了。何子方注視著那少年，只見那少年正和一個大塊頭邊談著。

那大塊頭拍拍他肩膀道：「喂，錢冰，我瞧你進步得真快啊，才幾天工夫，伐木頭的技巧已經趕得上我老兄啦。」

錢冰笑道：「哈哈，還不是承列位大哥悉心教導得好，不過，做學生的也得要有一點天才，嘿，你說對不對？」

那大塊頭重重地拍了拍錢冰，笑道：「對，對……」

這時，錢冰遠遠地與何子方對了一個照面。

何子方發覺這個少年的目光中閃出一種令他心寒的神采，他不禁然怔住了。

工人們都走到東院去了。

何子方喃喃地道：「這少年叫錢冰……他叫錢冰……」

工人們進入下房不久，便各自提著水桶出來打水洗澡了。

錢冰提著一隻木桶，輕鬆地走到天井上的水井提水。

他正提了一桶水上來，忽然，一聲咳嗽聲從後面傳來。
錢冰一回頭，只見那何先生負手站在後面，他微微行了一禮，正準備提水離開。
忽然那何先生道：「汗巾忘了。」
錢冰回頭一看，只見自己帶來的手巾忘在石井邊，於是他帶著謝意地對何子方一笑，返身去取那手巾。
何子方忽然道：「錢小哥兒……」
錢冰吃了一驚，停下身來。
何子方突如其來地向道：「你可是從京城來？」
錢冰微微一怔，隨即道：「不是。」
何子方又問道：「你可從京城路過？」
錢冰道：「小可從來還未到過京城哩。」
何子方哦了一聲卻忽然轉變話題道：「聽說你才到咱們這裡沒有幾天？」
錢冰答是。
何子方又道：「瞧你模樣倒像是讀書相公，做工的生活過得慣嗎？」
錢冰不知他問這些幹什麼，他一時想不通對方是什麼用意，便答道：「也沒有什麼不慣的，莊主待咱們工人十分厚道，咱們無一不衷心感激。」
何子方道：「錢小哥兒恐怕不會久留？」
錢冰老實道：「說來慚愧，小可投此，是因爲缺了幾個川資，只等稍有積蓄就要趕路南行了。」

何子方點首悠閒地道：「少年能有機會跑跑天下，那也是人生一大樂事……」

他停了一停，似乎想等錢冰說下去，錢冰卻是只想離開，他沒有說話。

何子方卻接著道：「便以我來說，這一生雖是沒有什麼出息，但是天下東南西北幾乎是無一處沒有走到，現在回憶起來，也真有趣得緊。」

錢冰敷衍著道：「古人說行萬里路讀萬卷書，何先生足跡遍天下，真是學問滿胸腹了。」

何子方笑道：「我哪稱得上什麼學問，不過各處的名山大川看過，胸襟氣度自然會開闊起來，以我個人來說，江南美景雖如圖畫，卻是終不及塞北的浩瀚壯景……」

他搖頭擺腦地接著道：「塞外游牧之民以狼煙爲聯絡訊號，有時數個山頭狼煙齊舉，真是壯觀……」

錢冰聽他說到塞北狼煙，不自覺地嘴角掛上一個微笑，搭腔道：「有時煙柱衝上雲霄，彷彿和天都接在一起哩！」

何子方道：「一點也不錯，我就喜愛那種景色……啊，你瞧我只顧聊天，耽誤了你的時間……」

錢冰提桶道：「沒有，沒有，我這就走……」

他轉身欲走，何子方卻在這時忽然道：「錢冰，你可是從塞北來？」

錢冰驟然吃了一驚，他不知道爲什麼這個何先生要這樣繞著圈子盤問他，他的臉色不由微微一變，但立刻微笑道：「不，不過我曾經去過關外。」

他提著桶轉身離去，卻仍舊忘了拿那石井邊的汗巾，這一回，何子方卻沒有再提醒他。

錢冰走出了天井，何子方依然凝視著他背影消失處喃喃地自語：「他定是從塞北來的，但為什麼我一提他從塞北來，他就臉色一變……」

他在天井中踱了幾步，緩緩走到左邊的小花園。

這時，花園中菊花正放，黃白相間之中，一個苗條少女正在澆灌花圃。

「蓉瑛，妳在澆花嗎？」

那少女歪過頭來，甩了一甩秀髮，叫道：「何叔叔，你不是看見我在澆花嗎？」

何子方笑罵道：「妳對我這個叔叔是愈來愈沒有禮貌了。」

蓉瑛放下手中水壺，拍了拍手上的塵土，恭恭敬敬地行了一禮道：「侄女蓉瑛給叔父大人問安——這總可以了吧？」

何子方笑道：「妳爹爹呢？」

蓉瑛道：「不知道呀，整整一下午不曾見他影子。」

何子方忽然故作神秘地低聲道：「蓉瑛，妳可知道咱們莊裡的工人中有一個瀟灑無比的少年？」

蓉瑛聽了這話，眼前馬上浮出錢冰那帶著微笑的臉孔，她的臉上忽然不自主地現出紅暈。

何子方哈哈笑了起來，似乎十分得意的樣子。

這時，花園的前面，傳來一陣腳步聲。

何子方望了望，只見前面小徑上走來了一個少年，一襲青衫，正是那錢冰。

何子方面上神色微微一變，沉吟一會道：「蓉瑛，妳走過去對那少年說一聲，叔叔要找他一談好嗎？」

蓉瑛怔了一怔，她也發現了錢冰，這時錢冰正負手背向站著，面對一堆假山石，並沒有察覺自己正在看他，於是對何子方道：「找他做什麼？何叔叔？」

何子方搖了搖頭道：「叔叔自有用意，侄女，妳儘管去叫他吧──」

蓉瑛看著何子方，發覺他面上的神色似乎相當沉重的樣子，心中不由吃了一驚，想了一會，也不得要領，便滿懷疑念的點了點頭緩緩走去。

何子方望著她走遠了，輕輕移動足步，走到一株大樹下面。

這時秋意正濃，樹上黃葉密集，他望了一會，心中默默計算妥當，只聽那邊交談了兩句，錢冰便走了過來。

何子方雙目一閃，只見錢冰走了過來，文文靜靜，微風拂起那青布衣袂，更透出一股清挺之氣，心中不由暗暗讚道：「這少年好一表人材！」

正轉念間，錢冰來得近了，抱拳一禮道：「何先生呼喚區區有何教示？」

何子方微微一笑，上前一步，忽然踏著了一粒光滑的圓石子，身形傾倒在那大樹上。

錢冰啊了一聲，忙一把扶了過去。

何子方右手的竹杖一伸，點在地上，錢冰身形才動，他已扶著樹幹站穩了，大樹一陣搖動，簌簌掉下枯葉。

錢冰收回雙手。

何子方搖搖頭道：「年老力衰，唉，站都站不妥當了——啊，你的身上一片落葉，老夫幫你拂去！」

錢冰一怔，還來不及尋看，那何子方左手一伸如風，有意無意之間對準他左前胸點去。

何子方指出如風，卻沾衣立停，他退後一步雙目一閃，目不轉睛地注視著錢冰。

錢冰微微一笑道：「有勞何先生！」

何子方目中神光一閃而滅，伸手入懷摸出一方布巾遞了過去道：「這是你的吧！」

錢冰啊了一聲道：「正是正是，多謝何先生！」

何子方微笑道：「哪裡的話！」

點了點頭，緩緩走開去。

錢冰收起汗巾，也不再多言，慢慢走開。

何子方待他走遠了，回過身來，望著他的背影發呆，好一會喃喃自語道：「若說這少年果真不明武術，來此毫無目的，老夫卻不承認老眼已花，但若果真深藏不露，方才在死穴受襲之下，面色不變，這份城府真是深不可測！」

他呆呆想了一會，心中疑慮起伏不定，卻始終放不下心來，便緩步踱入房中。

大風橫掃著，枯枝落葉被捲得滿天飛舞，錢冰獨個兒走到了小丘的頂上。

他默默計算著收藏在那個小布包中的銀兩，大約也有幾十兩了，若是用得省些，將就可以作一時的川資了。

他站在山丘的頂上，向四面隨意地眺望了一下，肅殺之中透出一絲廣闊寂寞的味道，但是比起塞外來，卻是大有生意。

錢冰默默地道：「愈向南走一分，景色便愈更綠一分了。」

忽然，他看見前面一棵大樹下有一個人影，他不由得微微吃了一驚，想不到在這裡除了他以外，竟然還有第二個人在。

於是他忍不住走近一些看個清楚，立刻他的臉上露出一絲驚色，那樹下的人正是小梅。

錢冰停住了腳步，他的心中暗暗忖道：「那天才在那個小鎭上碰上她，她怎會也到這個巨木山莊來的？真是人生何處不相逢了。」

他見那小梅正倚在樹下，聚精會神地不知在想什麼，對於他的出現，似乎絲毫沒有發覺到，他也就站在那裡一動也不動。

小梅依然穿著一身淡黃色的衣裙，遠看過去就像在秋風佇立著的最後一朵黃菊，頭髮和衣帶隨風抖舞著，構成一種十分醉人的景致。

錢冰靜靜地欣賞著這一幅美景，不禁看得呆了。

忽然他發現小梅的臉頰上流下晶瑩的淚滴，這使錢冰又吃了一驚，怎麼她一個人躲到這裡來哭？

只見小梅一個人哭了一會，就掏出手絹來擦眼淚，山風吹來，錢冰依稀聽到小梅輕聲地說道：「小梅，妳不要再哭了，哭有什麼用呢……」

錢冰聽了她這幾句話，雖不知道她是爲何而哭，但心中隱隱有些感動的感覺，他忍不住想上去安慰這女孩幾句，但是他還是沒有動，只是站在那兒。

忽然小梅又喃喃自語道：「爹爹叫我到這裡來找卓伯伯，他老人家自己不知什麼時候才會來找我？這莊裡雖然待我好，可是我總是作客……」

錢冰聽她說得愁苦，加上心中也有幾分好奇之心，便想上去問問她究竟是怎麼回事，但是繼而一想，自己一個大男人在這裡偷瞧人家一個姑娘，又偷聽別人的心事……

想到這裡不覺有點慚愧，他搖了一搖頭便待走遠一些。

小梅卻聽到了腳步聲，她略帶驚疑地問道：「是誰？」

錢冰不好意思再走了，他只好回過身來。

小梅道：「啊！是你！」

錢冰生性磊落瀟灑，索性行了一禮道：「對不起，打擾姑娘清興。」

小梅伸手在臉頰上飛快地摸了摸，發現淚痕確已完全揩去，這才放心地道：「想不到我們在這裡又碰著啦。」

錢冰微笑道：「正是，在下也覺得好生湊巧，敢情咱們是有……」

他想說「有緣」，但是立刻想到這話如何說得，便住口不說了。

小梅已經聽懂了，不由臉上一紅，連忙岔開道：「這莊院也真大，咱們都是作客的，竟然互不知道。」

錢冰笑道：「不，不，我不是這莊上的客人，我是在這裡伐木做工的，姑娘自然不知了。」

小梅睜大了眼望著他，怯怯地道：「那……那麼你從那麼遠趕來只是爲了……爲了做工？」

錢冰看她那不好意思問的模樣，哈哈笑道：「不是不是，是我走到這裡，身上銀錢用完了，只好停下來做些零工賺一點川資。」

那時整個社會是個士大夫思想的社會，讀了點書的人誰肯瞧得上做工的人？錢冰這人竟是一點難爲情的想法也沒有，是以在小梅聽來，反倒覺得新奇有趣得緊了。

她羨慕地道：「你們男人真舒服，沒有錢了馬上就能自己賺……」

錢冰見她說得天真，便故意逗她道：「咱們在這裡做工除了有錢可賺，那大林子裡簡直好玩極了。」

小梅臉上馬上顯出怦然心動的模樣，過了一會道：「哪天你帶我去看一看好嗎？我一定不會妨礙你的工作。」

錢冰道：「妳是莊裡的貴客，怎麼能跟咱們工人一塊兒混，要去妳叫莊主的女公子陪妳去看便了。」

小梅喜道：「正是，我怎麼沒有想到這個。」

錢冰道：「這個莊主也著實有派頭，這一片林子全是他的財產。」

小梅道：「卓伯伯可是個大人物哩，我聽爹爹說過……」

她說到這裡便停住了口，似乎在考慮可不可以說下去。

錢冰看她的神氣，立刻知道她在想什麼，便裝得滿臉興趣盎然的樣子問道：「妳爹爹說什麼？」

小梅忍不住要賣弄一下胸中的見識，便繼續說下去了：「我爹爹曾經對我說過好些卓伯伯的事，反正……反正他就像一個神仙那麼厲害。」

錢冰道：「卓莊主的大名是什麼？」

小梅笑道：「你替他做工，卻連他的姓名都不知道？」

錢冰道：「又沒有人告訴我，我豈會知道？」

小梅道：「我怎好直呼他的名諱，這樣吧，我寫給你看。」

她拾起一根樹枝在地上寫著，錢冰低首一看，只見三個娟秀的字：「卓大江」。

他的臉色微微一變，小梅低著頭正在把三個字擦去。

錢冰抬起眼來，正好碰上小梅的目光，他心有所思，便胡亂道：「妳的字寫得真漂亮。」

小梅搖了搖頭，表示否認。

錢冰默默在打算著心中之事，一時想不出再說什麼話好。

小梅忽然道：「我……我要回去了。」

錢冰道：「啊……慢慢走啊。」

小梅發覺他心不在焉，望了他一眼，便走下山丘去了。

她走了幾步忽然又回過頭來道：「過幾天我要卓姐姐帶我來瞧你們伐木。」

錢冰道：「好呀。」他心中卻在道：「過幾天？也許明天就該上路了。」

他目送那黃衫的背影走到了山丘下，他心中默默地道：「原來卓大江就住在這裡，真省得我許多腳程。」

來。

錢冰那溫和的臉上忽然出現一種堅毅而嚴肅的神色。

寒風依然吹著，錢冰走到方才胡小梅倚立的大樹下，靠著樹幹坐了下來，心中開始盤算起

忽然，一陣人語聲隨著西風飄了過來，錢冰不由吃了一驚，但他仍坐在樹幹下不動。

過了一會，從遠處走上來兩個人，這兩人走到小丘頂上一塊高石上，向著那林木叢叢後的大莊院指指點點。

錢冰循風細聽，只聽得那兩人談話聲音甚低，而且是一種完全聽不懂的言語，不時夾著一種鏗鏘的口音，聽來似乎不是中原漢語。

錢冰不禁大爲奇怪，他悄悄扭頭望去，只見兩個身穿單衣的漢子立在高石上，分明正在談論著丘下的山莊。

左面一人年紀甚輕，看來最多二十多歲，長得身高體健，英俊的臉上透出一種驃悍之氣。

右面一個是年約三旬的矮胖子，雙目中不斷地閃爍出令人心寒的神光。

錢冰暗暗奇怪，這兩人分明是異族之人，卻不知何以會出現在此地。

他坐在樹下默不出聲，只是靜靜注視著。

那兩人談了一會，忽然右面那矮子說了句漢語：「……依你說當真是丐幫重現？」

左面那人也用漢語道：「多半是的。」

錢冰聽得又是一愣，只聽那兩人又用那奇怪的語言談了一陣，然後一齊走下高石。

錢冰皺著眉想了一會，不得要領，他微一移動，只聽得一聲大喝：「誰？什麼人？」

只見那兩人如兩支飛箭般直飛過來。

錢冰沒有料到這兩人耳力如此之強，他索性不動，依然坐在樹幹下。

那兩人落在錢冰五步之外，指著道：「你是什麼人？」

錢冰坐著微一拱手道：「小生姓錢，兩位兄台請了。」

那兩人對望一眼，左面那矮子道：「你在這裡幹什麼？」

錢冰道：「此處居高臨下，好一片北國秋色，二位高人雅致，必是同好，來來來，請坐請坐。」

他說著挪動了一下身子，似乎讓出位置來讓那兩人坐。

那兩人又對望了一眼。

那矮胖子皺了皺眉道：「師弟，他說什麼？」

那青年道：「他說這裡風景好，邀咱們一同觀賞。」

那矮胖子呸了一口，道：「媽的，酸得討厭。」

這時那青年忽道：「又有人來了——」

只聽得一陣悠悠簫聲傳來，那兩人一齊向後望去。

只見一個青年，一面吹著竹簫，一面往丘前走過。

那青年道：「這人也是丐幫的……」

他們再回頭時，一件令人驚駭的事發生了——

坐在樹根下的錢冰竟在這一剎那之間不見了！

兩人驚得話都說不出來，四面觀望，竟是不見那「酸秀才」的蹤影。

矮胖子和那青年相顧駭然，過了半晌才道：「世上竟有這樣的輕功……」

黑夜中，萬籟俱寂。

整個山莊在黑暗中像是蟄伏著的巨虎，山風嗚嗚地在空中呼嘯著。

這時，在正廳的後角上，有兩人正用最輕細的聲音在密談著。

左邊的一個撐著一支枴杖，正是那何子方，右邊的一個卻是這巨木山莊的卓莊主。

只聽得何子方低聲道：「……想不到以我幾十年的功力和經驗，竟然一點也試不出這少年的來歷來，我始終不信他是真沒有武功……」

莊主的聲音道：「可是你運功疾點他中樞死穴，試想只要是練武的，哪能做到無動於衷？這是絕對不會錯的鐵證呀！」

何子方道：「所以說這就奇怪了……」

莊主道：「待我去試一次吧。」

何子方道：「可以是可以，只是不能讓他認出你來。」

莊主道：「這個自然，這個少年如此深不可測，真不知混到咱們這裡來有什麼用意。」

何子方道：「你想想看，他難道真是跑到咱們這裡來做苦工賺錢的嗎？這未免太不通了。」

莊主點了點頭，過了一會道：「那麼就這麼辦了，我就去試他一試。」

他說到這裡，忽然苦笑了一下，低聲道：「想不到天下第一劍半夜三更去摸一個少年的海底，簡直丟臉極了。」

他揮了揮手，走出大廳，向著東邊走去。

七　情思暗牽

夜半三更，卓大江走到了東廂的平房，他從左面數起，到了第五間房前停了下來。
這時月亮當空，老莊主的影子斜斜地灑在地上，他走到那房前，突然一伸手在窗門上彈了一下。
只聽得「叭」的一聲，屋內響起一個朦朧的聲音：「誰？」
老莊主沒有答話，他的臉上戴著一幅蒙巾，伸手又敲了兩下。
屋內人又問道：「誰？」
接著便是起床的聲音，呀然一聲，屋門開了，老莊主欺身而入——
「你是誰？」
沒有回答。
屋裡的人聲音提高了一些：「你是誰？」
這時，又是一條人影如狸貓一般閃了出來，那人輕功之妙簡直駭人聽聞，一絲聲息也沒有地附攀在窗欄之上，悄悄向內窺看，月光照在他的臉上，竟是那武功深不可測的白鐵軍！

蒙了面的莊主在屋內一言不發，突然「嗆」的一聲抽出長劍來——

「喂，你是幹什麼的，怎麼一言不發？你是啞子嗎？」

蒙面莊主陡地一抖手中長劍，那劍身發出嗡然一聲巨震，四周空氣爲之滋滋然一旋，便是門窗也是簌然而響。

暗伏在窗外的白鐵軍暗暗地讚嘆道：「就憑這一下起手式，已不愧天下第一劍這個名頭了！」

只見蒙面莊主猛一揮手，長劍有如出海蛟龍一般直射而出，那劍尖在黑暗中跳動著，構成一片駭人的光芒。

房中人慌亂地說道：「喂，有話好說呀，何必動劍……」

蒙面莊主的劍已到了他的面前，劍風嘶嘶作響，顯然卓大江在劍上是用上了真功力，只在瞬刻之間，已經點到了房中客的喉前——

突然之間，呼呼風起，接著一聲「哎喲」，那房中客似乎腳下絆倒一物。

他摔了一跤，卻正巧躲過了那一劍——

卓大江心中疑雲頓起，舉劍準備再試一招。

只見他手中寒光一閃，輕輕鬆鬆地又遞出一劍。

卓大江的劍道已到了舉手投足全是妙著的地步。他這一招看似輕輕鬆鬆，實則軟硬兼俱，已是最上乘的絕招。那屋中客一陣慌亂，那劍尖已抵住了他的咽喉。

卓大江信手一收，那劍上力道全消，瀟灑無比地停在房中客咽喉前半寸之處。

這等收發自如的瀟灑，實已到了爐火純青之境了。

房中客一直退到了牆邊，那劍尖依然抵在他喉前。

卓大江心中又開始疑惑起來，他默默自忖：「瞧他這慌亂的樣子，難道真不會武？」

他微微抖腕，長劍又是嗡嗡一震，劍尖在那房中客咽喉前跳動。

然而就在這一刹那間，那房中客突然貼著牆角開始向左一閃——

卓大江是何等功力，那劍尖如同長了眼睛一般緊跟著向左一偏，依然半分不差地抵在那人喉前，在這種情形之下，只怕天下沒有人能逃得出卓大江的劍尖。

房中客一言不發，開始貼著牆遊走起來。

卓大江也不發劍，只是如影子一般地緊跟著他，劍尖依然不離咽喉。

只見他愈轉愈快，整個人如貼在牆上一般。卓大江的身形也愈轉愈快，轉到第二圈時，陡然一種奇異的怪風響起，嗚的一聲劃破空氣，卓大江一劍竟然落了空。

那人從他的劍尖下如一縷輕煙一般突然消失……

卓大江的額上滲出了冷汗，他看都不看也知道那人已到了他的背後。

卓大江號稱天下第一劍，那劍道上的功夫，武林之中委實找不出第二個人來，卻不料在這種情形下被人閃出了劍下。

他當機立斷，一言不發地猛然把長劍一插，背對著門看也不看，忽地一個倒竄，整個身形如彈丸一般飛出了屋外，落入黑暗之中。

房中的人卻呆呆地立在屋正中，臉上全是茫然之色，他不解地喃喃自語道：「這蒙面人是誰？這蒙面人是誰？他爲什麼要行刺我……」

窗外的白鐵軍又如一隻狸貓一般地翻上了屋脊，這個逐漸將成爲武林人士目光焦點的高手，臉上竟露出令人難以置信的驚駭之情。

他喃喃地道：「錢冰竟有這種輕身功夫？世上竟有這種輕身功夫？……錢冰，他到底是誰？」

日又暮了，伐木的工人荷著斧頭，沿著夕陽餘暉，一步步往莊中走去。

錢冰心不在焉的拖著腳步走著，心中想到白大哥不告而別，不知是什麼原因，算算這些天來工資也著實賺了幾文，無意中又找到要尋之人，自己也該離開了。

吃過晚飯，錢冰漫步莊中，走著走著，不覺走到莊主居所附近。

只見門口一棵數人合抱的古松，亭亭若蓋，松下坐著兩個老者正在對奕，正是莊主和那夜在南湖畔所見病容滿面的何先生，旁邊站著的卻是可愛的小梅姑娘，輕輕揮動蒲扇，替兩人趕蚊子。

月色皎潔，樹下光景清晰得緊。

錢冰最愛下棋，他在塔中陪那人下了多年圍棋，這時見獵心喜，幾乎忍不住也湊上前去瞧瞧，但一想如此大是不妥，便駐足不前。

但畢竟是少年人心性，乘樹下人聚精會神之際，悄悄從暗處溜到樹後，瞟著右邊不遠之處一棵大樹，輕輕躍了上去，撥開枝葉，正對著桌上棋盤，瞧得清清楚楚。

只見莊主手持黑子，臉上得意洋洋，再看看那局棋，黑棋已佔盡優勢，那病容滿臉的何先生，臉色本就焦黃難看，這時苦思破解之法，雙眉緊皺，就更顯得病入膏肓，離死不遠了。

錢冰凝神瞧了一眼，白棋雖已被圍得水洩不通，但那病容老者猶自不肯服輸，手持棋子，久久不能下著。

忽然小梅天真地指著棋盤道：「何伯伯，這還有一個空格兒。」

病容老者輸得心焦，心中正怪這小娘們多嘴多舌，但仔細一瞧，那空格果是唯一死中求生妙著，當下心中狂喜，表面上仍裝著沉吟不已，好半天才將棋子四平八穩的放在小梅所指的空格子內。

莊主微微吃了一驚，沉吟片刻，也還了一子，但那病容老者適才下的一子，確是上上手筆，承先啓後，數子之後，竟從重重包圍中殺出生路，救活了一大塊地盤，殺到分際，兩人計算棋子，那病容老者原本一敗塗地的棋局，竟反贏了數目。

那病容老者喜得合不攏嘴來，呵呵笑道：「師兄，我說我近來棋力大進，你偏偏不相信，今日卻又如何？您讓我六子是無論如何讓不了的了。」

莊主卓大江微微一笑，他深深瞧了小梅一眼，只見她笑吟吟地正把一顆顆炒花生往口中送，臉頰白中透紅，又是稚氣。又是可愛，任何火爆脾氣的人，見到這種自然嬌憨之態，都不由得心平氣和，會心一笑。

卓大江心中暗暗嘆了口氣忖道：「蓉兒的美麗並不比這小姑娘差多少，可是剛強得簡直不像個女兒家，自來男主外女主內，她那天不怕地不怕的小老爺脾氣，是我作爹爹的縱容了她。」

他想到此處，不由又想到傳了自己衣缽的叛徒，不覺意興闌珊起來，那病容老者卻興致勃勃，又邀他開始著局。

小梅輕聲道：「這麼多格子，叫人看都看得頭昏腦脹，何伯伯還這好興趣，唉，我是永遠也學不會的。」

病容老者何子方得意道：「小姑娘虧妳好耐心，看完了一局棋，要是我那蓉侄女，只怕早就溜走了，這種東西太複雜，女孩子家怎能學會？」

小梅嫣然一笑道：「何伯伯，你真成！」

其實何子方這人武功奇高，棋藝卻是平常，偏生也是個大大棋迷。

他自幼和師兄卓大江同門學藝，學圍棋比誰都學得早，下的盤數只怕少有人能比得上，但卻限於天分，進展至一個境界，無論下得多熟，也始終不能更上一層。

他師兄卓大江的棋是他一手教會，數十年下來，卻是青出於藍，讓他到了六子，照理說他應心灰意懶，不再言奕，但他仍是興趣盎然，從不怪自己棋力不成，總是怨棋運太差，是以也頗能自得其趣。

這天下第一劍卓大江，爲人城府深沉，內心好勝心極強，他從小處處占師弟上風，這學棋本意是要勝過師弟，卻不料對此大有天才，雖是甚少奕棋，但他研究昔人名譜，浸淫此道極深，已是天下有數的高手之一了。

兩人又對奕起來，樹上的錢冰只見卓大江棋力高超，著子雖是平實，但隱約之間卻是一派大將之風，那何子方棋勢閃爍，總是別出心裁，佔小便宜貪吃棋子，往往敗了大事。

卓大江在角上下了一子，立刻大勢底定，他連著數子，何子方又陷入重圍。

正在苦思當兒，忽然破空之聲一起，砰的一聲，一顆白色棋子落在棋盤當中。那棋盤是石板製成，棋子從遠處拋來，竟若被吸石吸住一般，端端正正佔了一個空格，這內家功力實在驚人。

卓大江頭都不抬起，口中緩緩道：「牛鼻子，你又技癢了是不是?你當我不知道你來了麼?賣弄個什麼勁兒?」

錢冰朝棋子來的方向一瞧，只見前面一棵大樹尖梢冒出一個道人，那道人立在一粗如小指的樹枝上，身子隨樹枝起伏，就若附在枝上一般。

那道人哈哈一聲大笑，身形如一隻大鶴般凌空飛落，月光下道袍飄曳，實是瀟灑無比，他在離地丈餘時，一提真氣，輕輕落在石桌之前，如輕絮般毫無半點聲息。

卓大江微微一笑道：「牛鼻子，別來無恙?」

那道人五旬左右年齡，臉上劍眉斜飛入鬢，神采飛揚，實在不像淡泊修爲的出家人，雖是髮鬍微白，但仍是英俊瀟脫，他向卓大江師兄弟兩人一稽首道：「貧道奉敝掌門師兄之命，特來拜訪兩位。」

卓大江道：「牛鼻子，我當你是熬不住棋癮，這才千里迢迢跑來我這裡，原來還是身懷任務，這倒奇了。」

那人嘻嘻笑道：「找卓兄下棋當然也是原因之一，不然我可懶得向師兄討這個差。」

何子方冷冷地道：「牛鼻子，你有事來巨木山莊，不會規規矩矩從大門走，偏偏要賣弄什麼本事，作個不速之客，這算是什麼名堂？」

何子方適才專心下棋，別人到了身後樹上也不知道，大感失面子，這時乘機罵起山門來。

那道人脾氣甚好，仍是笑嘻嘻道：「何兄上盤第一百二十八子下得真妙，貧道好生佩服。」

何子方最喜歡別人讚他棋藝高超，聞言一肚子不高興都消失，連連搓手掩不住滿臉得色。

卓大江暗暗吃驚忖道：「這牛鼻子記性之強，天下再難找出第二人來，如非他天性太過散漫，武當派武功只怕要以他爲第一了。」

站在一旁的小梅心中不住沉吟：「這道人長得很有氣勢，怎麼名字這麼難聽，叫什麼牛鼻子，笑死人了。」

卓大江目光轉到棋盤上去，他適才連著幾子，都是佈誘敵之局，唯因他確知師弟何子方棋力比他低得多，才敢用這險招，但被這武當道人遙空投來一子，立刻破了他的計謀，頹勢形成，真是回生乏術了。

卓大江瞧了那道人一眼。

道人會心一笑，伸手將棋局撥亂道：「令師弟和你下棋的機會可多著哩，貧道實在手癢不已，來一個喧賓奪主，來來來，卓兄咱們是老規矩，先下三盤再談正事。」

何子方素知兩人脾性，當下一笑站起道：「牛鼻子，你還有哪一點像是出家人？毛毛躁躁的脾氣，真教人齒冷。」

那道人笑笑不語，也不客氣，坐下便和卓大江幹上了。

何子方知道這人棋力之高，猶在師兄之上，他昔年在京師，扮成一個窮儒，和當今天下大國手金波對奕，持黑子連勝了三盤，端的震動北京，連天子也知道了，他卻一走了之，再也找不到他人影。

這時他和師兄對奕上了，自己只有在旁觀看的分兒，哪有插口的餘地。

卓大江不敢托大，持黑棋先下，一陣攻勢，凌厲無比。

那道人下子極快，雖被攻得施展不開，可是局勢始終不亂。

到了九十多子之後，突然有若神助，在亂軍中著了一子，這才扳回平手，又過數十子，從平手反占了上風。卓大江沉吟不定，兩人下了個多時辰，倒有一個時辰是卓大江考慮所費時間，每一子都是苦思後才下定。

卓大江愈下愈慢，那道人卻愈下愈快，似乎佳作天成，順勢而蹴，絕非苦研鑿磨而得。

忽然小梅不注意手一鬆，一粒炒米花落在空棋之中。

卓大江不自覺用手捻起，放到口中。炒米花入口即化，淡淡的甜味在舌間尚未消失，卓大江滿面喜色，砰的一聲，就在炒米花落下的空格著了一子。

這回輪到那道人沉吟不決，他臉色漸漸凝重，好半天額間汗珠微現，再也不能下著。

足足一頓飯時間，那道人拂棋而道：「我破不了這招，我輸了。」

他滿面驚異的回顧瞧著小梅，只見卓大江也是如此面色凝視那小姑娘。

樹上錢冰心中卻忖道：「這子雖是妙，但並不見得是絕著，還有對付之道。」

他滿心想指點那道人，可是不敢出聲。

那道人沉默半晌緩緩道：「卓兄，我終於找到天下第一棋手。」

他神色又像高興，又像是失落了什麼東西。

卓大江點點頭，道：「牛鼻子，我想你說得沒錯。」

小梅心中突突跳動。

那道人道：「昔年我和金波對奕，雖勝了他三盤，但棋力實是伯仲之間，他托大讓我先著，是以連敗三局，想不到天外有天，人外有人，世上還有令人無法突破的高招。」

錢冰心中雖不服他所說，但想小梅年幼如此，棋力如此高超，也自佩服不已，心中暗自忖道：「那塔中的怪人，才是天下第一棋手。」

小梅被卓大江和那道人瞧得心虛了，她羞澀的笑了笑，似是自語地道：「我去給伯伯端兩盤瓜子來。」轉身慢慢走進屋去。

那道人咋舌道：「那個小姑娘，我笑道人服了。」

卓大江道：「牛鼻子，你不服再來一盤如何？」

那道人搖搖頭道：「卓兄，你我學棋數十年，連人家小姑娘一子也破不了，還有什麼臉面，這小姑娘論棋力或許不是我幾十年功力的對手，但她這一份天資已是凌駕貧道之上，罷！罷！罷！笑道人從此不再言棋。」

卓大江道：「想不到牛鼻子也有認真的時候，真是難了，哈哈！」

那道人臉色一整道：「敝掌教師兄命貧道來請教卓兄一事。」

卓大江道：「天玄師兄近來可好？」

那道人是武當掌教天玄真人師弟，他天性滑稽，無拘無束，終年笑口常開，是以別人都叫他笑道人。

他武功學淺根本無人知道，生平很少與人對過手，只因他脾氣極好，而且遇事得過且過，讓人一步，又有這個硬紮師兄撐腰，別人自然不會和他爲敵。

他一年到頭在江湖上行走，對師兄說是積善功，其實數十年來伸手管的事寥寥可數，每年只有武當祖師張三豐誕辰那天，才回武當派一次。

笑道人道：「掌教師兄思念卓兄，貧道臨行之時，再三殷殷要貧道要向卓兄致意。」

卓大江笑道：「好說，好說，牛鼻子有事快說，何必吞吞吐吐！」

樹上錢冰心中一震，暗自忖道：「這人原來就是天玄道人師弟，天玄，天玄，我遲早要找你。」

笑道人道：「不怕卓兄見笑，最近敝派弟子連遭外人擊傷，掌教師兄爲此事大爲憤怒。」

卓大江心中一驚，順口說道：「武當爲天下內家之宗，誰有膽子尋貴派弟子晦氣？」

笑道人道：「受傷的弟子回來報告，出手的都是同一人，而且用的功夫，是點蒼九宮神劍和七煞掌。」

卓大江大吃一驚，正待開口。

笑道人道：「點蒼、武當一向情誼深厚，敝掌門人實在不願爲此小事結下誤會，卓兄以爲如何？」

卓大江臉色一寒道：「點蒼自三弟忝掌門戶，門下弟子絕不敢在外生事，我那幾個徒兒個性，我信得過。」

笑道人道：「卓兄休怪，別說你作師父的信得過，就是敝掌門師兄也信得過，但此事千真萬確，絕非貧道信口空言。」

卓大江道：「牛鼻子，依你說便怎樣？」

他這人天生護短，言語中已有怒意。

那笑道人道：「敝掌門師兄將此事前因後果一推敲，覺得只有一事可能，因為此人功力極高，不瞞卓兄，掌教師兄親傳弟子武當七子都吃了大虧。」

卓大江沉吟不語。

笑道人又道：「敝教師兄說，此人極可能是貴派叛徒俞智飛。」

他此言一出，卓大江臉色大變，良久才道：「俞智飛已被逐出門牆，天玄師兄儘可放手處置，何必多此一舉，要牛鼻子你千里迢迢跑來問我？」

笑道人嘻嘻笑道：「師兄心細如髮，事事顧慮，貧道也跟他說卓兄光明磊落，心地寬廣，怎會為此事生出芥蒂？但他總是不放心，要聽卓兄一句話。」

卓大江哼了一聲道：「牛鼻子別捧我，你在背後怎麼損我，可沒有人知道。」

笑道人連呼罪過。

卓大江正色道：「回告天玄師兄，這孽徒既敢用本門功夫為惡，我卓大江第一個容不得他。」

笑道人一挑大拇指讚道：「卓兄如此胸懷，不愧一派宗主。」

何子方插口道：「牛鼻子，你怎麼愈混愈下作，連江湖幫會的語氣作風也學上了。」

笑道人搖頭笑道：「幫會都是下作的麼？丐幫從前如何光景？」

何子方被他笑語搶白，發作不得。

笑道人道：「貧道這便告辭，我還有兩個小徒侄孫巴巴等著我教兩手吃飯的玩意。」

卓大江道：「牛鼻子，代我問候天玄師兄，故人想念得緊哩！」

笑道人連聲應諾。

錢冰心神一疏，身子微微一動，發出一點聲音，驀然一陣風聲，一條人影拔向樹上。

錢冰連考慮也來不及，身子一晃，踏著樹梢逃得遠了。

笑道人追上前去問道：「卓兄，如何？」

卓大江臉色鐵青搖搖頭道：「這人好快身形。」

笑道人倒不以為意，他笑著向兩人告辭。

卓大江站在樹下，口中喃喃自語道：「鬼影子，鬼影子。」

何子方沉聲道：「我可不信世上有借屍還魂之人。」

卓大江默然，兩人走近大廳，這時月已當天，莊中一片寂靜，「巨木山莊」四個大字閃閃發著金光。

又是一天開始了。

當晨光微曦時，卓大江的獨生女兒卓蓉瑛再也睡不著，她輕輕推開了窗，讓晨光透進淺綠色的輕紗，然後她安然地坐在窗畔，涼風拂過她面上，觸面生寒。

她抬頭一看，日頭剛剛從山後露出，長夜已盡，忽見後院中小梅穿著陳舊的布裙，正用小漏斗澆著花哩！

後院中種滿了各色奇花，晨光中都是含苞待放。

卓蓉瑛知道太陽一出來，這些花都會怒放爭艷，但頂多只有幾天便又凋謝，看花開花謝，真不知世上為什麼沒有永恆不變的事。

院裡小梅一壺一壺的水澆著，她那純潔的臉孔真像一朵白蓮花一般，令人實在連碰都不忍心去碰一下。

「這樣好的姑娘，偏偏這麼愛操勞。」

卓蓉瑛想著，忽然對小梅大生憐愛之心，心想如將她打扮起來，那才叫好看哩！就是五色的玫瑰也比不上。

小梅澆完了水，稍微歇了歇，輕手輕腳走了回來，只見卓蓉瑛坐在窗畔，心中一怔，甜甜的笑叫道：「卓姊姊，妳起得好早！」

卓蓉瑛道：「小梅，妳更早呀，這花園有人管，妳一大早便起身去澆水，別累壞了。」

小梅感激地一笑道：「卓姊姊，我頂愛花，我小時家裡種了很多很多梅花，花開的時節，我每天癡癡的看，連吃飯都忘了。」

卓蓉瑛笑道：「難怪妳像花一樣好看！」

小梅臉一紅。

卓蓉瑛道：「我聽爹爹說，我們家中來了一個大天才，小梅妹妹，妳瞞得我好苦。」

小梅靦腆道：「我從來沒有和別人下過棋，那些局都是從古人棋譜中看來的。」

卓蓉瑛道：「妳來了，爹爹也高興得多，這些花兒也幸運了，有真正愛它的人啦！」

小梅奇道：「姊姊，難道妳不愛花？」

卓蓉瑛道：「我原先也很愛玫瑰花的，不然怎會種得滿院子都是？可是有一次我起了興致替它修剪，手中卻被刺了幾個孔，我一氣便不愛了。」

小梅笑道：「姊姊，我聽人說你們這兒伐木很好看，待會吃過飯，咱們一塊去瞧瞧可好？」

卓蓉瑛道：「伐木有什麼好看？不如到湖裡去划船釣魚去。」

小梅不住央求，卓蓉瑛纏她不過，兩人吃過早餐，雙雙漫步走到林場之中。

小梅邊走邊看，眼睛卻在四下搜索。

卓蓉瑛見她心不在焉地和自己瞎搭訕，心中不禁奇怪，也不知道這個姑娘腦中異想天開胡思些什麼。

小梅忽然遠遠地看到錢冰吃力地揮動著巨斧，一次次砍向大樹，她不由停住了腳步，心中默默數著砍的次數，希望那樹趕快倒下，好讓錢冰休息。

卓蓉瑛道：「這楠木運到北京真是價值連城，可是在此地卻有人用來引火炊食，當真是暴殄天物。」

小梅隨口答道：「一件東西在需要的時候才有價值，姊姊妳說對嗎？」
卓蓉瑛道：「妳說得不錯，小梅，妳在這裡瞧瞧，我要去找一個人。」
小梅點頭答應了。
卓蓉瑛也是想到和自己昔日心上人極相似的錢冰，不知他離開了沒有。
小梅見錢冰累得滿頭大汗，哪裡像錢冰昨天說得那麼輕鬆，心中十分不忍，那斧頭一起一落，她的心也好像跟著起落，心中數著的數目老早都亂了。
她暗自忖道：「這樣的苦工，能賺多少錢呢？他……他生得如此……如此秀氣，受得了這種勞動？」
林風吹亂了她的秀髮，他心中想著計較，只見卓姊姊從另一條小徑走到錢冰面前。
錢冰一抬頭，微微一笑，露出兩排潔白的牙齒，他很瀟灑的拭了拭汗道：「這棵樹早上一定能砍倒。」
卓蓉瑛嫣然一笑道：「我以爲你走了哩，你有什麼困難？」
錢冰含笑道：「本來是有困難的，但現在沒有了。」
卓蓉瑛道：「這話怎麼講？」
錢冰道：「我賺足了川資，一切問題豈不都解決了？」
他說完又揮動巨斧砍了兩下道：「對不起，我還要趕工哩！」
卓蓉瑛無話可說，站了一會轉身便往回走。
小梅心中想：「原來卓姊姊也認得他，可見他是很……很引人注意的，但卓姊姊爲什麼不幫助他？」

她心地極是純潔，只道見人困難便該幫助，根本沒有想到其他問題，別人是否能夠接受，那就更不在考慮之內了。

她和卓蓉瑛在回家路上，心中打轉好了主意，笑顏逐開，中午時光，乘大家休息時，悄悄又溜到林中去了。

下午卓蓉瑛邀她到鎮上去買東西，小梅推說有事。

卓蓉瑛道：「上次我們每人縫了一件絲夾襖，不是講好今天去取的嗎？妳如不去，如果做得不合身，可別怪我。」

小梅央求道：「卓姊姊，我今天實在有事，妳一人去吧！」

卓蓉瑛道：「我實在想早一點看妳穿那新衣好看的模樣，好，好，我替妳順便取回來。」

小梅囁嚅道：「卓姊姊！我……我……不想要……要那衣服了。」

卓蓉瑛奇道：「什麼？妳嫌這鎮上手工不好嗎？那裁縫頂有名的，是北京來的裁縫師傅哩！」

小梅的臉漲得通紅，說不出理由。

卓蓉瑛道：「不管妳喜歡不喜歡，做了的衣服總不能不要，我替妳取回來便是了。」

小梅鼓起勇氣堅決地道：「卓姊姊，那不行！」

卓蓉瑛見她態度一本正經，真是又好氣又好笑，但瞧著她的小模樣，實在無氣可施，嘆口氣道：「妳真是磨人精，妳心裡到底想些什麼，我一點點也不知道。」

小梅萬分抱歉地道：「過幾天我們再一塊去拿，卓姊姊，我一定陪妳去。」

卓蓉瑛雖是一萬個不瞭解這異想天開的姑娘轉著什麼念頭，但看著她的央求，也只得罷了。

小梅道：「我爹爹說我是一個小孩子，便該穿得樸素一點，不然就不倫不類了。」

卓蓉瑛想了想道：「不管妳怎麼胡說八道，但只要看到妳誠懇的臉孔，我只有覺得它有道理，妳是個小孩子，這話倒是不錯，不然怎會有許多古里古怪的念頭。」

小梅伸伸舌道：「對不起，對不起！」

卓蓉瑛悠悠地道：「小梅妳怕長大，可是有一天妳得真正長大，怕也是沒有用的。」

小梅心中暗笑：「我哪裡怕長大，我巴不得長大成人哩！」

兩人閒聊了好半天，卓蓉瑛找爹爹去了。

小梅心中十分高興，她偷偷從懷中取出一個小銀錠忖道：「我現在只有五兩銀子了，那絲襖卻要十兩，我可買不起啦！等爹爹來再說吧！」

她心中想：「他定是個落魄書生，大概考運不好吧，落第又無錢返鄉，這才出此下策，他這次返鄉一定會埋頭苦讀，明年金榜登科，說不定是個狀元也不一定，那時候金鑾遊行，萬人爭看，他一定會想到目下之窘。但他如當了狀元，可是大大名人，不知我還能見到他不？」

想著想著，好像這些事情都是真事，眼睛不覺濕了。

這時日近黃昏，炊煙四起，小梅走到房裡，只聽見卓蓉瑛姊姊正和卓伯伯爭吵。

她本不願意聽別人父女之事，但隱隱約約之間，聽到卓姊姊聲音哽咽，少女好奇，不由駐足去聽。

卓伯伯壓低憤怒的聲音道：「蓉兒，妳難道對他還存留戀嗎？」

卓姊姊哭聲很堅決地道：「我從前救過他一命，決不能見他死在爹爹手中，不然我當初何必救他？」

卓伯伯道：「他到處惹禍，就是不死在我之手，也必死在別人之手。」

卓姊姊道：「如果死在別人手中，那便是他的命運。」

卓伯伯長嘆一聲道：「哎！蓉兒，蓉兒，妳這癡情任性的性兒，就和妳娘一樣，罷了！罷了！」

卓姊姊道：「謝謝爹爹！」

腳步聲起，小梅知道卓姊姊回她房間去了。

小梅似懂非懂，忽然聽到卓伯伯蒼老的聲音道：「情劫害人，一至於此。」

吃晚飯的時候，小梅見卓姊姊位子空著，她跑去一看那碧綠鳥兒也不在欄杆上，便知道姊姊又去散步了。

她見卓伯伯、何伯伯臉色都異常沉重，不知怎的，心裡也跟著沉重起來。

她吃了一碗飯，再也受不了這種氣氛，站起身道：「我去找卓姊姊去。」

她先回房去加件衣服，才一推開門，只見床上放著一個紙盒。她好奇的打開紙盒，裡面裝著一件絲襖，正是自己訂製那件。

她呆了一呆，又見絲襖旁邊放了好幾個元寶，她仔細一看，正是自己中午偷偷塞在錢冰枕頭底下的銀兩，九十五兩一點也不少，元寶下還壓了一張紙條，上面寫道：「小梅姑娘，我不是妳所想的那種困難，謝謝妳的美意。」

下面是錢冰的名字。

小梅只覺滿腹委屈，幾乎哭了出來，看看那新夾襖，真恨不得撕爛掉。

她心中想：「一定是他聽到我和卓姊姊談話，他聰明得緊，是以立刻聯想到我沒錢去取衣物。」

一時之間，她好像被人侮辱了，又好像看到錢冰在拚命做苦工賺錢，她想了半天，愈來愈是糊塗，自忖道：「難道人就不該互相幫助？他爲什麼要拒絕我的好心？我這絲襖有無均可，又有什麼重要呀？」

她悶悶的走出莊門，不由又走到林子中，才入林不遠，又聽見碧綠兒清脆鳴叫，知道卓姊姊就在近處，正想呼喚，忽然左邊不遠之處，一個淒清的聲音念道：「問世間，情是何物，直教人生死相許……」

聲音愈來愈低，淒涼之處，真令人迴腸九折。

小梅忽然悲從中來，一生以來，她是從來沒有如此煩惱過的了。

她原本來找卓姊姊，可是這時心情沉重，什麼也不想做，站在林中癡癡出了一陣神，又茫然走了回去，心中卻暗暗地道：「明天我一定要還他代我取衣的銀子。」

然而明天她卻無法還了。

八　比翼雙飛

錢冰懷著異樣的心情，大踏步地離開巨木山莊，他下一個目的地該是武當山，要尋訪天玄道長了，但是——

第二天巨木山莊莊主卓大江發現樹上多了一個標記，他陰沉的取了下來，一言不發，臉色冷得嚇人。

且說錢冰在小鎮上投宿了一晚，次晨向南走去，那瘦馬經過一段時間休息，跑起來甚是有精神。

走了十幾天，這日到了江西南昌，他一路上每天行走，沒有休息過，已是僕僕風塵，天未黑便落了店。

他囊中不豐，只敢住在小客舍中，揀了一間比較乾淨房間，梳洗一番，倒頭便睡。

這一睡睡到二更時分，忽聞隔壁一個女人呻吟之聲，先還是微微發聲，後來大概忍痛不住，喘息之聲愈來愈重，似乎已到了病危時機。

錢冰沉吟一會，輕輕叩壁，隔壁呻吟之聲立止，但過了一會，卻又輕聲呼叫起來。

錢冰再也忍耐不住，下床出門想到隔壁來問個究竟，正巧迎面走來一個店小二，錢冰趕忙道：「這隔壁旅客有重病，快去請個大夫瞧瞧！」

店小二搖頭道：「客官，這女客人夫君交代過，誰也不要進去打擾他夫人。」

錢冰心中好奇，但想到人命關天，又追問了幾句。

那店小二道：「已經好幾天這樣子了，客官您別擔心。」

錢冰無奈，出店吃飯歸來時，走到隔壁房間，不由停了一停，卻並未聞呻吟之聲，心中略寬，方一進房，忽然隔壁一個男人聲音道：「巧妹，今天我可真的跟蹤上了，妳放心，妳這病保管藥到病除。」

另一個女聲柔聲道：「大哥，你天天跑來跑去，人跑得又黑又瘦，我看了心裡好難過。」

那男聲道：「巧妹妳別胡思亂想，只要治好妳的病，就是再辛苦又算得了什麼？」

巧妹低聲道：「大哥，你為了求藥，得罪了很多高手，連……武武……武當道士也傷了……」

「哈哈！武當派又怎樣，只要咱們夫妻相守在一塊，別人又能把我們怎麼樣呢？」

這客舍原本甚是低級，兩室之間只隔著一層薄板，說話之聲稍大，隔壁便聽得清清楚楚，那男子豪氣十足，說起話來，旁若無人。

巧妹幽幽地道：「大哥，你得答應我一件事。」

那男子道：「什麼？」

巧妹停了半晌道：「萬一……萬一……我不幸，你……你……千萬要過下去。」

那男子怒道：「妳再胡說，我可要生氣了。」

巧妹斷斷續續地道：「我一閉上眼，便看見娘，大哥……大哥……你要……要……答應……答應我。」

她說到後來，已是泣不成聲。

那男子滿腔豪氣，被她這麼一哭，真是化爲煙霧了。

巧妹又道：「大哥，我命薄連累了你，使你……成爲……成爲……眾矢之的，我實在……實在……早該……死去的！」

忽然「拍」的一聲，那男子重重擊了自己頭一下。

巧妹一嚇，突然神色大變，笑語溫柔，不再講死說別。

那男子道：「這才是好姑娘，聽話的姑娘。」

巧妹心中想：「如果尋不到靈藥，我和大哥只有幾天相聚了，我要使他好好快樂。」當下道：「大哥，你還記得咱們結婚那天嗎？」

那男子道：「怎麼不記得？咱們兩個既然都被人不齒，我們又何必理會他人？我們買了上好的紹興酒，帶了食盒，到我們初次相識的山上去吃自己的喜酒。」

巧妹懷念地道：「那裡真的靜極了，靜極了，月亮便好像在我們頭上一樣，清風和流水是我們的客人，大哥，我真願我們永遠是兩個人在一起，就像那天一樣。」

她歷歷在目的敘說著，就如置身眼前一般。

那男子插口道：「咱們還有一個人。」

巧妹道：「是啊，紀大哥提了兩隻雞，三斤肉，施展上乘輕功趕來陪我們喝酒，咱們喝一陣，笑一陣，哭一陣，後來大家都醉了，三個人擠在山洞中呼呼睡去。」

那男子道：「巧妹，妳真好記性！」

巧妹道：「大哥，我和你在一起的時光，每時每刻我都記得清清楚楚，大哥，我一件件講給你聽好嗎？」

那男子道：「巧妹，妳累了，休息一會才講。」

巧妹急喘地道：「我要講，我要講，大哥你聽喲！」

那男子柔聲道：「等妳病好了再講，我愛聽得緊。」

兩人旁若無人親暱地談著話，錢冰在隔壁聽得呆了。

那巧妹又道：「大哥，我十多天沒給你梳頭了，看你亂成這個樣子，你早晚奔走，要多穿衣多吃點東西。」

她煩煩絮絮地囑咐著，那男子愈聽愈是難過，這光景真像是生離死別，這麼年輕的妻子，怎麼今夜突然這般多話？難道天數如此，自己奪藥會失敗嗎？

巧妹說著說著，疲倦得睡著了，那男子悄悄吹熄了油燈，推開窗戶，一躍而出。

錢冰倒在床上思潮起伏，心想如果那做丈夫的求藥不到，他這年輕妻子不幸死去，那真是人間一大慘事。思想之間，慢慢朦朧睡去。

睡到四更左右，忽然人聲嘩喧，兵刃之聲從遠而近。

錢冰心中一驚，起身推門，只見牆外跳進一人，全身浴血，整個夜行衣全部染濕，手持長劍，步伐蹣跚往店中衝進來。

錢冰和他照了一個面，兩人都吃了一驚。

原來那夜行人正是上次在巨木山莊南湖畔和錢冰見了一面的青年，兩人相貌幾乎完全一樣。

錢冰內心雪亮，他知此人定是卓大江的叛徒。

那浴血青年不暇多留，快步走到房內，擊開窗子，飛身入內，抬起他年輕的妻子，往外便走。

那浴血青年才一跳出圍牆，「啪」的一聲掉下一物，他急於逃走並未留意。

錢冰上前拾起，正要追上前去交還，正在此時，突然牆上跳下五六條大漢，高高矮矮全有，手握兵器圍了上來。

錢冰在暗處原可不露面，但他忽然掠過一個想法，心中忖道：「我何不助助這對苦命的夫婦？」

當下靈機一動，掠身走出，一縱之下，竟躍過眾人往反方向跑去，和眾人照了個面。

黑暗中，眾人只看清他的面孔，也來不及想到他怎麼一身毫無傷痕，一聲大喝，又紛紛轉身追去。

且說錢冰奔了一陣，他不快不慢的跑著，和後面那幾個漢子保持一段距離。

那幾個漢子也是江湖上有名氣人物，卻萬萬想不到群起追捕一個身受重傷的人，卻是愈追愈遠，跑了十幾里，連影子也看不見了。

錢冰將眾人引遠，他繞道回到客舍，已是黎明時分，悄悄牽起瘦馬，往東而行。

才走了數步，忽然想起那點蒼叛徒失落之物，從懷中取出來，原來是一個製作得極爲精緻的小木盒，他打開一瞧，只見盒內用綠絨襯裡，裝飾得十分漂亮，當中嵌放著一枚小巧玉瓶。

錢冰好奇地將玉瓶拿在手中把玩著，才一開塞，只覺清香撲鼻，吸在胸中，精神大振，受用無比。

他連忙將瓶塞蓋住，心中想道：「這多半便是那點蒼叛徒弄來的靈藥了，他逃避敵人，慌亂之中遺失，此刻如果發覺靈藥不見，不知多麼焦急懊喪。」

錢冰手持玉瓶，不知如何是好，他一向灑脫，但想到此刻那對夫婦的狼狽境況，不禁心中也大爲焦急起來，天南地北，自己哪裡去尋找他兩人？

當今之計，只有在小客舍中等那青年回來尋找。

他盤算既定，又牽馬回到客舍。

整個早上和下午真是望穿秋水，卻不見人歸來，他腦中時時浮現一對青年夫婦，雙雙相擁倒斃在荒野之中，鮮血灑在草上，草都染紅了，不由心中焦躁非常，沉不住氣起來。

忽然客舍外人聲喧雜，有人高聲談笑，錢冰出去看看什麼事，只見四、五個壯漢，護送一輛馬車，前往投宿而來。

那馬車上飄著一支錦旗，上面繡了兩把劍子，中間是「雙義」兩個草書。

錢冰無聊地想：「這鏢局取名雙義，一定是兩個人合夥開的，說不定是對兄弟也未可知。」

那爲首鏢師是個中年白臉漢子，眾人進了客舍，將馬車安置好，便叫菜叫酒，唏哩呼嚕吃了起來。

錢冰心中一千個想走到前路上去尋找那對青年夫妻，但總是存著因循心理，希望最後一剎能出現那兩人。

眼看日頭又已西墜，錢冰心中大爲懊悔，忖道：「現在便是能找到那兩人，只怕已來不及了，唉，我老早便應該四處尋找，找不到也算了卻心願，勝似在此枯等。」

眾鏢師酒足飯飽，放聲談論江湖上事情。

那白臉漢子邊剔著牙邊道：「鷹揚鏢局連貢物都教人單騎搶走了，看看大方劍客怎麼還能在江湖上混。」

另一個鏢師道：「就是雁蕩三劍的老么，聽說也替他師哥大方劍客出馬壓陣，不但如此，還教那點子刺了數劍，雁蕩派面子往那裡擱？」

那白臉漢子道：「這次鷹揚鏢局爲了押送陝西巡撫余大人貢品千年靈芝液，可以說是傾囊皆出，四個鏢頭都是千里走單鏢，晝伏夜行，故佈疑陣，其實真正貢品在大方劍客身上，他四周又有五六個一等一的鏢師保護，真可說是佈置得嚴密無縫，但那點子也真厲害，不但和每一路走單鏢的鏢師對上了，而且都出手傷了人。」

錢冰忖道：「那青年爲救愛妻，到處樹敵，不知怎又會和武當弟子結樑子，連天玄道長也驚動了。」

其中一個鏢師道：「今早江湖上傳出消息，點子昨天半夜單身和大方劍客幹上了，不但打敗大方劍客，而且搶走千年靈芝液，後來雁蕩三劍單大爺、左二爺都到了，這才打了那點子一記沉拳，但畢竟仍教那點子逃跑了。」

白面鏢師道：「卓大先生調教出來的弟子還會差得了嗎？那點子出身名門正派，卻偏偏做出這種事來，真是武林之不幸。」

另一個鏢師道：「單大爺何等威名，點子吃他一記沉拳，只怕難以活命的了。」

白臉鏢師道：「那倒未必，傳說那靈芝液功能起死回生，就是氣息已絕，只要體有餘溫，都有辦法救轉，練武之人，如能吸用此液，善自吐納，能抵二十年內家功力，真是人人夢寐以求的事，難怪此事轟動武林了。」

他侃侃而談，眾人都聽得感嘆不已，錢冰下意識摸摸懷中木盒，安然無損。

那白臉漢子忽然轉變語氣嘆口氣道：「咱們幹鏢局這一行，實在是在刀尖上討生活，鷹揚鏢局鏢旗所至，綠林好漢紛紛讓道，縱橫中原快二十年了，大方劍客早該見好即收，這暮年卻出了這大紕漏，真是太不智了。」

另一個鏢師道：「他鷹揚鏢局平日何等驕傲，眼中哪還有江湖上好朋友，嘿嘿，這次可栽定了。」

白臉漢子道：「那也不見得，人家有雁蕩三劍撐腰，好歹會弄出一個名堂來，單大爺功夫怎樣，你我是見過的。」

那鏢師連碰兩次軟釘子，心中大憤，暗暗罵道：「他奶奶的，這也不見得，那也不見得，老子的話就沒有一句對。」

可是那白臉漢子在鏢局中地位極高，他只敢怒而不敢言。

眾人你一言我一語的聊著。

錢冰耳朵中只聽進來一句：「就是氣息已絕，也可起死回生。」

當下再也忍耐不住，算清店資，騎著瘦馬，著力加鞭而去。

他騎馬跑了半個時辰，天色已是全黑，這夜天空烏雲密佈，星月無光，狂風怒吹。

錢冰一直往前跑，直到一個叉路，他立馬沉吟，不知到底該往那邊走，忽然想起兒時和那異人猜枚遊戲，跳下馬來，伸手抓了一把石子，心中暗自許道：「單數走左邊，雙數走右邊。」

上天似乎老早安排好了，錢冰數完石子，躍飛向右邊行去，就這樣，影響他的一生。

他又行了一陣，路徑崎嶇，連轉幾個急彎，前面是一大片林子。

錢冰穿過林子，也不知道走了多遠，忽聞水聲潺潺，心想已走到水邊，只怕前面再無去處了。

忽然風聲中傳來一陣哭泣之聲，錢冰心中大喜，暗忖這兩人只怕便在不遠之處，循聲而去，聲音愈來愈是清晰，但林中伸手不見五指，一時之間找他不著，錢冰又站在下風，叫了幾聲，也不見答應。

那女子的哭聲又從風中傳了過來。

錢冰隱隱約約聽到巧妹的聲音：「大哥，你別費心思再想了，趁我沒死之前……多聚……

多聚……一刻……不好……不好嗎……」

那點蒼青年的聲音道：「好……好……我……我……就依妳。」

那巧妹哭道：「大哥……我……我……不願意死，我……真的不願意啊！老天爺，你為什麼……為什麼要這……麼……這麼對待我……夫妻？」

那點蒼青年道：「巧妹別哭，咱們命苦，別人命好，那有什麼好說的？」

他話中充滿了悲憤，但語氣卻十分平靜，像一個和命運搏鬥多次的人，終於屈服在命運之下，再也無能為力了，那聲音實在叫人聽得心碎。

錢冰此刻心急如焚，循聲走來走去，那林中小徑岔路極多，總找不到那兩人，忽然腳步聲起，一個人往錢冰這裡走來。

錢冰連忙迎上前去，那黑影轉了一個彎，走向小河去了，錢冰緊跟在後面。

那人突然一轉身嘶聲叫道：「好小子，你逼人太甚，我今天和你同歸於盡。」

錢冰一怔，突然破空之聲大起，漫天細針瀰蓋而下，黑暗中發著金光，林中樹叢交集，哪有閃身之處。

錢冰還來不及轉念頭，足下一用勁，身子直射，比那金針來勢還疾得多，在半空中，只聽見腳下嗤嗤之聲不絕於耳。

錢冰落下地來，只見那發金針的正是和自己長得一模一樣的點蒼青年，此時萎頓倒在河邊。

錢冰趕快上前，俯身扶起那青年，兩人面面相對，心中都產生一種莫名其妙的情感，那青年眼神渙散，顯然已不行了。
錢冰道：「小弟特來送還兄台遺失之物。」
那點蒼青年原本氣息微弱，聞言睜大眼睛道：「你說什麼？」
錢冰從懷中取出那小盒來。
那點蒼青年喜容滿面，但舌根一陣麻木，竟說不出話來。
錢冰將盒子打開，拔開玉瓶塞子。
那青年深深吸了一口真氣，只覺精神振奮，他見錢冰要將靈芝液給自己服用，連忙搖手阻止，嘴巴也閉得緊緊地不肯開口。
錢冰道：「這藥靈效，兄台傷重，正好服用。」
那點蒼青年隔了半晌，一口氣運通全身，苦笑道：「天下再沒有能救我的靈藥，兄台不必多費事。」
他見錢冰不信，便接道：「我中了雁蕩大俠一記沉拳，內臟早就破碎移位，本來早就完了，幸仗著我學過一點崆峒秘技化血大法，提著一口真氣，任憑傷勢惡化，但支持到現在已是油盡燈枯了，如果我不勉強支撐，說不定還有希望，但我可不願被人活捉，也不願我妻子擔心。」
錢冰見他有條有理的說著，幾乎不像一個重傷之人了。
那點蒼青年又道：「這靈藥請兄台交給內人，她就在林中，從此向左轉再向右轉的一棵古樹下。」

錢冰道：「我是送還失物，這藥交給兄台好了。」

那青年苦笑道：「兄台定以爲我人好好的，其實已是……已是魂離軀殼，隨時便死。」

他雙目盯著錢冰，神光炯炯，錢冰被他瞧得好不自在，他放下藥盒，轉個頭幾乎想立刻便走。突然一聲悶哼，錢冰再回過頭來，那青年目中光采盡散，全身不住發抖，神情極是痛苦。

那青年顫聲道：「兄台大恩，只有報諸來生了。」

錢冰正待開口答話，那青年掙扎著道：「小弟與……與兄台……交淺，原……原不應……言深……但目今別無他法，只有請求……請求兄台……兄台一事。」

錢冰緊張地問道：「何事？」

那青年張大口再也說不出話來。

錢冰一時慌了手腳，連問數聲，那青年卻是無法言語，只急得汗水直流。

那青年長嘆一聲，忽然拍拍兩聲，也不知哪裡來的一股神力，雙掌往河邊大石拍去，只拍得石屑紛飛，雙掌齊腕而斷，人也倒在地上。

錢冰不由呆了，他定了定神，只見那青年雙目緊閉，已是氣息斷絕了。

他很天真的想到在客舍中聽鏢師所說的話，撬開那青年齒關，灌了幾滴靈芝液，隔了好半天，卻是毫無生色。

林風愈疾，黑暗中枝葉橫飛，錢冰手扶著那青年的屍體，終於愈來愈冷，忽然風聲中傳來巧妹的呼喚：「大哥，你快……快回來喲！」

錢冰如夢驚醒，他活了這大年齡，這才第一次見到死人，死者卻又在自己懷中，偏偏又長得和自己那麼相像，真足夠使他六神無主的了。

他沉吟一會，將那青年屍身藏在石後，依言向巧妹存身之處走去，走不多遠，便見一棵大樹下，張著一個小小帳幕，幕中閃著油燈的昏光。

錢冰在帳幕之前站了一會，裡面巧妹又在呻吟，錢冰忍不下心，掀開帳門，硬著頭皮衝了進去。

只聽見巧妹似夢囈般的聲音道：「大哥，你剛到哪去了？你……你忍心不讓我……見最後一面嗎？」

錢冰在燈光下，只見一個年輕少婦昏昏沉沉睡在樹葉舖好的榻上，她雖在病中，但天生玉容花貌，美而且艷，雖見憔悴，但也瞧得人眼花目眩。

錢冰瞧著瞧著，眼光再也移不開。

他天性瀟灑，哪裡是好色之徒？但那少婦實在生得太美，簡直就是集天下美好容顏於一身，錢冰想到昔人「碩人篇」中，讚美衛公之妻「巧笑倩兮，美目盼兮」，真覺得加諸這少婦身上實在恰當不過，心中竟起了一個怪念頭，希望那少婦張開秀目笑一笑。

巧妹呻吟半天，又昏了過去。

錢冰再不猶豫，扶起巧妹，將整整一瓶靈芝液都灌了下去。

他手挽巧妹瘦肩，但卻柔若無骨，鼻端一陣香風襲襲，竟分不出是靈芝的清香，還是那巧妹身上郁香。

他心中胡思亂想，從來沒有如此亂過，過了半晌，只覺那巧妹氣息漸漸平穩，沉沉睡去，心中一安，輕輕把她安放榻上。

過了兩個時辰，巧妹仍是昏睡不醒，錢冰心中發急，要想推醒她，卻見她睡態安詳，此刻艷光微斂，竟像天仙一般美好。

他無聊地在帳中走到帳外，又從帳外走到帳中，只見那樹葉舖成的床榻竟是做得非常仔細，最底下舖的是軟草，草上再舖一層嫩葉。上一層是乾葉，最上再舖上一層墊氈，榻邊切得整整齊齊，不見一根亂枝雜草。

那點蒼青年重傷之下，還能如此細心替妻子佈置休養之所，此人之沉著及對妻子的癡愛，真是世間少有的了。

直到長夜將闌，那巧妹才悠悠醒來，她雙目睜開瞧著錢冰道：「大哥，我作了一個好長好長的夢。」

錢冰漫聲道：「是嗎？」

巧妹見他反應冷淡，睜大眼睛滿是迷惑之色。

錢冰瞧了一眼，只覺她此時容顏如西子湖畔，濛濛煙雨，嫵媚之處，真令人心底領受，又怕美景無常，不敢久看。

巧妹又道：「大哥，你要不要聽我夢中的故事？」

錢冰點點頭。

巧妹道：「我夢見我們兩個人在一條長路上走，從早到晚不停的走著，總走不到頭，那惡山惡水，險阻重重，好像就在眼前一般，大哥，有你在身旁，我雖走的很累很累了，但心中並不害怕。」

錢冰聽的怔怔出神。

巧妹又道：「那路實在太遠了，我們從沒有走過，路上奇奇怪怪的東西，我也記不清楚拉，後來……後來走過一條獨木橋，你先走過，我才走到一半，那橋忽然從中而斷，下面是萬丈懸崖，我沒本事憑空躍過，天又黑了，你卻一個人向前走，我心裡這才害怕，一急之下，用力一跳，真像騰雲駕霧一般，好容易腳落實了，卻再也找不著你，我一急便醒了。」

錢冰心中一陣慘然忖道：「難道這夢便是凶兆？巧妹，巧妹，妳是永遠找不到妳大哥了。」

於是錢冰默然。

巧妹道：「大哥，你怎會離開我一個人走？咦？奇怪，我心怎麼不痛了？」

錢冰道：「巧妹，妳已服了靈芝液，藥到病除了。」

巧妹又驚又喜，她知道自己這多情婿從來不會騙自己，但忍不住又問一句道：「大哥，是真的嗎？」

錢冰點點頭，忽然身上一緊，巧妹張開雙手，緊緊的抱住他，伏在他懷中哭泣起來。哭了很久，直到早上的天光已透進帳幕，巧妹才收淚，錢冰胸前衣襟濕了一大片，晨風吹過，觸體生寒。

巧妹十分抱歉地道：「大哥，我真歡喜得傻了，你瞧我們應該歡天喜地，我怎麼反而哭了？」

她回悲作喜，頰邊新淚未乾，可是神色喜氣洋洋，明豔耀人，錢冰此時便是鐵石心腸，也不忍告訴她實情了。

錢冰想起那點蒼青年屍首還在河邊，當下說須去河邊打水來煮，一個人走到河邊，將那青年屍首扛在肩上，心中不住發毛，行到一處高地，便用青年配劍挖了一個大洞，將他葬了。

錢冰望著自己一手堆起來的新塚，心中真是百感交集，死的人是一死百了，活的人卻還要生活下去，有一天當巧妹發覺自己是冒牌的，那她還有勇氣活下去嗎？

想著想著，只覺巧妹大病新癒，自己無論如何不能立刻告訴她，只有先搪塞一段日子，走一步算一步了。

他再回到河邊打了一罐水，回到帳幕。

巧妹已著好衣裳，長裙曳地，說不出儀態萬千。

巧妹忽道：「大哥，你身上傷好了嗎？奇怪，你這衣服我從沒見過啊！」

錢冰一怔，馬上流利地道：「巧妹，妳服藥後一睡便是兩天兩夜，我那衣服全是血，早就丟到河裡去了，又到鎮上去做了一套。」

巧妹道：「大哥，你那藥從哪裡找來的？」

錢冰自小說話從不打誑，這時心想既已扯了一個謊，必須繼續圓場，當下裝作得意地道：「我真糊塗，我抱妳逃跑，順手便將那瓶靈藥塞在妳衣袋中，哈哈！最後總算給我想出來了。」

巧妹無限憐惜地道：「大哥，你一定用盡了心神，真可憐。」

錢冰心想乾脆將此事圓得天衣無縫，當下又道：「這藥也真靈，巧妹不但妳多年心疾治好了，就是我一身外傷，傷口只塗了幾滴，第二天便癒好無痕呢。」

巧妹笑道：「我昏昏沉沉一點也不知道，大哥，醫生說我活不過廿歲，現在可不一定啦。」

她也是少年人心性，這時死裡逃生，只覺得一身輕鬆，那生離死別種種悲苦早就忘掉了。

錢冰心中卻暗自發愁：「他夫妻倆何等情分，她病好狂喜，一時之間，不會注意我冒充，但日子一久，隨便一個小動作，她都會發覺有異。」轉念又想道：「我真想的怪，難道我還真的要冒充那點蒼青年，作這女子丈夫不成？」

兩人吃了乾糧，巧妹凝視這神通廣大的夫婿，心中洋溢著憐愛，她輕輕撫著錢冰亂髮道：「大哥，我好久沒替你梳頭了，瞧你頭髮亂成這勁兒，真像一山亂柴。」

錢冰下意識用手理理頭髮。巧妹輕俏一笑，從懷中取出一把小梳，先用水將錢冰頭髮弄濕，細心的梳理起來。

她又說又笑，吐氣如蘭。錢冰只覺一雙又嫩又溫暖的手在頰邊摸來摸去，巧妹不時湊近耳朵柔聲說話，他一向瀟灑自如，此時也自吶吶了。

巧妹似乎病已痊癒，這時趁梳頭和錢冰語話家常，足足梳了有半個時辰之久，頭髮才算梳好。

錢冰要巧妹休息一日再走，巧妹卻吵著說這樹林陰森森的，非要立刻動身，錢冰無奈，只有和她一同上路。

他怕露出馬腳，乘個機會偷偷把那個瘦馬放了，想到這瘦馬也載了自己好一陣時光，不禁黯然若失。

兩人也沒說要到什麼地方去，巧妹跟著錢冰走，錢冰急於要上武當，便往西走。

一路上兩人同室同床，錢冰愈來愈是尷尬，夜裡總是一倒床便裝得呼呼入睡。

巧妹不但人長得美如天仙，手藝也是極高明，調理幾樣小菜，真是別具風味，天下無雙，偏偏又溫柔款款，處處服侍得周到。

錢冰從未享過如此好日子，他一天天拖著，一方面是不忍心告訴巧妹，一方面也因循慣了，只覺瞞一天是一天，竟有點捨不得離開。

這天走到武當縣境，離武當山不過數十里路程。

錢冰要到武當去尋天玄道長，他想了半天，想出一個法子，對巧妹說上次得罪武當道士，現在自己要親上武當道歉和解。

巧妹因丈夫是為自己求藥而得罪武當道士，心中十分歉疚，便要陪錢冰一塊上武當山去。

錢冰無奈道：「武當掌教天玄道長對崆峒派聽說很不友善，妳上去只怕壞事。」

他原是唬巧妹，信口胡說，倒被他說中了。

崆峒派一向被中原各大門派視為邪教，不齒與之為伍，巧妹是崆峒派掌門幼女，她自知道其中關鍵，當下不再堅持，只有道：「那我在哪裡等你？」

錢冰順口道：「妳回家等我吧！」

巧妹很不願意地道：「那我們又要分別一個月了。大哥，你還有別的事嗎？」

錢冰點點頭說要回巨木山莊一趟，巧妹便不再說了。她知丈夫為她叛離師門，這實是終生無法補償之事，一提及此，她便不敢多說一句。

巧妹又著意燒了幾樣菜，千叮囑萬叮囑叫錢冰早日歸來，抱著錢冰看了很久，輕輕地親了他一下。

錢冰只覺手足無措，趕忙告別而去。

一離開巧妹，他狂奔向武當山，不到兩個時辰，武當山已巍然就在目前。

錢冰望著高高的山，想起這些日子以來的尷尬事，不禁汗流浹背，自己雖以禮相待，但日久長處，只怕會不堪設想。

「我先去辦正事，其他的事到時候再說。」

他想到此，心中又自我輕鬆起來，腳步也踏上了上山的路徑。

九　武當重逢

晨風輕拂，秋高雲淡，山野地上已逐漸出現了大片的黃色，昏昏地卻也具有一種特別的景致，這時在武當山下的官道上出現了一個少年。

少年走在官道上，不時遠眺高仰，青衣閃動，正是那錢冰。

他想是昨夜好好地休息了，顯得精神煥發，氣度也更出眾了。

他沿著官道，不一會來到武當山麓，這時時光尚早，官道山路上都是靜悄悄的不見人跡。

錢冰深深吸了一口氣，輕輕自語道：「看來現在上山去，似乎嫌早了一些，不要引起觀中道人特別的注意，否則事情完了下山麻煩。」

他沉吟了一會，決心再等過了一個時辰才動身。他天性閒淡，這般無事閒等他最能忍耐，有時一個人面對一池清水或是幾株花草，便可自得其樂耗上好久。

這時氣候甚是清爽，他沿著山道向上爬，不時停下足步東望望西看看，漫山遍地一片黃色，但葉卻還不落下，別具風格。

他走了一會，忽然看見山道左方有一條很小的分岔，彎曲的角度很陡，不注意的人，都只以為這只是一個缺口，下面無路可通了。

錢冰無意間發覺，反正閒著無事，想都不想立即一彎走了過去。

那小道十分窄小，而且彎彎曲曲，錢冰沿著小徑走過去，小道左方是大山石，右方卻是深崖，這裡雖然才剛上山，高度不大，但下面是一個深谷，望下去幾凡十丈，也令人驚心不已。

大約走了半盞茶的功夫，彎了好幾個彎，忽然眼前通路一斷，原來這竟是一條死路！

錢冰啞然一笑，正待抽身便走，忽然瞥見那斷路處左端有一塊方石放在地上。

錢冰上前幾步，只見那石塊的質地十分細密，長年風霜雨露，卻仍是平滑，連青苔都沒有一點，那石上刻著一個字，足足有人頭大小，入石甚深，乃是一個「關」字！

錢冰呆在當地，他的目光再也離不開那個龍飛鳳舞的「關」字。

他只覺心胸之中有一個極大的陰影迅速地籠住自己的思想，不禁有些惴惴然之感，好像心中被撞了一下，好一會兒思慮紛紛，卻始終不知到底為何。

他呆了半晌，緩緩移開雙目，只覺心中似乎一輕，他猛然醒悟，喃喃道：「原來是這個字，奇怪，為什麼我一見了這個字立即心如奔馬，不能抑止？」

他想了一會，忍不住移目再去看那「關」字，只覺心中又是一震，越想越是紛亂，毫無頭緒可言，正默默沉思間，忽然山風一吹，隱隱傳來一陣人語之聲。

錢冰喃喃道：「這個時候有人上山倒是奇了。」他足下緩緩又沿著小路走回去，每彎了一彎，那人語之聲便更清晰，到了出口，只見兩個背影靠在大石上。

錢冰正待上前，突聽右面一人道：「楊兄，你卻也不能太過自大，想那武當山為武林正宗，名聲之盛，天下盡聞，而且歷久不衰，一定不是浪有虛名，高人必多……」

他話未說完，卻聽那右面一人插口一聲冷笑道：「齊兄，你什麼時候變了脾氣？憑你我兩人，立刻硬闖武當山門，他們禮讓最好，不讓，硬殺進去不就得了，什麼高人，在你我目中，嘿，嘿……」

那姓齊的卻搖了搖頭道：「楊兄，三天以前小弟也完全贊成你的說法，但是……」

那姓楊的嗯了一聲道：「對了，那天我派出幾人去找尋你的下落時，便曾聽說你在少林寺中遇上了高人？」

那姓齊的哼了一聲道：「少林寺？那幾個高一輩的和尚似乎不屑出手似的，只派出幾個二輩能人，楊兄，小弟是栽在另一個人手下的。」

楊兄冷然一笑道：「如何，少林寺中齊兄你還不是來去自如？」

那姓齊的忽然嘆了一口氣道：「楊兄你一再提起那少林寺，唉，不瞞你，小弟的性命只有一個月啦！」

姓楊的吃了一驚，身子站直起來大聲道：「什麼？」

這時錢冰聽得已然暗暗心驚，心中默默忖道：「這兩個是什麼人？從他們口氣中，似乎正計劃要闖上武當，我且在此多聽聽……」

那姓齊的嘆了口氣道：「少林僧人之中，有一個昔年會用毒的大師，小弟接他一掌，已中巨毒。」

那姓楊的大吃一驚道：「五步追魂手？」

姓齊的點了點頭又道：「還有那點蒼的何子方。」

姓楊的又咦了一聲：「何子方，你，你怎麼碰到了他？」

姓齊的搖了搖頭道：「我也不知道，他突然橫手插入，封了我一招，不瞞楊兄，那一劍之佳妙，簡直不似人間之作！」

姓楊的啊了一聲道：「何子方劍術那自是不用多提了，但齊兄，我說你怎不下手便施出『連環七打』，諒那何子方再強，也不見得能佔得上風，唉，齊兄，這也難怪你氣勢大消，要知何子方威名震武林，他能和咱們一爭，自是意中之事……」

姓齊的搖搖頭道：「這個小弟明白，但……但小弟說的不是他。」

姓楊的吃了一驚，道：「噢？那還有比何子方更強的人？」

姓齊的沉重地點了點頭道：「是一個青年，年齡不在你我之上，那氣度之威猛，在中原一帶，的確少見！」

姓楊的呆了一呆，突然哈哈大笑起來：「我說，齊兄，舉目天下，和你我年歲相若的，絕不可能會有咱們這等功力……」

姓齊的哼了一聲插口道：「楊兄，那人會大擒龍手，你知道嗎？」

姓楊的陡然收住笑聲，似乎驚得呆住了，好一會乾笑道：「他……不會吧？那大擒龍手……」

姓齊的搖了搖頭道：「那少年架式才出，小弟不信會看走眼，心中震驚，立刻反身走了。」

姓楊的沉重地嗯了一聲道：「照這樣說，有資格作咱們的對手又多了一人了！」

姓齊的嗯道：「楊兄，你以前曾說，中原英雄，只有丐幫幫主最爲強勁，就是那天，小弟還看到了那天下第一的令旗！」

姓楊的似乎爲這一連番事情驚住了，沉吟了好一會才道：「依兄弟之見，咱們都不能爲這事而改變計劃。」

「那當然，楊兄弟，我說這些只是告訴你中原能人隱士如雲，咱們上武當可得小心一點，其他倒沒有什麼。」

姓楊的點了點頭道：「不過，齊兄，遲早小弟想和那不知名的少年碰個高下，他會大擒龍手也罷，小弟就不信不能勝得他……」

他話聲未完，陡然身形一動，那姓齊的也立時警覺，大吼道：「什麼人？」

兩人身形好比疾箭一同掠起，在空中交錯飛過，卻見山道上空空蕩蕩，毫無人跡！

姓楊的吃了一驚道：「好快的身法！」

那姓齊的也道：「方才分明聽著一聲冷笑……」

姓楊的面色一沉道：「他出聲笑小弟說能打敗那青年，依小弟之見，這人多半與那青年有關！」

這時躲在石後的錢冰驚得出了一身冷汗，方才這兩人身法之快令人震駭，最怪的是竟還有一人也隱在這兒，而且功夫必然極高，方才那兩人出口大吼之際，他還以爲他們發現了自己的形跡，大大吃了一驚，現在聽兩人如此說，才知是另有別人。

錢冰心中暗暗忖道：「這兩人真不知是何路數，分明要衝上武當山去，讓他們一鬧，武當山上必然警衛森嚴，我要想上去一趟，勢必不大可能，但此事又重要，好歹如能搶在這兩人之前到山上辦完事，便可一走了之，但這兩人端端站在出口之處，方才沒有出去，此時出去了，他們必懷疑我是躲著偷聽的人，真是毫無辦法。」

這時那兩人回過身來，錢冰這才看見兩人的模樣。兩人都是廿多的青年，姓齊的好不威武，頷下留著虬髯，那姓楊的卻是一表人材，英俊瀟灑無比。

錢冰心中不由暗暗讚了聲：「好俊！」

那兩人又四下張望了一會。

姓齊的道：「那人早走遠了！」

姓楊的哼了一聲道：「這可不一定，咱們一路上山，一路留神察看，走吧！」

驀然之間，左前方呼地一聲，一條人影急縱而起，連閃數下，已到數十丈外。

姓楊的姓齊的少年一起大吼一聲，呼地猛撲向左方，雙掌齊出，卻慢了一步，那人已去得遠了！姓楊的呆了呆道：「這人的背影十分闊大，齊兄……」

他陡然止住話聲，刷地反回頭來，一掠又回到大石邊，繞到石後一看，卻是空空無人！

他的面色陡然一沉，冷冷道：「齊兄，咱們真是栽到底哪，石後一直伏了另一個人，咱們卻毫不知情。」

姓齊的少年驀然叫道：「是了，多半是武當道人在這遇上咱們交談，聽得了消息，回去報告了，咱們快走吧，趁山上沒有完全準備一衝而入！」

姓楊的沉重地點了點頭，兩人身形一掠，一同並肩向山上疾奔而去。

且說錢冰在石後等得心焦，陡然有人蹤出現，那兩人一同撲出，機會再也難得，豈能輕易放過，他當機立斷，身形一輕，悄悄轉出大石飛奔而去，只是他到底經驗毫無，衣袂一擺拂下了不少灰沙。

那二人委實了得，這一點聲音都能驚覺，連忙趕回，但到底慢了一步，錢冰已走遠了。

錢冰在路上奔著，心中暗暗忖道：「想來那兩人必然跟著上來，其間時間有限，我得選一條捷徑才是！」

他似乎到過武當，路徑相當熟悉，一路奔去，到山腰處忽然向左一彎，跨過一條不十分寬的山溝，身形連閃，不一會已繞到正路，這一程至少節省了一盞茶的工夫。

那名聞天下的解劍巖已然在望，兩個道人在山石邊站著。

錢冰奔到近處，止下足步道：「道長請了！」

兩位道長還了一禮道：「施主有何見教？」

錢冰道：「煩兩位通報一下，在下要見武當掌教！」

兩位道人對望了一眼，右面的道：「施主……」

錢冰急道：「是一件十分急促的事，兩位道長快領路吧！」

那左面的道人搖了搖頭道：「掌教觀主不見外人。」

錢冰一時心急，卻答不出話來。

那右面的道人道：「施主貴姓大名？」

錢冰心知武當山門戶森嚴，非得說出實情不然決難進入，除非硬撞山門，於是急聲說道：「有人要侵襲武當！」

兩位道人一驚道：「他們已經來了？」

錢冰怔了一怔道：「你們已知道了？」

那右首的道人道：「這幾日觀中嚴防，施主，你……」

錢冰搖搖手道：「快，快請帶路，那來人不出盞茶工夫必到。」

兩位道人不敢再擱延，左面的一個打了手勢，右手一揮道：「施主請吧！」

錢冰急步跟前，兩人一路行走，不一會純陽闕已然在望。

那武當純陽闕氣宇蓋世，但此時錢冰也無暇多看，奔入觀門，只見左右人影晃動，不一會兩列道人都站在大廳兩側，整整齊齊卻鴉雀無聲。

想是廳中已得通告，道士都已集合，然後默默由大廳兩側走了出去，廳中只剩下三個中年道人。那帶路的道人走上前去，對中年道人行了一禮，低聲道：「這位施主帶來警訊，要求見掌門。」

那中年道人望了錢冰數眼，反身走進內廳，不一會陪同一個老道人出來，正是武當一門之尊天玄道人。

錢冰望了天玄道人一眼，恭恭敬敬行了一禮道：「道長，在下錢冰。」

天玄道人頷首道：「錢施主！」

錢冰忙道：「在下在路上偶然聽到兩人交談，在下雖不識兩人，但從其交談之中，知其立刻要硬闖上山，一個姓楊，一個姓……姓齊……」

天玄道人啊了一聲。

錢冰又道：「那兩人中，姓齊的似乎還提及闖過一次少林。」

天玄道人沉沉點了點首道：「不錯了，果然是他，錢施主有勞……」

錢冰不待他話說完，接口道：「道長，在下來此卻是爲了另外一事。」

天玄道人怔了一怔道：「什麼？」

錢冰心中一急，暗暗忖道：「糟了糟了，方才急切間忘記考慮，那東西倘若當面拿出，他必然大驚失色，要追問結果，我脫身不易……」

他心中思索，面上不知不覺改變了好幾次顏色。

天玄道人皺了皺眉，正待開口，驀然之間觀門之外一聲大吼隱隱傳來！

錢冰暗暗心驚忖道：「那兩人好快的身法！」但心中卻如釋重擔。

果然天玄道人微微頷首道：「錢施主先在這兒歇一會，貧道要出去看看！」

他身形一晃，已走出觀門，只見幾十丈外一群道人正圍成劍陣，連忙跨步上前，走得近了，只見劍陣之中是一個虯髯的漢子，雙掌翻飛，好不威猛，每出掌之際，都挾有隱隱風雷之聲，心中不由一驚，忙走上前去。

錢冰望著天玄道人走得遠了，這時大廳之中只有一個方才帶路的道人和自己，他心中念頭轉動：「這是天賜良機，若能瞞過這道士，將這事物放在一個顯目的地方，然後從後山一走了之，那天玄道人一回大廳，立刻會發現這事物，這件工作便成了！」

他心念已定，卻見那道人絲毫不為廳外之事所分心神，緊緊站在自己不遠之處，自己毫無機會可乘。

正躊躇間，忽然左方廳門無聲無息閃入了一個人影。

那道人吃了一驚，大聲吼道：「什麼人？」

只聽嗆啷一聲，長劍脫鞘而出，但見那人影身形一陣模糊，「卜」地一聲，道人已被來人點中穴道，仰天倒在地上。

錢冰大吃一驚，定神看時，正是那姓楊的青年，心中恍然忖道：「原來二人分頭齊進，那武當派中高手都被那姓齊的誘出，這姓楊的功夫好高，一下便闖入內廳，將這道士打倒……」

那姓楊的少年看了錢冰一眼，只見錢冰一襲青衫，舉止瀟灑，分明不是觀中之人，不由怔了一怔道：「你是什麼人？」

錢冰點點頭道：「在下錢冰。」

姓楊的青年在口中默唸了二遍，想不起曾聽過這個名字，又看了他兩眼，卻生出一種不想和他動手的感覺，轉身向大廳中心走去。

錢冰叫道：「喂，喂，你到那裡去幹什麼？」

姓楊的冷冷一笑，回首道：「你管得著嗎？」

錢冰微微一笑道：「你鬼鬼祟祟地，那裡面是人家武當內廳重地，你想幹什麼？」

姓楊的青年陡然停下足步，轉過身來道：「姓錢的，你是武當什麼人，你要伸手管嗎？」

錢冰搖搖頭道：「在下與武當一派毫無關連。」

他話聲未完，忽然姓楊的青年身形一晃，右掌平伸，一探而出。

那楊姓青年的功夫真是出神入化，方才攻擊那武當道人一招即得手，這時身形一晃，正又是那一式古怪的身法。

錢冰只覺雙目一花，勁風已然襲體而至，他心中大急，本能地一躍，向後平平飛出。

人影一閃而止，錢冰這一躍不但閃開了楊姓少年的一式擒拿，並且將兩人間的距離拉開了五尺之多！姓楊的青年冷冷一笑道：「好啊，你是在裝蒜。」

他身隨話動，雙掌交錯打出。錢冰只覺掌力壓在身上，氣都喘不過來，額上汗珠一粒粒冒出，猛然向後連退，呼的一聲，竟然一掠在三丈之外！

姓楊的青年雙掌走空，冷笑一聲道：「再逃一招試試！」

身形再度向前一掠，陡然之間連發四掌。

這四掌變化之多，出招之快，把四面八方都罩得死死的。

錢冰只覺呼吸沉重，汗珠滴滴落下，哼了一聲身形一掠，向左一偏。

楊姓青年也向左一跟，但錢冰身形陡又向右一滑，生生脫出如網的掌勢。

姓楊的青年似乎萬萬不料錢冰仍能閃出，不禁怔在當地。

在這掌勢下一招不還手，能生生閃過的人，他還未碰過，這時不由心中大驚，但他掌勢的確凌厲，錢冰到底被逼到大廳死角，左右都是高牆。

錢冰面上變色，呼吸急促，汗水涔涔。

姓楊的青年怔了怔，忽然目中閃過一抹凶光：「你敢硬接一掌嗎？」

他上前跨了一步，猛可一翻右掌。錢冰明白等他這隻手掌一沉，就有厲害的殺手發出，急切之間，只覺一股真力沿著小腹直升上來，衝入右臂之中。

他本能地對準那姓楊的少年一揚右臂，一股雄渾的內力疾吐而出，在空中發出嘶的一聲。

姓楊的青年失色地倒退三步，那股氣流一直擊到五六丈外，呼地拍在地上。

姓楊的青年緊握著雙拳，大吼道：「玉玄歸真！」

錢冰心中急迫，已是一片茫然。

楊姓青年猛然長吸一口真氣，上跨半步，雙手向外一圈而合。

錢冰只覺胸中真氣激盪，一急之下再提不上來，驀然之間，一聲大吼傳來，一個人影從側門跨入，一連上前三步。

這時姓楊的青年對著錢冰——這個已被他認爲畢生最怪異可怕的敵人——發出十成力道。

那衝進來的人一步搶到錢冰身側，右掌一沉，猛可平推而出。

兩股力道一觸呼地拍在地上，大石板地登時裂開好大一塊來。

那姓楊的青年向後跨了半步，那來人身形一陣搖晃。

錢冰定了定神，看得親切，不由大聲呼道：「白大哥，是你！」

姓楊的青年驚怒交集地望著威猛有如天神的白鐵軍，而白鐵軍的雙目中也閃出驚然的神色！姓楊的青年呆了一呆，突然連退三步，左手猛然一抬，面上緩緩掠過一抹紫氣。

白鐵軍面色大變，猛一把將錢冰推到身後，上前一步，左右手一橫，絲絲之聲陡然響起，一縷白煙從右手指端緩緩冒出。

姓楊的青年面上紫氣連現三次，倒退二步，突然大吼道：「大擒龍手，原來就是你……你叫什麼名字？」

白鐵軍面色凝重，冷然道：「在下白鐵軍，敢問……」

那姓楊的青年冷冷一笑道：「楊群。」

白鐵軍點了點頭不語，但面上十分沉重，那楊群也沉默了一會，突然之間，一聲厲嘯自觀外傳來。

楊群面上神色微微變了一變，他忽然身形倒飛而起，口中冷冷道：「白鐵軍，咱們下次再見面！」

白鐵軍忽然哈哈大笑起來，大聲說道：「楊群，機會多著呢！」

楊群的身形好比一道輕煙，霎時在大廳中消失，白鐵軍也不追趕。

那錢冰說道：「白大哥，想是那姓齊的在外面擋不住了，出聲招呼那楊群，如此看來，武當的道人就要回來啦，咱們快乘這機會一走了之如何？」

白鐵軍卻似未聽見他說了些什麼，呆然木立。

錢冰心中有事，也未注意，暗暗忖道：「乘此良機，我將那事物放在醒目之處。」

心念一動，這時聽外一陣叱吼之聲，不一會吵聲全無，料是那人已突圍而去。

他正待摸出懷中之物，忽然足步一起，人影連晃處，一連掠入三個道人，為首一人正是名震天下的天玄道長。

錢冰暗道一聲：「遲了。」

卻見那天玄道人滿面鐵青，連連頓足道：「不想他們是兩頭分進，唉，不知大廳之中……」

他抬頭望了望錢冰，錢冰微微一笑道：「道長，請放心，那少年並未得手。」

天玄道人啊了一聲，如釋重擔道：「多謝錢施主。」

錢冰搖搖雙手道：「那楊姓的青年，本已侵入內廳，好在白大哥及時趕到，和他對了一掌。」

天玄道人啊了一聲，轉目望著白鐵軍，卻見這豪邁的青年面上一片肅然。

天玄道人心中暗道：「這青年堂堂一表，氣度非凡，有如君臨天下，不知是那一門的高弟？」口中問道：「這位白施主……」

白鐵軍行了一禮道：「在下白鐵軍。」

天玄道人點點頭。

白鐵軍卻又道：「久聞道長大名，後學能見仙容，幸何如之。」

天玄道人呆了呆道：「白施主此來有何見教？」

白鐵軍點點頭道：「後學想向道長請問一事！」

錢冰怔了一怔，暗忖道：「白大哥原來也是上山有事的。」

天玄道人嗯了一聲道：「白施主請說。」

白鐵軍抱拳一禮，朗聲道：「此事僅關道長一人，最好能……」

天玄道人驚了一驚，忙道：「如此，請進內廳！」

白鐵軍回首望了望錢冰道：「錢兄弟非是武當中人，那是不打緊的，請也一同進內吧。」

錢冰心中盤算不定，足下隨著走入內廳。

那天玄道人面上凝重，問道：「白施主可否將師承相告貧道？」

白鐵軍微微一笑，卻岔開道：「後學想向道長打聽一塊名叫羅漢石的事物。」

他話聲未完，天玄道人瞿然而驚，不知不覺後退了一步，而那錢冰似乎也是猛然震動。他陡然覺得有一個古怪的想法自腦海中升起，似乎自己已經開始在迷茫之中摸著了一個線索，一個開端。

錢冰突然自懷中取出一物，擲於地上，同時卻轉身一掠而去！

天玄道人和白鐵軍大吃一驚，但在兩個高手的目光中，只是青灰模糊一片。

錢冰已掠到廳外，那身法之快，步履之奇，簡直令人無以相信！

天玄道人陡然只覺一個印象從腦海中一掠而過，他駭然驚呼道：「是他！是他！」

那一次天玄道人在落英塔前攔阻左白秋，後來衝入塔中便曾瞧見一個人影好比鬼魅一般一掠而滅，當時他便不信世上有這等身法，還曾對卓大江道「難道那鬼影子仍在人間」的話，但方才見那錢冰身法一掠而滅，這印象剎時又湧上腦海，再也忍不住脫口呼了出來。

白鐵軍呆了一呆，忽然當機立斷，雙手抱拳朗聲說道：「打擾！」

身形一掠，大吼道：「錢兄弟，等一等！」

天玄道人呆在當地，也忘記追問，只見白鐵軍闊大的背影一掠便去遠了，他默默收回目光，投向地下，地下放著錢冰擲下的事物——

驀然之間天玄道人驚呼一聲，雙目緊緊注視著那事物再也收不回來！

卻說錢冰掠出了大觀，一直向後山直翻而去，心中默默地沉思著：「快辦完這一連串的事，回去將這發現告訴伯伯，說不定他老人家多年來苦思不得其解的問題可以迎刃而解。」

他雖無江湖經驗，卻甚是靈巧，心知若是走那前山大路，說不定姓齊的和那楊群正在山下不遠，狹路相逢就糟了，而且一路上武當的弟子如雲，必多麻煩，於是選了一條後山小道，他對武當山很是熟悉，不一會已遠離大觀，來到後山。

錢冰吁了一口氣，緩緩走向下山的道路，這一來雖然避開了眾人，但卻多繞了不少路程，好不容易才下得山來，已是夕陽西下，花了大半天功夫。

他一日未進食，腹中甚是飢餓，四下辨了一下方向，便匆匆沿道趕路。

走著走著，忽然官道旁邊走出一人來。

錢冰吃了一驚，定目看時，原來竟是那在武當大廳中匆匆而別的白鐵軍！

錢冰脫口呼道：「白大哥是你！」

白鐵軍豪放地大笑起來道：「錢兄弟，我在這裡等你三個時辰了！」

錢冰呆了一呆道：「你，怎麼……」

白鐵軍微微一笑道：「那楊群看來便是陰狠之人，他在觀中被迫退走，決計不肯放手的，我估計他必伏在不遠之處，恐怕錢兄弟你趕下來遇著了，那楊群武功之強，為我生平所僅見，你必要吃大虧。」

錢冰只感一股溫暖衝上心頭，感激地道：「大哥——你對小弟太好了。」

白鐵軍哈哈一笑：「我一路追下山來，卻不見你的人影，一路追出十幾里，忽然想到可能你打後山下去了，要多費時光，便又趕回來相候，果然不出所料……」

錢冰道：「白大哥，叫你等了這麼久，走，咱們快找一處店家，由小弟作東，好好飲上幾杯。」

白鐵軍哈哈道：「我正是這個意思！」

兩人連袂行去，一路上白鐵軍卻是絕口不提那在廳中錢冰突然一走了之的事，錢冰也不問及白鐵軍及那羅漢石之事。

白鐵軍口中滔滔不絕，說東說西，錢冰只覺和這少年在一起便有一種莫名的快感，極是投緣。兩人相逢才不到一月，但兩人心中卻自然而然認為對方是自己最知己的朋友了。

錢冰生性淡泊不拘小節，白鐵軍更是豪放，兩人見對方不提在大觀中之事，都不放在心上，不一會來到一家酒店，兩人痛飲一頓，抵足而眠。

一宿無話，次晨兩人一同上路，心情十分暢快，這兩個少年一個瀟灑出眾，一個寬宏雄壯，走在路上惹起不少人注目。

走了一會，忽然白鐵軍伸手指向前方，對錢冰說道：「你看前面！」

錢冰揚目一看，只見塵土滾滾之中，兩匹駿馬如風馳電閃一般直奔過來。

那兩匹馬長得又高又駿，馬上的人卻是兩個又高又瘦的中年漢子，臉上一副面黃肌瘦的神色，和胯下的駿駒比起來十分不相襯。

錢冰正在暗自欣賞這兩匹駿馬奔跑的雄姿，那兩匹馬已自奔到面前，馬上兩個漢子猛一勒馬，一聲長嘶，一齊停在錢冰面前。

他朝馬上兩人禮貌地笑一笑，馬上兩人都是對望一眼，左面的道：「不會錯的，是他。」

兩人抖了抖馬韁，那兩匹馬十分聽話地碎步走了上來，停在距錢冰只有三步之處。

錢冰拱拱手道：「二位大哥請了。」

那左邊的漢子揚了揚馬鞭道：「小子，跟咱們走吧。」

錢冰奇道：「你……叫我跟你們走？」

那漢子冷笑道：「我瞧咱們也不必繞著圈子說話了，你我是什麼人，大家心裡都知道……」

錢冰更是驚奇了，他楞楞地打量著那馬上的兩人，他暗暗思忖自己一生從沒有見過這兩個人，這兩人竟然一見面就要自己跟他走，這豈不是滑稽之事？

他絲毫沒有想到事態嚴重，笑嘻嘻地問道：「兩位大哥要敝人到哪裡去？」

那右邊的一人道：「你不必裝佯了，你以為躲在卓大江的家裡咱們就不敢抓你嗎？老實說，卓大江那手劍法雖是天下第一，咱們哥兒還是碰得起的。」

錢冰吃了一驚，他百思不得其解，便道：「實在說，在下實是不識得二位，二位要在下隨你們走，可否將理由說明一下？」

馬上兩人對望了一眼，右邊的人帶著極不相信地口吻道：「你當真不懂？」

錢冰道：「我真不懂。」

那人臉色一沉，冷冷地道：「咱們要你跟咱們進京城走一趟！」

錢冰聽「京城」二字，忽然想起在巨木山莊中何子方也曾突如其來地問過他「可是從京城來」的話，他不禁怔了怔，這其間難道有什麼關連？

左邊馬上的人道：「現在你總明白了吧，是識時務的，乖乖跟咱們動身吧。」

在他們以爲這一下錢冰是無法裝佯了，事實上錢冰卻是更加糊塗，他攤了攤手道：「我還是一點也不懂……」

那漢子面上現出怒色，他忽然從懷中掏出一支金箭，唰的一聲擲插在地上。

那金箭金光奪目，看上去像是純金打造的，若是換任何一個人，見了這支金令箭，必然要驚呼出聲，天下人無一不知這乃是京城皇帝老爺專用的令箭。

但是錢冰卻是一竅不懂，他望了望地上的令箭，抬頭像是歉然地搖了搖頭道：「你捧出這支金箭來也沒有用，我還是一點也不懂你們的意思。」

那漢子聽了這話，立刻怒將起來，試想天下哪有不識得御用金箭的人。

他冷哼一聲，猛可一抖手中馬鞭，那軟鞭呼的一聲直捲向錢冰，鞭首竟然發出嘶嘶怪嘯，威猛已極。

錢冰大叫一聲：「喂……不要動手……」

忽然之間，一隻手如閃電一般伸了過來，竟然一把就將馬鞭抓住了！

馬上漢子抖手一拉，竟是沒有拉回來，他不由大驚地向抓鞭之人望去，只見那人身高體闊，氣度恢宏，正是白鐵軍。

白鐵軍從頭到尾只是靜靜地站在錢冰身旁，一言也不發，默默注視著事情的進行，那兩個馬上的漢子根本連看都沒有看他一眼，甚至根本忘記他的存在了。

馬上的漢子仔細地打量了白鐵軍一眼，猛可又是一抖手，但聞「啪」的一聲，那根牛皮的馬鞭竟然凌空而折。

馬上的漢子沉著臉問道：「閣下是誰？」

白鐵軍不答他的問話，卻微笑著自言自語道：「好厲害的陰風神爪，太原的陰風神爪自從栽在一代武學奇傑董其心的掌下後，似乎就不再在江湖上爭雄決勝了，啊——只有那年在太行山上，華氏兄弟掌劈陝北十二條好漢時，陰風神爪才重現武林，那麼說來，眼前這兩位必是華氏昆仲了。」

他一面自言自語，一面口心相商，最後像是想通了的模樣，拍掌連道：「不錯，不錯，一定對。」

那馬上的漢子道：「不錯，在下花湧泉，你能接我一鞭，想必是個知名的人物了，報出萬兒來聽聽吧！」

白鐵軍微笑道：「小可白鐵軍是個無名小卒，不足掛齒，只是名震天下的華氏昆仲怎麼替當官的當起差來了，這倒是怪事了。」

左邊那漢子冷冷地道：「姓白的，你要不要先試我一掌再貧嘴？」

白鐵軍道：「這個白某擔當不起。」

馬上之人更不多言，忽然一個飛身從馬背上騰空躍起，單掌一揚便向白鐵軍直抓下來。

華氏兄弟名震天下的絕學就在這一掌一抓之間，只見他掌勢有如霹靂雷至一般，時間和空間配合得妙入毫釐。

白鐵軍動也不動，揮起左掌來硬架一招，只聽得轟然一聲暴震，華老大被彈起三丈，白鐵軍紋風不動。

說時遲那時快，華老大從三丈之高如一隻巨鷹一般再度撲擊而下，掌力再增倍餘。

白鐵軍收回左掌，揚起右掌，又是硬封出來，轟然又是一震，華老大再次騰空飛起，足足升達五丈，地上的白鐵軍依然穩立當地。

華老大升到極處，身子如一隻鷂子一般輕巧地翻了一個身，呼呼然又撲擊下來，這時他的掌力已達到驚世駭俗的地步！

這正是太原陰風神爪的特色，能夠不著地面地連續飛擊，一次比一次強。

數次之後，力道已大到不可思議，地上敵人掌力無論多強，只能把他彈得更高，卻無法擊傷於他。

白鐵軍仰望華老大從五丈之高挾著雷霆萬鈞之勢撲擊下來，他猛可一收右掌，左掌再出。

兩股掌力相撞，四周大氣為之一漩，發出尖銳的怪嘯。

華老大一接掌之下，立刻覺得這個青年的掌力宛如開山巨斧，他的絕技變掌為抓竟然施不出來。

電光火石之間，他當機立斷地決定再次騰空，作第四次地撲擊，這在華老大說來，是多年來從未有的事了。只見華老大瘦長的身軀輕巧得有如一隻乳燕，呼的一聲又升高飛躍起來。

然而奇怪的事情就在這時發生了，華老大堪堪飛起兩丈，忽然整個身軀像受到一股強大無比的力量，硬生生地逼迫他下降。

這簡直是不可思議的事，白鐵軍的一掌之力竟然持續到如此之久。

華老大身在空中，再無著力之處，只見他偌大一個身軀如流星殞落一般，陡然直線地急速降落，更令人驚駭的是他竟然一分不差地正巧降落在他的馬鞍之上。

白鐵軍一掌之力，竟然能夠控制到這個地步，武林中人物夢寐以求的神奇內家神功，在這一掌之中表現無遺，華氏昆仲相顧駭然。

白鐵軍紋風不動地立在原地。

華老大沉聲道：「原來是丐幫楊老幫主的『迴風大印手』駕到，華某認輸了。」

白鐵軍拱手道：「太原陰風神爪名不虛傳，華大先生手下留情罷了。」

華老大朗聲道：「楊老幫主是敝兄弟一生唯一的救命恩人，既是楊老幫主的『迴風大印手』駕到，敝兄弟還有什麼可說的，兩位請罷！」

他抱拳拱了拱手，向華老二打個招呼，二人猛一勒馬，轉身如飛而去。

白鐵軍見兩人一霎時就走得無影無蹤，不禁喃喃自語道：「這兩人雖是武林中公認的怪人，倒是兩條鐵錚錚的好漢。」

這時錢冰走上前來。

白鐵軍皺眉想了一想，忽然開口問道：「錢兄弟，你……你可是來自京師？」

錢冰悚然而驚，怎麼又是這一句話？

他嘆口氣道：「我從來就沒有到過京城半步，這是怎麼一回事？」

白鐵軍皺著眉思索了一會，又凝視了錢冰片刻，然後道：「錢兄弟，你真的不會武功？」

錢冰道：「我真的半招武功也不會……」

白鐵軍似是滿腹疑慮，他凝目望著錢冰，過了一會，忽然仰首大笑道：「君子相交但求知己，大丈夫行事只是率性而爲，我怎麼懷疑起錢兄來了，當真該罰，走！錢兄你這謎一樣的朋友，白某是交定了。」

錢冰聽了這一句話，忽然覺得熱血上湧，他伸手握住白鐵軍的手，卻是說不出話來。

白鐵軍拍拍他的肩，爽朗地大笑道：「咱們走。」

於是他們兩人繼續前行，兩人都沒有說話，只有輕微的腳步聲蕩漾在寧靜的空氣中。

忽然，錢冰停下腳步來，於是白鐵軍也停下了身。

錢冰道：「白兄。」

白鐵軍道：「什麼？」

錢冰道：「我該告訴你，我會一點輕身功夫——你是知道的，但是什麼武功招式卻是半點不懂……」

白鐵軍說：「就是你在武當上不施輕功，我也早就知道了。」

錢冰奇道：「你……你早就知道？」

白鐵軍笑道：「你還記得在巨木山莊中，那天晚上，一個蒙面人執劍向你偷襲的事？」

錢冰道：「你怎會知道？」

白鐵軍道：「那時候，我就在你屋頂的上面，你可知道那蒙面人是誰？」

錢冰搖頭道：「不知道，我百思不得其解……」

白鐵軍道：「那蒙面人就是天下第一劍！」

錢冰脫口叫道：「卓大江？」

白鐵軍點頭道：「一點也不錯。」

錢冰喃喃地道：「他……他為什麼要執劍偷襲於我？他想刺殺我嗎？」

白鐵軍道：「他不過是試試你的武功。」

錢冰糊里糊塗地道：「是了，他一定是試出來我一點武功也不懂，是以就放過了我。」

白鐵軍見他那幼稚的模樣，忍不住嘆了一口氣道：「唉，你那一手輕功可把天下第一劍驚得夜裡都睡不著覺了……」

錢冰睁了大眼，說不出話來。

白鐵軍笑道：「所以錢兄弟呀，我說你是謎一般的人物。」

錢冰聳了聳肩，沒有說話。

白鐵軍道：「不管你是個什麼謎，白某說過，這個朋友是交定了，你也不必對我說什麼，我是完全相信你的，咱們上路吧。」

錢冰道：「好，上路。」

於是他們又繼續前行。

十 金刀無敵

道路彎彎曲曲地轉了幾個彎，前面出現是一片廣闊的平原，遠遠望去，只看得見極遠處淡淡的樹影，似乎已經和他們連在一起了。

白鐵軍道：「好一片廣原。」

錢冰脫口道：「如和關外塞北的平原比起來，實是小巫大巫之別。」

白鐵軍道：「啊？我原以爲塞北全是高山峻嶺……」

錢冰道：「哪裡的話，塞北沙漠動輒萬里無垠，放眼望去，除了太陽月亮，什麼都看不到，那才真叫人感到造物之偉大，己身之渺小哩。」

白鐵軍點了點頭，他心中卻在苦笑著暗道：「對於這個謎一樣的大少爺，總算知道他是來自塞北的了。」

這時，他們已經走入了那廣漠的平原，忽然之間，白鐵軍扯了錢冰一把。

錢冰問道：「什麼？」

白鐵軍道：「前面有人……」

錢冰吃了一驚，道：「難道又是衝著咱們來……我是說衝著我來的？」

白鐵軍道：「不，似乎是有人在動手過招。」

錢冰想問，白鐵軍道：「咱們施展輕功上前去看。」

他話聲方完，已經陡然騰身一躍，身子如一支強弩之矢一般，疾射出數丈之遠。

他雙足微微一蕩，竟如御氣飛行一般，一口氣就飄出數十丈，那身形之快，姿勢之美，簡直到了驚世駭俗的地步。

他微微從目光的餘光向後一瞟，只見錢冰已經到了他肩後不及三尺之境，他不禁暗自嘆道：「錢兄弟這一身輕功，簡直叫人不得不服了。」

兩人如旋風一般奔了一程。

白鐵軍輕聲道：「到了，你看！」

錢冰驟停不住，呼的一聲已超出了三丈，但是只在眨眼之間，也不見他如何停勢轉身，他已面向著白鐵軍直飛回來。

白鐵軍原想笑讚一句，但見錢冰臉上一本正經地帶著緊張之色，似乎已經進入戰鬥狀態的模樣，便忍住沒有說了。

白鐵軍道：「你看前面。」

錢冰定目向前看去，只見不遠處七八個人圍著一個人在那裡爭執，被圍在中間那人的腳旁似乎還躺著一個人，遠望去辨不出是死是傷。

只聽得一個沙喉嚨的聲音吼道：「按說大丈夫受人滴水之恩，必當泉湧以報，施某人雖曾蒙你老爺子照顧過，可是現在各爲其主，老爺子何不賣個交情？」

白鐵軍在暗處低聲道：「這是什麼話？既說大丈夫泉湧以報，又說『賣個交情』的話，這成什麼話？」

只聽得那被圍在中間的人開口道：「施冬青，老夫不要和你說話，只算老夫有眼無珠，冰雪之中救錯了你，你免談了。」

那人聲音又是宏亮又是雄壯，只是帶著幾分蒼老，令人聽來有一點淒涼的味道。

白鐵軍喃喃道：「原來這就是施冬青，這是峨嵋派趕出門牆的叛徒，一向只聽人說過他劍法高明，功力深厚，卻從沒有聽說過他一個好字。」

那七八個人中又有一個人道：「咱們幾人雖是不曾見過老爺子，但是對老爺子你一向是欽佩不已的，目下事不得已與老爺子相持，實是沒存半分不敬之意，只求老爺子你高抬貴手交出那封信來，這鏢車中的萬兩白銀，咱們看都不敢多看一眼。」

圍在當中的老人喝道：「鄭彬，我萬萬想不到你也被捲入這淌渾水！說實在話，咱們雖然不曾見過面，五年前你在大長江上力拒四霸的壯舉，老朽曾擊節大讚，便是天下第一劍卓先生也曾讚過你的劍法獨出一格，他預期你十年之內可成一代宗師，你怎能如此……如此自毀前途？」

白鐵軍在暗中眼睛一亮，喃喃道：「鄭彬也在這裡？久聞反手劍鄭彬劍法獨步天下，也許今天能叫我一睹廬山真面目了。」

鄭彬沒有回答。

又有一人道：「老爺子你要想以口舌說退咱們那是妄想，咱們七人雖不放在老爺子的眼中，但是今日之事，咱們早就決定不顧顏面了——即使落個以眾凌寡的惡名……」

那被圍的老人忽然仰天長笑起來，他大聲道：「老夫自然不會以口舌說服諸位！」

「喳」的一聲，只見一道奪目的金光凌空一閃，他手中已持著一柄金光霍霍的大刀。

錢冰只覺得身邊的白鐵軍微微一震，脫口輕呼道：「飛龍鏢局的金刀駱老鏢頭！」

錢冰是什麼人物的來頭都一概不知，他見白鐵軍臉上露出又驚又敬的神色，暗忖：「這駱老爺子必是厲害無比的了。」

只聽得那邊那人道：「老爺子你要憑一柄金刀硬闖出去？」

駱老爺子拂髯豪聲道：「七位自比當年江南八俠如何？」

那人陰森地道：「駱老爺子昔日一柄金刀把江南八俠打得落花流水，但是咱們七人——駱老爺子你還是三思而行。」

錢冰低聲問道：「江南八俠又是誰？」

白鐵軍道：「那是十年前的老掌故了——咱們以後再說，現在咱們輕輕再走近一些。」

錢冰跟著白鐵軍緩緩向前移近，因爲這一片地勢全是平原，沒有可以遮掩之物，他們只靠著長及膝蓋的野草掩護，低姿繞著前進。

走了一程，白鐵軍一伸手道：「好了，咱們就伏在這裡。」

錢冰仔細傾聽，聲音離他們已經十分靠近，驀地裡，只聽得駱老爺子大喝一聲：「老夫要闖了！」

錢冰悄悄抬起頭來向前看去，只見前面金刀閃處，一個銀髯虎目的老人大踏步向著正前方硬闖過去。

只見一道銀光盤空一匝，一支長劍如長空閃電般直挑向金刀駱老爺子的左肩。

駱老爺子刀如旋風，半個弧形一劃，便擋住一劍之襲，同時大踏步向前進了三步。

只聽得一聲叱道：「一齊上！」霎時之間，只見一片人影縱橫，那七個高手同時動上了手。

錢冰輕輕扯了扯身邊的白鐵軍，白鐵軍嗯了一聲。

錢冰在他耳邊道：「這駱老爺子這麼大年紀了，怎敵得過對方七人？」

白鐵軍道：「金刀駱老爺子威震天下數十年，你只管等著瞧就是了。」

這時那邊駱老爺子已經施出了他金刀上的絕技。

只見他一柄金刀，忽然輕靈如長劍，忽然凝重如巨斧，刀尖上勁風呼呼，在在不離敵人穴道，那七人劍光飛走如虹，全是劍上高手，然而駱老爺子依然是攻多守少。

白鐵軍嘆道：「想不到一柄刀在他手上就集聚了所有兵器的長處，我從來沒有想到刀法能施出如此輕靈無比的招式來，唉，不見一事，不長一智，駱老爺子實是一個奇才。」

這時那一片劍光之中，忽然一道劍光暴然伸吐，一種奇異的尖嘶之聲響了起來。

那七人之中，有一人忽然躍將起來，只見他劍芒如天降大雪一般，滿天飛花地盤旋而下！

白鐵軍輕聲道：「呵，這就是鄭彬的反手劍了，果然他出招收招全部是反的……」

只見金刀駱老爺子大刀一封，虎虎劈出三刀，一刀比一刀凌厲，當面六柄長劍竟被逼得退了一步，卻見那反手劍鄭彬一聲長嘯，一連刺出三劍，這三劍設想之妙，直是令人拍案叫絕。

白鐵軍對錢冰道：「這鄭彬是個天才，這三劍可真了不起！」

駱老爺子卻是左兩刀，右一刀，然後從中央刷刷刷連攻出三刀，這一共六刀由守到攻，一氣呵成，沒有半分思索的餘地，到了此時，白鐵軍是徹底地服了。

他喃喃地嘆道：「刀法練到這個地步，那也沒有話可說了。」

那鄭彬劍走偏鋒，出招全是違反常規，然而卻是奇招連出，鋒芒有如水銀瀉地一般。

那其他的六人雖然全是劍道上的高手，但是鄭彬的劍式大違常理，他們無論如何都是難以配合得上，幾次搶攻之下，竟是險些傷了自己的人。

這只是一剎那間的事，駱老爺子已然抓住了這個難逢的機會，他金刀一閃，忽然一片刀光滾滾然地從中央突破而出。

鄭彬長劍翻飛，一口氣攻遍了駱老爺子前胸十八個要穴，劍尖如閃電般狂指，竟是沒有一個穴道有半分偏差。

駱老爺子一個盤旋，朗聲喝道：「好劍法，武林之中第二代劍手要以你第一了。」

他手中金刀一揚，又從一個不可思議的方位遞出一招，勁風一飄而出。

鄭彬倒抽一口涼氣倒退了三步——

然而那六支長劍卻在這個空隙中齊攻而至。

駱老爺子銀髯飄飄，大喝一聲：「都給我讓開了！」

霎時之間，一種嗚嗚然的低沉聲音從他那金光霍霍的刀圈之中發了出來，乍聞之下，彷佛是江水嗚咽，過了片刻之後，卻忽然變成有如雷鳴一般。
白鐵軍暗暗道：「好啦，駱老爺子的成名絕學施出來啦，奔雷神刀！」
只見駱老爺子忽然身子一個轉翻，接著一陣兵器相交之聲，駱聲爺子已經到了重圍之外！
他大剌剌地反手插上了大金刀，抱拳道：「駱某人領教過了，那邊車上黃金白銀諸位想要的只管動手拿，地上躺著的是敝局郭鏢頭，殺人劫貨，以後咱們慢慢地算這筆帳，七位好好地記住就是，今日駱某告辭了。」
他大大方方地說完了，這才轉身如飛而去。
那七人一個個都驚得呆了，過了好一會，才想起來猛向前追去。
那反手劍鄭彬大喝道：「施兄，你留下看住那鏢車。」
只見他騰身而起，身形真如一縷輕煙一般直射向前，霎時之間就只剩下了一個黑點兒。
飛龍鏢局金刀駱老鏢頭是天下武林人人欽佩的高手，他行鏢只為不忘先人行業，會會天下英雄，一年到頭也難走幾回鏢，是以他威名之盛，這鏢局倒並不如鷹揚鏢局興旺。
白鐵軍暗暗道：「多少年來一直聽人說鄭彬如何如何了得，今日一見，確是厲害。」
他忽然低聲對錢冰道：「兄弟，咱們從正前方捷徑上前去瞧個究竟。」
他身形一長，忽然如一支箭般射到對面長草之中，錢冰依樣潛了過去。
兩人弓著身形便在草葉之中疾行而去，只是一陣嘩啦的草響，在風動草搖之下，根本絲毫顯不出異狀。
錢冰跟著白鐵軍沒頭沒腦地向前奔，他根本不懂選擇地形，也不懂為什麼要繞來繞去，只是跟著白鐵軍跑。
過了一會，白鐵軍猛然一停身形，錢冰也停了下去。
白鐵軍向前一指，低聲道：「就在前面了。」
錢冰張目望去，只見金刀駱老爺子站在前面，後面一人如飛而至，正是那反手神劍鄭彬。
令人大吃一驚的是駱老爺子忽然反過身來。
鄭彬低聲道：「駱老哥，我這場戲演得還過得去嗎？」
駱老爺子翹起大姆指道：「妙極，妙極，繼續裝佯下去吧，半月後我到京城找你。」
鄭彬道：「到時候諒可打探出一點名堂來了。」
駱老爺子一拂銀鬚道：「後面的人就要追到了，我走啦。」
只見他一展身形，輕鬆無比地貼著地面飄出了數丈，霎時又是不見蹤跡。
這時候，後面幾人全追了上來。
鄭彬反身道：「那老傢伙輕功委實驚人，只是一步之差，他就跑得無影無蹤了。」
眾人吵雜地商議了一陣，一齊轉身回去了。
白鐵軍和錢冰對望了一眼。
錢冰道：「是怎麼一回事，那駱老爺子和鄭彬是一邊的？」
白鐵軍點了點頭道：「我猜想京城之中，必有大事醞釀欲發了……」
錢冰卻不感興趣。
白鐵軍見眾人走遠了，和錢冰一齊走了出來。

白鐵軍邊走邊談：「方才駱老鏢頭金刀上的絕技總算看足了，唉，這駱金刀號稱二十年從未敗過，刀法確是通神。」

錢冰問道：「小弟不懂刀法，但見他左右砍劈，威風凜凜，想來必是厲害無比。」

白鐵軍又自讚嘆了一番！

談著談著，錢冰忽然問道：「白大哥，你這麼高的功夫，小弟見你每次出手，所向無敵，在武林中總可算上第一流人物了吧！」

白鐵軍笑了笑，卻道：「我心中常常想到，若要稱上第一流，倒也沒有什麼，但是否能成爲天下第一的高手，可是沒有十足的把握！」

錢冰望著他豪邁的笑容，這句話他輕描淡寫地說開去了，但錢冰卻隱隱感到一股不可抗禦的豪氣在他一笑之中流露無遺，不由暗暗心折不已！

錢冰又道：「白大哥，那武林之中，每幾十年來必有奇才，這樣說，一代一代比較起來是進步或是退步？」

白鐵軍哈哈一笑道：「這倒說不一定，奇才一出，每每青出於藍，但年長一分，功力自是更深一層，是以每一代總論起來都相去不遠，譬如說吧，那少林武當乃武林正宗，領袖武林多少年了，那份威勢有時特盛，有時也平平無奇，端的要看人才有無了！」

錢冰頷首道：「那麼當今武林之中，最厲害的人物有些什麼人呢？」

白鐵軍微微一笑道：「武當掌教、點蒼天下第一劍等等，還有咱們看見的金刀駱老爺子，都是近十年來的人傑，但這些人較之三十多年前的一輩人物，聲名就要略遜一籌了！」

錢冰啊了一聲道：「三十年前？是什麼人？」

白鐵軍面上的笑容逐漸消失了，微微有些肅然的模樣，他點了點頭道：「那時候江湖中出現了一輩神仙般的人物，卻只是在武林中一現即隱，好像是約好似的，再也未出現過，但在他們出現的時候，表現得簡直是驚天動地，是以一直到今天，武林中還未曾忘懷，那便是所謂的南北雙魏、東海二仙、鬼影子……」

錢冰啊了一聲道：「鬼影子？」

白鐵軍卻接口說道：「那鬼影子的名頭是江湖上人叫出來的，那人行蹤太過神秘，功力之高從沒有一人見識過，是以連他到底是什麼人，卻無人得知，只知有這樣一個神秘的蓋世高手，至於那南北雙魏，名聲也自鼎盛，而且武林之中，除了幾個老一輩的外，恐怕沒有人知道南北雙魏的全名。」

錢冰啊了一聲，他似乎十分有興趣地緊接著又問道：「其他還有別人嗎？」

白鐵軍也談得興起，仔細地沉思了片刻，忽然點點頭道：「嗯，還有幾人，這幾人雖未與他們齊名，但當年他們的事蹟，以我私下看來，也是了不起的驚人之作，這幾個人一個便是塞外的『銀嶺神仙』。還有一個不得了，他當年據說曾單掌連劈川東雙怪，轟動一時，傳出來的姓名卻無人識得，叫做左白秋。」

錢冰又是一聲驚啊，但很快便收住了叫聲。

白鐵軍倒未注意，他又道：「還有兩人，這兩人確是江湖上人所周知的，功夫高強無比，但卻失去了神秘，可是以我想來，這兩人的功夫，擠身雙魏三仙一輩中決不遜色，這二人據說一正一邪，正派的是以擔天下爲己任的前丐幫楊幫主，邪的那一位則是公認百年來頂尖的魔頭錢百峰！」

錢冰的面上又自大大變動了一下，這一次他忍不住說道：「白大哥……」

白鐵軍偏過頭來道：「什麼？錢兄弟？」

錢冰卻又吞吶不作聲。

白鐵軍奇怪地望了他一眼，但他正說在興頭之上，接著說道：「嗯，在二仙雙魏一輩人物中，最神秘的莫過於鬼影子一人了，沒有人知道究竟他是什麼人。但我卻有一個想法，楊老幫主是不可能的，在那左白秋、錢百峰、『銀嶺神仙』三人之中，很可能有一人便是那鬼影子！」

錢冰啊了一聲。

白鐵軍搖搖頭道：「如果真是這樣，這個人委實了不起，在天下創了轟轟烈烈兩個名頭，幾十年來卻無人知道竟是同一人。」

錢冰點了點頭，卻不再發問。

白鐵軍又說了一會，漸漸把話題扯遠了。

忽然白鐵軍似乎想起一件事，問道：「錢兄弟，我有一事請教。」

錢冰道：「什麼事？」

白鐵軍道：「兄弟並非江湖中人，可是，有一樣東西，錢兄弟你知道嗎……」

錢冰怔了一怔道：「什麼東西？」

白鐵軍道：「有一塊方形的白布，包成包袱的形狀，上面紮了紅帶，布上用黑色線縫著『天下第一』四字。」

錢冰啊了一聲道：「你說的可是這個——」

他伸手入懷摸索了一陣，摸出那一張白布。

白鐵軍點了點頭道：「你可知道這是什麼嗎？」

錢冰搖搖頭道：「不知。但小弟好像記得，那日在酒店之中，小弟無意之中拿出這布，好幾個在一旁的武林人物多都大吃一驚，難道是爲了這一方白布？」

白鐵軍見他神色無異，心中不由暗暗稱奇，對他說道：「這一方布代表丐幫幫主的標記。」

錢冰啊了一聲：「這麼說，這丐幫幫主定然驚天動地了。」

白鐵軍沉吟了一會道：「錢兄弟既然不知，這塊白布從何得到？」

錢冰道：「小弟在一個友人處見得此布，心中奇怪上面繡著的字，便信手收在懷中。」

白鐵軍面上一變，急道：「是什麼人，在什麼地方，錢兄弟可否見告？」

錢冰心中一震道：「白大哥，你和這白布有很大關聯嗎？」

白鐵軍欲言又止。

錢冰暗暗忖道：「那日在塔中見了這白布好看，隨手收了，我原來毫不知底細，不料白大哥追問來源，不是我瞞著他，只是那塔中之事，的確不能說的，這倒如何是好？」

他心念連轉，口中吶吶答道：「這個……這個……」

白鐵軍猛然想到：「我怎麼這麼急，人家錢兄弟也許有難言之隱，我何必強人所難，就算問出來了，他乃是勉強說出，也就沒趣了！」

他本是豪放的性子，立刻笑了笑道：「錢兄弟，小兄只是隨便問問，不談也罷！」

錢冰心中好生過意不去，他眼見白鐵軍滿面焦急之色，想必是此事對他甚是重要，但他見自己面有難色，立刻放下不談。

若不是此事太為重要，錢冰幾乎忍不住衝口說出來。

兩人話題扯遠，白鐵軍絲毫不把此事放在心上，一路上談談說說走到草原中央。

微風拂面而來，吹得人甚是舒服，兩人談得投機，不覺走了好遠。

天空白雲朵朵，大地草原平曠，兩個少年走在其中，遠看起來渺小得不易辨出。

但是，誰能預料這兩個少年後來的遭遇，幾乎影響了整個武林！

錢冰和白鐵軍走了一程，忽然發覺草原的左面一條幽秘的小道向下斜低下去。

白鐵軍望了望那小路的去勢，喃喃道：「奇了，這裡四周分明是一片平原，這條路怎會向下低降而去？」

錢冰笑道：「所以你又想下去瞧瞧了？」

白鐵軍笑道：「正是這個意思。」

錢冰無可不可地聳了聳肩，跟著白鐵軍向下走去。

那條路又小又隱秘，彎彎曲曲地也不知轉了幾次方向，反正是愈走愈低，兩邊漸漸有些山石之類。

錢冰道：「這條路似乎長得很呢。」

白鐵軍道：「再走一程看看。」

兩人索性施展輕功，飛快地向前奔去。

忽然之間，白鐵軍輕咦一聲道：「奇怪，這麼長的一條死路。」

錢冰定足一看，只見前面堆著巨石纍纍，再無前路，他搖了搖頭道：「跑了半天冤枉路。」

白鐵軍道：「咱們只好回頭了！」

他們緩步走回去，走了半程，忽然前面傳來了人聲。

白鐵軍傾耳一聽，立刻拉著錢冰躲入路邊的石後。

過了一會，只見一個灰袍老和尚健步如飛地走了過來。

那和尚在鬆散的土路上走過，卻一絲腳印也沒有留下，步履又快又穩，乍看上去彷彿是在凌空飄行一般。

錢冰見這老和尚胸前掛著一串佛珠，雪白瑩亮，粒粒有龍眼大小，一共有九粒，十分圓潤可愛。

忽聽耳邊白鐵軍喃喃數道：「……五顆……九顆……那麼這和尚是少林寺最高一輩的幾位大師之一了……」

等那老和尚走遠，白鐵軍和錢冰二人又跟蹤了下去。

只見那老和尚走到小路的盡頭，忽然對著一塊巨石喃喃自語起來。

白鐵軍起初沒有注意到那塊巨石，這時仔細一看，只見那巨石上深深印著四隻掌印。

他輕聲對錢冰道：「你瞧見那巨石上的手印。」

錢冰點了點頭，忽然道：「你可發現那四隻手印是屬於兩個人的？」

白鐵軍點頭道：「一點也不錯，左面的一雙手修長而瘦削，右面的一雙手印肥短寬大，咱們且聽這和尚唸唸有詞在發什麼神經病，」

他們走近了一些，只見那和尚伸出一雙手來，當空比了一比。

他那雙手掌瘦削修長，分明與石上左面的掌印相符合。

只見他望著石上右面的那一雙短闊的掌印，口中喃喃地道：「這位手掌短肥的朋友與老衲雖然從未見過面，但是卻與老衲懷著同樣的心思，可笑每年老衲來此試一次，他也不約而同會來試一次，卻是都無法震開此石，但願今日老衲一舉成功。」

他揚了揚肥大的僧衣大袖，忽然之間猛然吸了一口氣，雙掌緩緩伸出，正好放在那石上左面的掌印中。

霎時之間，老和尚的光頭頂上冒出一陣霧氣，過了一會，那股霧氣愈來愈濃，就如開水沸騰一般。

白鐵軍稱讚道：「這老和尚的少林神功已到爐火純青的地步了。」

然而如此足足過了半盞茶時分，老和尚頭上蒸氣陡斂，他驀地廢然一聲長嘆，倒退了三步，口中嘆道：「唉，還是無法把它震碎，這塊巨石也真奇怪，剛強處如鋼如鐵，卻帶著一種無比的韌勁，刀斧砍了不動，內力震之不碎，真是無法可施了。」

老和尚搖了搖頭，又喃喃道：「這種怪石，只有用天下最陽剛之勁道在極短時間之內驟然一發而收，怪石的韌勁就無法抵抗，如此才能震碎，我少林神功雖是陽剛之力，卻終究是剛中夾柔，是以始終震它不開……唉，回去再練一年，明年再來試吧。」

他說完便反身走了。

錢冰和白鐵軍一齊走了出來。錢冰道：「奇怪，他要震這龐然巨石幹什麼？」

白鐵軍皺眉沉思，他忽然一長身形，躍到那巨石之上，仔仔細細地前後勘察了一番，卻是什麼也沒有發現。

過了好半天，忽然那條小徑上又傳來了人聲。

白鐵軍一拉錢冰，躲身在那塊巨石後。

過了一會，只見一條人影飛快地奔了過來。

那人年約四旬，面貌十分和藹可親，他體形雖是略爲矮胖，但是身法速度卻是快得驚人，不一會便跑到了那巨石前。

錢冰躲在石後打量過去，只見來人身上佩著一柄寶劍，劍柄似是碧玉之類的石片磨成，尾端還鑲了一粒火紅的寶石。

只聽見耳邊白鐵軍細語道：「看那劍柄，如果我猜得不錯，這個人必是當今點蒼一派的掌門人了。」

錢冰根本不懂，只是胡亂點了兩下頭。

這時那矮胖的漢子對著那巨石上的手掌印望了一望，喃喃道：「嗯，這雙瘦長的掌印似是比去年又深了一些，可見那個和我懷著同樣心思的人今日已經來試過了。」

他嘴角掠過一絲淡淡的微笑，接著自言自語道：「看來那人也和我一樣，每年來試一次，不成就回去再練一年，咱們兩人懷著同樣的心意，卻是從未謀面，這也真是有趣得緊。」

錢冰和白鐵軍對望一眼，卻見那矮胖漢子緩緩地伸出掌來，輕輕放在石上右邊那短肥的掌印之上，猛然吸了一口真氣——

只見他身上的衣服忽然如同由裡面灌足了氣一般，整個脹了起來，頭上的頭髮也突然根根直豎倒立，那神情彷彿就如力可撼山一般。

錢冰看得口張目眩，卻不料白鐵軍猛然輕推他一把，低聲道：「你看那邊！」

錢冰道：「是怎麼回事？」

白鐵軍搖了搖頭，但是臉上卻露出一種凝重的神色。

錢冰仔細打量這第三個神秘的來客，只見他全身穿著一襲單薄的白色長袍，臉上隱隱泛出一種古怪的青色，令人看上去有說不出的寒意。

那人走到離這巨石三丈遠之地，悄悄隱入一片山石之後，靜靜窺視著巨石前的矮胖漢子。

只見那矮胖漢子猛然大喝一聲，雙掌緩緩向前一推，巨石與他手掌相接之處發出嗤嗤之聲，彷彿那人的手掌就是兩片通紅的烙鐵一般。

這樣足足有半盞茶時間，那矮胖漢子頭上汗珠雨下，忽然他廢然長嘆一聲，收掌退了下來。

他噓了一口氣，搖頭嘆道：「唉，這塊巨石實是怪物。尤其是堅硬之中自有一種強勁無比的韌勁，竟然仍是震它不碎……」

他退了兩步，卻並未離去，盤膝坐在地上，竟然運起功來。

錢冰低聲道：「他幹什麼不走？」

白鐵軍道：「他還要再試一次。」

錢冰悄悄向對面望去。只見對面山石後躲著的那白袍怪客也正伸出一雙眼睛來盯視著矮胖漢子。

那矮胖漢子盤膝運了一會功，忽然一睜雙目，呼的一聲一躍而起，雙目之中神光逼人。

白鐵軍低聲道：「這點蒼的掌門好純的內力。」

只見那矮胖漢子再次伸掌抵住那巨石，猛然向前一推，緊接著全身一陣劇顫，雙掌掌緣發出一陣白煙，只是瞬時之間，他的背上衣衫便已全濕。

然而過了片刻，那巨石依然紋風不動，矮胖漢子搖了搖頭，鬆手退了下來。

他望著石上四隻更深了幾分的手掌印，搖頭苦笑道：「這石頭刀斧砍之不動，內力震之不碎，只好明年再來試試了。」

他說罷便向來路走回去，霎時走得無影無蹤。

錢冰心中暗道：「這矮胖漢子與方才那個和尚所說的話，幾乎句句大同小異，真是有趣得緊。」

他身邊的白鐵軍這時輕推他一下道：「喂，你瞧那個白袍怪人。」

錢冰舉目望去，只見那白袍怪客此時輕輕閃了出來，他回頭望了望，那矮胖子已經走得不見蹤影了，這才走將上來，一直走到巨石前面，凝目注視著那巨石。

他忽然喃喃地道：「點蒼掌門偷偷摸摸地跑到這裡來，竟是想要把這塊巨石粉碎，這真是奇事了，難道這巨石中藏有什麼東西？……」

他一面喃喃自言，一面圍著那巨石仔細察看，過了一會，他停下身來，忽然伸掌猛可一劈，轟的一聲暴震，彷彿是巨木倒地一般，震得四面山石全部簌然而動，然而那巨石卻是一絲未曾損傷。

那白袍怪人喃喃自語道：「難怪點蒼掌門要用烙掌神功緩緩內震了，這石頭是有些古怪。」

白袍怪人繞著巨石看了半天，終於搖頭道：「點蒼掌門那一身功力非同小可，我的內力和他只在伯仲之間，他震不開這石頭，我也不用試了，待我回去好好想個法子，總要把這怪石弄開，瞧瞧裡面到底有什麼寶貝。」

他說著就轉身走了，不一會，雪白的身形也消失在那羊腸小道中。

錢冰和白鐵軍噓了一口氣，走了出來，他們無意中跑到這條死路中來，一連看見三個人對這塊石頭神經兮兮地又講又震，弄得錢冰自己也糊塗了。

他對白鐵軍道：「莫非這石頭下有個大寶藏？」

白鐵軍笑了一笑道：「打開看看不就成了。」

錢冰瞪了他一眼，心想：「你說得好輕鬆，方才那三人好深功力，卻是對這石頭絲毫無可奈何。」

白鐵軍見他呆呆地想著，只是微微笑道：「今天咱們糊里糊塗闖著了一件秘密，說不定是個極大的秘密……」

錢冰道：「秘密？你是說藏在此石中？」

白鐵軍道：「一點也不錯，也許這個秘密關係著武林大局……」

錢冰道：「你是說——你也想去把這奇石震開？」

白鐵軍道：「正是，咱們糊里糊塗跑到這條死路上，卻讓咱們發現了這塊怪石，怎麼說也得探個一清二楚。」

錢冰想了一想道：「白大哥，那點蒼掌門功力如何？」

白鐵軍道：「登峰造極了。」

錢冰道：「那個瘦長老和尚呢？」

白鐵軍道：「老和尚出掌如托泰山，吐氣如古鐘驟鳴，內家功力只在點蒼掌門之上，不在點蒼掌門之下，想是當今少林寺住持方丈同輩的大師了。」

錢冰道：「他們猶且震不動這塊巨石，咱們……」

白鐵軍一揮手止住他說下去，卻微笑道：「先不談這個，兄弟，我問你，你會不會下五子棋？」

錢冰聽他問得既突然又奇怪，心中大是不解，但他一聽到「五子棋」三個字，忍不住高興地道：「五子棋怎麼不會下？我從小一直下到大的……」

說到這裡，他似乎想起什麼來，立刻止口不說。

白鐵軍倒是沒有注意到，他蹲在地上笑道：「來來來，咱們來下一盤。」

錢冰奇道：「你這是幹什麼？」

白鐵軍道：「你先下棋再說，我馬上告訴你。」

錢冰滿腹疑問地蹲下身來，拾了一粒石子在地上和他對奕起來，不到半盞茶時分，錢冰就讓白鐵軍認輸了。

白鐵軍笑道：「瞧不出你五子棋下得那麼高明。好了，現在來試試吧！」

他站起身來，便向那巨石走去，舉掌便待發勁。

錢冰忍不住道：「你與我下一盤棋是什麼意思？」

白鐵軍笑道：「耽誤一點時間呀——試想萬一震開這巨石，必然發出極大的響聲，那白衣人若還沒有走遠，豈不是聽見了？」

錢冰聽了不覺好笑，卻只見白鐵軍一揚掌，忽然猛可吸了一口氣，整整一張臉孔變成異樣的紅色，然後他對著那巨石呼地一發掌，未及巨石已先收掌，然而一聲霹靂般的巨響直衝雲霄……

十一　大宴杭城

錢冰驚駭得掩面倒退，不可思議地——那一塊歷經少林高僧與點蒼掌門內力震不碎的巨石，竟被白鐵軍起手一掌震成粉碎。

漫天石屑飛舞著，錢冰緩緩睜開雙目來。

只見白鐵軍站在那被生生擊開的碎石前，寬闊的背影流露出威風凜凜的氣概。

錢冰驚駭地跨前三步，忽然一瞥，只見那碎石堆中露出半方大石，原來是石中埋有另一塊方石。

錢冰只覺一陣眼熟，定目看去，那方石光光滑滑，質地紋路竟與上次在武當山旁所見的羅漢石一般無二。

錢冰只覺心中一陣劇跳，只見那方石光光滑滑，上面沒有和那羅漢石一般刻劃，卻只是在左下方刻了三個不太大的字：「周公明」。

錢冰呆了一呆，不禁驚呼了一聲。

白鐵軍正呆呆地望著，聽了錢冰一聲驚呼，不由心中一動，想起在武當山上錢冰種種異狀，忍不住奇道：「錢兄弟，你發現了什麼嗎？」
錢冰心中一動，在迷惘之中好不容易才找著頭緒，卻又茫茫無著，聽白鐵軍如此問，不由吶吶道：「沒……沒有什麼！」
白鐵軍心中疑念加重，沉吟了半晌，卻不再開口。
錢冰吶吶道：「這周公明好像是本朝前代一位名相。」
白鐵軍皺了皺眉頭道：「這一塊石頭，費了點蒼掌門及那和尚數年的工夫，我倒瞧不出有什麼特別。」
錢冰雖已有所發現，但卻連貫不上，怔怔地在沉思著。
白鐵軍忽然說道：「錢兄弟，恕我問你一句不得當的話！」
錢冰心中一緊，答道：「白大哥，請說吧。」
白鐵軍點點頭，嚴肅地道：「咱們相交前後不到兩個月，但可是交淺言深，我問你，瞧你的神色以及那次在武當山上的表現，卻令我百思不得其解！」
錢冰面色誠懇，插口說道：「白大哥，你說的不錯，但小弟可實言一句，小弟對白大哥是決無一絲相害之心……」
白鐵軍連連揮手道：「這是什麼話。」
錢冰卻接著說道：「小弟近日忽然發覺，也許白大哥和小弟心中所想的一件事有些牽連……」
白鐵軍心中一震，他不明白那日在純陽觀中，自己向天玄道長問起羅漢石因而錢冰便知自己和此事有關係的道理，是以怔了一怔，琢磨不出錢冰此語之意。
正沉吟間，驀然背後一聲沉沉的聲音響起，白鐵軍反過身來，只見四個人端端站在三丈之外。
只見那當頭一人面色古樸，氣度超人，竟是那武當掌教天玄道長。
白鐵軍心中暗暗吃驚，再看過去，只見天玄道人身後站了三個年紀較輕的道士。
白鐵軍識得其中二個，竟是武當七子中的馬九淵、華道人，另外一個沒有見過，想來多半也是七子之中的人物了。
武當掌教親率名滿天下七子之中的三位下山親臨，這種情形委實難以發生，看來必然有十分重大的變故了。
錢冰見了天玄，心中暗暗吃驚忖道：「糟了糟了，上次拋下那事物一走了之，武當掌教竟然追尋到此……」
他正思索間，天玄道人稽首道：「白施主、錢施主請了！」
白鐵軍還了一禮，天玄道人忽然上前一步，看了看那在地上的方石，面色大變，立刻露出沉思之色。
錢冰心中暗暗道：「看來天玄道人也瞧不出其中奧秘了。」
天玄想了好一會，白鐵軍等得有些不耐煩了，微微咳了一聲。
天玄道人啊了一下道：「這塊石頭是白施主或是錢施主震開的？」
白鐵軍卻反問道：「道長，在下上次在純陽觀中請教羅漢石之事，道長尚未賜告？」

天玄道人搖了搖頭道：「白施主果真不知？」
白鐵軍怔了一怔道：「正要請教——」
天玄道人見他不似裝作，奇道：「那麼白施主你打碎這巨石做什麼？」
白鐵軍呆了一呆，一個念頭突地閃過腦際：「他怎麼如此說，難道這石塊與那羅漢石有什麼關連不成？」
他心念連動，口中卻道：「說來也許道長難以置信，在下來此純係湊巧！」
天玄道人哼了一聲，卻也不便多言，他目光一轉，面色猛可一沉，向錢冰說道：「錢施主，咱們又遇上了！」
錢冰心中一陣發慌，卻答不上話來。
天玄道人突然上前二步，站在錢冰身前不及五尺處，他沉聲一字一字問道：「錢百鋒是你什麼人？」
白鐵軍猛吃一驚，那錢百鋒三字委實太過震人。
錢冰卻茫然反問道：「錢百鋒？白大哥，方才你好像就曾經提及他？」
天玄道人簡直從他神色之中找不出一絲虛僞，冷冷道：「如此，貧道得罪了！」
他猛一抬掌，他曾親睹錢冰的輕身身法，的是高不可測，是以一出手，袖上袍紋如網，竟用了「小天星」內家真力！
錢冰茫然不知所措。
白鐵軍突然一步跨在錢冰身前道：「道長，且慢！」

說時遲，那時快，驀然那馬九淵及華道人一齊出手，只聽「嗆」地一聲，兩柄長劍竟然一同脫鞘而出，寒光連閃，呼地劈向錢冰！

白鐵軍不料武當門人對錢冰竟含恨至如此，出手毫不留情，他身形陡然一橫，雙拳左右分撞而擊，疾厲的拳風生生將兩柄長劍封開！

馬九淵吃了一驚，內力陡然發出。

白鐵軍只覺手上一重，掌心一震，呼地馬九淵倒退兩步！

天玄道人驚咦了一聲，突地裡錢冰身形一側，竟而騰空向後疾掠而去！

他身形才動，一柄長劍已遞到身前。

寒光閃閃，錢冰大吃一驚，不由倒退兩步，驚呼出聲，只見那七子中第三個長劍連閃，疾攻而上。

白鐵軍急得大吼一聲，雙拳齊吐，生生將馬、華兩人迫退二步，身形一反，右手長拳一曲，左手倒打而上，威猛之中招式端的妙絕人寰。

那武當道士只覺手腕一緊，手中長劍幾乎脫手而飛，驚駭之下連退三步！

白鐵軍一把抓住錢冰的手，大吼道：「咱們走！」身形陡然騰空而起。

錢冰只覺身子一輕，白鐵軍如入無人之境，內力如山，身形似風，這時那武當三子卻被逼得退在三丈之外，再也來不及阻攔。

白鐵軍身在半空，驀然聽得身後有人長吸一口氣，他見識多廣，心中大震，已知有人將發出絕頂劈空掌力。

他雖神功蓋世，心中卻也不敢大意分毫，一鬆扶住錢冰的手，猛然倒過身來，但見武當一門之尊天玄道長長鬚齊張，對準自己劈空雙手一震。

白鐵軍慌忙之間右手一翻，自左脅下翻出一擊，兩股內力一觸，白鐵軍只覺真力一散，身上竟然軟弱無力，他吃了一驚，猛吸一口真氣，登時又恢復過來，這時天玄道人站在三丈之外，滿面驚疑之色。

白鐵軍抱拳道：「領教！」

錢冰早已在十多丈外。

天玄道人面色一陰，沉聲道：「白施主好深的內功。」

白鐵軍卻沉聲道：「敬告道長，這此中一切有若一團迷霧，那羅漢石之事，想來道長也必急欲得知——」

天玄心中一震道：「如此說，白施主你已……」

白鐵軍搖搖頭：「那位錢兄弟可能是最大關鍵，道長請釋然，在下一向行動光明，決計不會……」

天玄道人一擺手，白鐵軍雙手一抱，反身疾奔而去。

天玄道人呆呆地立在當地，好一會才道：「九淵，將這方石搬回去吧！」

白鐵軍一肚子疑團，身形如飛，走了半盞茶時分，只見錢冰站在不遠山道旁相候，走近了，開口問道：「錢兄弟，小兄有一句話，不吐不快。」

錢冰微微笑道：「白大哥快請說。」

白鐵軍嚴肅說道：「那錢百鋒與兄弟你有關係嗎？」

錢冰誠懇地答道：「小弟從未聽過這名字，直到大哥你提起……」

白鐵軍嗯了一聲，如釋重擔。

錢冰略略沉吟了一下，開口說道：「白大哥，是小弟的不是，小弟本想一直瞞著你的，但事情隱藏在胸，反倒不快，白大哥，我猜你此時必定滿腔懷疑的了。」

白鐵軍點了點頭。

錢冰又道：「白大哥，上次在武當山上，你問及的那羅漢石，小弟曾目睹一次！」

白鐵軍大吃一驚。

錢冰便將經過說了，又道：「大哥，今日所見的那塊山石，必與那羅漢石有很大關聯了。」

白鐵軍忽然一拳擊在掌心之中：「是了，那塊刻有『關』字的羅漢石左下方空著的地方，若將今日這塊石上周公明三字塡上豈不正好，而且刻的位置都是一樣！」

錢冰點點頭道：「但是，這周公明是誰呢？」

白鐵軍濃眉皺起：「還差的是上款以及年月日期，這麼說，還有另外兩塊石塊了！」

錢冰欲言又止。

白鐵軍忽然回頭道：「多謝錢兄弟相告，如此有頭緒可比茫然無著要好得多了。」

錢冰微微一笑。

白鐵軍想了一想忽道：「小兄還有一言請問，那日在純陽觀中，錢兄弟你好像曾擲了一件事物給天玄道長！」

錢冰點了點頭道：「老實說，小弟這次浪跡江湖，為的便是受人之託，要幫他傳信，小弟以前從未有過經驗，是以只有傳過之後一走了之，因為據那人說，天玄道人看見那物，必要逼問小弟，想今日天玄道人及其弟子向小弟動手必是為此了。」

白鐵軍臉上微微一變道：「錢兄弟可否告知，是何人相託於你？」

錢冰呆了一呆道：「這個，恕小弟不能告訴大哥。」

白鐵軍也不多言。

錢冰又道：「小弟此去尚要再找一人辦完此事！」

白鐵軍啊了一聲道：「再找什麼人？」

錢冰輕聲道：「簡青簡先生！」

白鐵軍吃了一驚道：「神拳簡青？」

錢冰卻並不知簡青的威名，淡淡道：「聽說他住在江南一帶，小弟準備去找找看。」

白鐵軍想了一下道：「小兄在這裡還有點事未辦完，咱們就在這分手吧，小兄一辦完事，立刻兼程趕到江南，試試和兄弟相會！」

錢冰知道他是要照顧自己，心中好生感激。

白鐵軍拍了拍他的肩頭，緩緩走開了，走了兩步，停下身來道：「錢兄弟，咱們一見如故，雖則彼此之間尚有不少隱秘存在，但我卻覺得兄弟你和我最是投緣，此刻我心中早將你當作親兄弟……」

錢冰微微一笑道：「大哥，分別之後，就是在江南遇不著你，小弟找遍天下也得和大哥見面，到那時也許咱們之間已再沒有隱秘啦！」

白鐵軍哈哈大笑。

錢冰望著他豪邁坦誠的面容，心中似乎流過一絲暖流，笑容不知不覺間浮上雙頰，他瀟灑地向白鐵軍揮一揮手，緩緩走了。

江南山明水秀，風光明媚，人物俊秀，杭城為前朝開府建都之地，雕欄玉砌，深宅巨院，便是茶樓酒肆之間，也多前朝名士留跡，那西湖上，笙歌旦旦，道不盡風流，說不盡繁華。

且說錢冰進了杭城，已是春去夏來。

他久聞西湖風物。落了店問明途徑，便往西湖走去。

走了頓飯時間，已見湖畔垂柳，錢冰囊中雖則不豐，但他瀟灑天性，自忖一生難得來此名勝幾次，何不盡情享樂，錢用完了，再想辦法，當下揀了一處最大酒樓，正好濱湖而築，上了樓頭，時當正午，艷陽普照，湖光山色，一目盡睹。

錢冰放目遠眺，不禁心曠神怡，只覺景色可餐，連酒飯也忘記叫了。

過了半晌，錢冰一回頭，見店夥侍候在旁，他心中愉快，也未轉身，順口道：「做幾樣拿手菜來嘗嘗，再來兩斤紹興酒。」

忽然背後一個人接口道：「那紹興酒溫溫地像個娘們般，咱們男子漢大丈夫，但當豪邁奮勇，氣吞斗牛！來，來，來，我請你大碗喝燒刀子。」

錢冰一回身，只見樓角坐著兩個廿多歲青年，正在喝酒吃菜。那發話的少年，生得豹首環目，雙目炯炯有神，不怒自威；另一個卻是方巾儒冠，清俊文秀，但舉止之間，另有一種風儀，令人生出好感。

錢冰意在遊山玩水，那喝酒只是淺嘗助興，此時天氣已暖，喝烈酒又有什麼味兒？當下上前拱拱手道：「多謝兄台好意，只怕小可不勝酒力，不敢奉陪。」

說話之間，那環目青年又仰頭喝了半碗酒。

錢冰只覺酒香四溢，他頗善飲，面對如此佳釀，如此豪爽之人，不禁也起了品嚐之心。那環目青年喝得紅光滿面，他見錢冰不乾脆，心中大是不悅，背轉頭來不再理睬。

錢冰討了個沒趣，心想這青年也真怪，人家不喝酒，他便如此氣憤，如果脾氣如此，不知這一輩子要嘔多少氣。

他想到這裡，不由心中一笑，但見那儒裝青年面帶憂色，雖是長得單弱，但酒量卻也極大，一口口悶酒往肚內灌，臉色卻愈來愈白。

錢冰不願打擾別人酒興，他快快退開，臨窗坐下，這時他要的酒菜都送上來了，卻是一盤冬菇雞，一樣炒鴨掌，還有一樣燒豆腐，熱騰騰地香氣撲鼻，錢冰食指大動，一手把壺，一手執箸，一邊欣賞美景，竟覺生平未有之樂。

那兩個青年看樣子喝得差不多了，那環目青年忽地擂桌道：「楊兄，瞧你怎麼老是憂容不展，咱哥倆分別十年，今日相會，難道你有什麼心事不能說出嗎？」

那清秀青年嘆口氣道：「侯門一入深似海，從此蕭郎是路人，郭大哥，我心中煩惱，說出來也是惘然，來來來，人生難得幾回醉，你我兄弟今日不醉不歸。」

那環目青年心中最有不得事，他聽那清秀青年言語消極，大異昔日經世濟民之懷，他對這幼時好友一向推崇極高，這時見他借酒消愁，只覺一肚子窩囊氣，用力一拍桌子，只震得碗盤四散。

他怒聲道：「楊兄，你如當我是朋友，便將你心中之事說出，好歹有個商量，不然咱們今日一刀兩斷，從此不相來往。」

錢冰聽他愈說愈兇，不由暗暗好笑忖道：「這人爲友熱心，但天下那有這種硬手法？」

那儒裝青年沉吟半晌，他見好友怒氣沖天，如果不說出心事，只怕他真的一怒而去，當下附耳說了一段話。

那環目青年起初暴跳如雷，但愈聽愈是沉著，最後他問道：「若新兄，你能保證她不變心嗎？」

那儒裝青年嘆了口氣道：「小弟生平至愛，不意遊學歸來，伊人已屬別人，她家中貧寒，被吳姓商人購贈杭州將軍，唉，往事已矣，小弟總非太上，豈能無情，每一念及，總是鬱鬱。」

他說到最後，聲調極是淒楚。

那環目青年沉吟一刻忽道：「楊兄，你寫個字據，小弟這就替你辦件事。」

那儒裝青年天資極高，一聽便知他話中之意，當下正要勸止，那環目青年兩目一睜，神光四射，凝視著儒裝青年，一言不發。

那儒裝青年似乎被他目光所攝，向店夥要了筆墨，他乃是飽學之士，順手寫了一封短函，交給那環目青年。

那環目青年笑著接過了，他拍拍儒裝少年肩膀，舉碗喝了半碗道：「這半碗回來再喝。」

只見他疾步下樓，躍馬而去。

錢冰聽得蹄聲得得，回看街心，那青年愈走愈遠了！

那儒裝青年心中又是緊張，又是後悔。他從小和那環目青年相交，一向佩眼他勇武魄力，十年不見，一定又學了不少本事，這時雖知杭州將軍府中戒衛森嚴，但絕望中也存了一絲希望。

他坐立不安，大約半個多時辰，街上一陣蹄聲起了，連錢冰也趕忙去看。

只見那環目青年，身著輕鎧，手執短戟，一手抱著一個年輕女子，直往西湖畔奔來。

那儒裝青年心中狂跳，便是錢冰也為他們慶幸不已。

那環目少年愈跑愈近，後面跟著四匹駿馬，上面坐了四個武將。

環目青年坐在馬上，凜凜生威，雖是年輕，但隱約間已有一派大將之風。

那儒裝少年心中忖道：「原來他是將軍了，剛才他披了一件外衫，我一點也看不出。」

環目青年跑近樓頭，下馬抱著女人上樓，雙手捧著那女子交到儒裝青年面前說道：「小弟不辱使命，親交上嫂夫人一員。」

儒裝青年和那年輕女子對面看了很久，真不知是真是幻，想不到今生還有相會之期。

那環目少年道：「楊兄，爲今之計，咱們先離開杭州，一離杭城，便是小弟部隊，那杭州將軍雖是驕悍，但總還不敢到軍中來搶人。」

那儒裝青年好生感激，他頭腦冷靜，應變之力極強，又是學富五車，智如瀚海，當下飛快度量形勢，心知只有這一條路最妥善。

環目青年引先下樓對街心上四個武將道：「高、言、余、李四兄請替小弟斷後。」

那四個武將齊聲應好。這四人年紀也才廿多歲，都是天不怕地不怕的好漢，當下眾人一聲吆喝，飛騎往杭州城外而去，連酒資都忘付了，店夥也不阻攔。

正在此時，從雅座中走出兩個中年書生來，其中一個道：「于兄，人言『南船北馬』，江南兒郎儘是無縛雞力之輩，今日看來，此言大大不對。」

那被稱爲「于兄」的中年書生，相貌清癯，一臉正氣，臉型也是端端正正的國字臉，確是令人見而生敬。

那「于兄」頷首道：「東南精英豈可輕視，小弟自信眼力無差，適才那兩個少年兒郎，一文一武，異日都是廟堂之器。」

另一個中年書生道：「于兄法眼，名滿京師，便是小弟也覺那戎裝少年出類拔萃，相貌不凡，確是人傑。」

兩人邊談邊往樓下走去。

此時那店夥恭身向兩人道：「諸位飯帳方大爺早已付了。」

店夥說著向錢冰一笑。

錢冰心中奇怪：「我此處無親無友，豈會有人替我付帳？不要是弄錯了人，那可有意思。」

那面容清癯的中年漢子抖抖雙袖，哈哈笑道：「黃兄交遊真是遍天下，小弟不但飽覽湖光山色，嘗了蘇杭名餚，想不到兩袖一拂，又有人付帳，人生美事，何過於此，黃兄，小弟他日出遊，能附兄台之驥尾，於願足矣！」

那姓黃的中年書生臉上也是迷惑之色，連連搓手。

那店夥道：「今日是杭城方大爺六十整壽，方大爺號稱小孟嘗，江南英雄盡集杭城，替方老爺子作壽，我們當家的招呼下來，凡是這三日來西湖畔的客人，都算方老爺子朋友，由他老人家請客。」

那兩個中年書生對望了一眼。

姓于的對身旁友人道：「杭城還有這等人物，小弟如非有急事，倒真想見識見識。」

姓黃的點點頭。兩人微微感嘆，微醺相偕而去，那儒巾飄飄，好不瀟灑。

那店夥計走近錢冰道：「方大爺日落時在此大宴天下英雄，相公定是趕來替他老人家祝壽的，何不先放舟湖上，煙波起時，再來赴宴。」

錢冰見他談吐不俗，不由多瞧了他兩眼，心想江南人物當真不凡，便是販夫苦力，堂倌走卒，言語都是彬彬有禮。

當下信步走至江邊，上了一船，猶自想著方才之事。

忽見岸上走過一個少年公子，氣宇軒昂，其貌不俗，心忖道：「這少年不知是誰？好人品。」

忽聞船孃道：「公子莫非在想那公子是誰？」

錢冰道：「妳真聰明，一眼看透我的心事。」

那船孃臉一紅道：「那少年公子是我們江南大大名人，他是太湖慕雲山莊的陸公子，不但棋、琴、書、畫樣樣皆精，水陸武功也是大大高手，提起太湖慕雲山莊說不定無人知道，但提起陸家公子，江南仕女卻沒有人不知。」

錢冰心中更是仰慕。

那船孃低聲道：「您別盡發呆了，前面便是蘇姑娘的墓園。」接著便將蘇小小一些哀艷佚事如數家珍般說給錢冰聽。

這民間傳說本就曲折動聽，她是杭州姑娘，口舌極是便給，又講得十分生動，錢冰聽得津津有味，不自覺身子往前湊，那船孃嫣然一笑，心中很是高興。

兩人談談說說，觀看西湖景色。

那船孃和錢冰相處，絲毫沒有自卑身分的心情，直到夕陽西墜，湖上濛濛起了一層薄霧，這才划船回向酒樓。

這回程中船孃默默划船，不再講話。

四周十分寂靜，船愈划近酒樓，那船孃臉色愈來愈是黯然。

錢冰心中不解，他逗著船孃說話道：「今晚方大爺請客，一定是盡邀東南之美，能參加這種盛會，也算不虛此行了。」

那船孃低聲道：「是嗎？」運勁一撥水花，轉了一個彎，已見酒樓上燈火輝煌，喧嘩之聲隱隱傳了過來。

又過一會兒，小船划近酒樓靠岸，錢冰一躍上岸，向船孃微微一揖道：「多謝姑娘小舟相載，今日之遊，實是平生之快，西湖之美無邊無涯，他日再來，必當找姑娘敘舊。」

那船孃連忙福了福身，黯然道：「這他日不知道是何日，公子珍重。」

她說完再不敢逗留，只覺眼睛發酸，生怕會流下眼淚來，這時新月初上，忽然見天空一顆流星劃過長空，還來不及許願，便寂然不見了。

錢冰站在岸邊呆了一會，他不知那船孃爲什麼會突然悲從中來，他哪裡知道一個江南小兒女爲他隨和的性格、瀟灑的風度，構成了一個美麗的夢，那夢又幻滅了。

錢冰聽得樓上喧聲熱鬧，他看那船孃小舟划到湖心，便往樓上走去。

才一上樓，只見整個樓中擺了總有百多桌酒席，坐滿了高高矮矮，各色各樣的好漢，還有婦女僧尼，好不熱鬧。

錢冰走到近牆邊的一席坐了，向眾人報名作了一揖，各人紛紛道了久仰，其實他心中暗笑，這些人根本連他面都未見過，何云久仰？

這時主人尚未到臨，客人中有不少是好友至交，湊在一起，高談闊論，忽然樓下有人叫道：「方大爺到！」

登時大家都寂靜下來，只聽篤篤上樓之聲，門口出現一個高大老者，面色紅潤，膚若幼童，他身後跟了四個漢子。

他這一出現，眾人歡聲雷動。

他向四周大家作了一個羅圈揖，口中不住招呼：「樂兄、李兄、王兄、馬兄……任老……姚老……啊，天一禪師，儂老人家也格來啦，真是弗敢當，弗敢當，金老闆，最近財源可好？哈哈哈！陸賢侄，令堂腿疾好格啦……」

他不停的向眾人寒暄招呼，心中大為高興。

江南武林中有頭有臉的人都到齊了，也虧他記性好，這多人他卻識得十分之八九，而且能順口說出淵源。

他一生慷慨任俠，這花甲之年，眼看這麼多好朋友不辭辛苦來替自己祝壽，樂得呵呵直笑，老懷甚慰。

走到樓當中堆放禮品的桌子上，一件件的賞玩，讚口不絕，每拿走一件，便向送禮的人道謝，但禮品堆積如山，一時之間，哪裡看得完？

稍時酒席開上，小孟嘗方老爺子坐在首席，席間都是江南第一流人物，有普陀山天一禪師，崇明島九指駝俠，金華三義兄弟，長江白帆幫幫主，太湖慕雲莊少主陸公子陪在末位。

酒過三巡，方老爺子一再向眾人稱謝。

那酒席是小天廚掌鍋師傅製的，這人祖上多代都是大內御廚，傳到他手裡，烹調手段更是高明。他不願為官，便在杭州開了一家「小天廚」酒店，端的名聞蘇杭。

他手段果然不凡，錢冰吃得大為過癮，那酒也是三十年以上的女兒紅陳年紹興，倒在酒杯中，琥珀色如膠似醇，色香俱佳。

又喝了一會，小孟嘗只要別人來敬酒，都是杯到即乾，他雖酒量極大，但好幾百杯下肚，也不禁有了醉意。

他站起身來舉杯道：「老朽賤辰，承蒙各位看得起，既弗辭跋涉，復賜以厚禮，此情此德，老朽永銘心中。敬各位一杯酒，大家乾了，都是阿拉姓方個好朋友，他日有事，只管來找我方通天便是，要錢，三五十萬兩，要人，幾十條好漢子，我姓方個人還差遣得動。」

這話說得極是豪爽夠味，小孟嘗方通天在江南是一霸，何等身分，能和他交上個朋友，不但甚有面子，他日真個有事，只要他老人家一句話，十分難題中有九分便解決了，實在是個大大後台靠山。

眾人聽他如此誠懇，都舉起杯來，一飲而盡，爆堂似的又喝起采來。

那坐在方通天身旁的是普陀天一禪師，他是江南高僧，眾人都不知他有多少年齡，但倒有一半人的師長都是天一禪師好友甚至後輩，便是小孟嘗方通天對他也執後輩之禮，傳聞他功夫深不可測，是江南第一高手，這席間專爲他作了一份素食。

天一禪師見酒過數巡，他站起身來合十向眾人作別。

突然樓下一陣吵雜，一個全身黑服，足踏布履的少年衝進來，他冷冷地打量了眾人一眼，一言不發越過各席，直往小孟嘗、方通天席間走去。

方通天臉色大變，席間蘇杭一帶的好漢，也都紛紛變顏，紛紛竊竊私語道：「又是這怪人，不知他來幹什麼？」

「怕什麼?今天我們這裡高手如雲，要他好看。」

那黑衣少年走到方通天身邊站定，小孟嘗也站起身來，急切間，衣袖將酒杯拂倒地上，砰的一聲，打得粉碎。

方通天道：「尊駕有何貴幹?」

黑衣少年冷漠地道：「我來要吳越魚腸劍。」

方通天道：「自古寶物，唯有德者居之，我姓方的自度不夠份量，豈敢私藏，這魚腸劍，如落有德人之手，行俠可以救人無數，但!哼哼!如落奸人之手，只利於他一人爲惡。」

他語中帶刺，那黑衣少年絲毫不見動怒，仍是冷聲道：「如此說來，寶劍不在你手中了?」

方通天正待答話，衆人大半不明這少年底細，只覺方通天怎的如此示弱?任後生小生跋扈，將他趕出去便是，何必多費唇舌?

方通天尚未開口，那普陀山天一禪師道：「阿彌陀佛，小施主問那魚腸劍嗎?此劍煞氣太重，老衲開爐磨煉只差數日火候，待到爐火純青，便是大功告成，比美干將莫邪了。」

他語氣平和，但另有一番氣度，將此事交代得清清楚楚。

黑衣少年仍是一片冷漠，似乎根本不放在心上。

衆人中年輕的人都沉不住氣了，這人單身前來求劍，既然別人拒絕，理應焦急憤怒才對，可是他偏偏無動於衷，那他到底是在弄什麼名堂?

這種冷冷的神情，實在令人難以忍受，比起怒罵暴躁，更令人不耐了。

黑衣少年道：「不管怎樣，我是非要這玩意兒不可，方通天，你要想辦法。」

眾人哪還忍耐得下，紛紛跳了起來要上前教訓這黑衣少年。

那少年不慌不忙道：「要群毆嗎？我可不願意傷人。」

方通天知道少年之能，又知他此言不假，他到底是花甲之年了，火氣已非年輕人，當下道：「今天是老夫賤辰，閣下好來好去，老夫可不願有人在此動干戈。」

他暗示那少年討不了好，想讓他知難而退。

那黑衣少年冷笑道：「和尚，今日你算是此處最德高望重的人，寶劍又在你手，我是非要不可，你說個公道。」

人叢中有人大叫道：「那就劃下道兒來吧，難道我們怕你不成？」

「你有種等下不要叫饒。」

那少年不動聲色道：「如說群毆，原是江南好漢的拿手戲，但我可不能失手平白傷人，這樣好了……」

他觸怒了眾人，話未說完，有人喝道：「好什麼？狗小子狗話快講。」

黑衣少年緩緩地道：「各位都是江南武林名人，你們推選出三個武功最高之人，我和三位過招，水陸功夫均可奉陪！我輸一陣，立刻走路。」

這話實在太狂，他也給眾人一大難題，這些人中有許多高手都是自認爲武功可列江南武林前茅，但既不願毛遂自薦，又不願推舉別人，一時之間僵了，倒無人怒罵，只有蘇杭好漢見識過這黑衣少年，不敢說話。

原來這黑衣少年最近一個月才出現於蘇杭道上，他一身漆黑緊身衫，無論天氣多麼和暖明朗，總是這般打扮，加上他臉白得毫無血色，看起來便自有一種陰森氣氛。

上次方通天糾合蘇杭兩地好漢，和江南十惡不赦的江南浪子採花大盜文一歸在山谷死戰，正要得手，這少年不明事理，平空恃強出手相助那淫賊，各人尚未瞧出他的門派家數，便被他將兵器完全夾手奪下，將淫賊救走。

這事方通天大失面子，那同來的好漢都是江南武林中大有萬兒之人，當然都不肯張揚，當下拾起兵器回去了。

過後這少年又出現杭城，大凡他看不順眼的人，他總是陰森森跟在你身後，無論你走到那裡，總是擺他不脫，跟他動手卻又是打不過，直逼得別人精神忍受不了，幾乎要發瘋了，這才罷手，但卻從不殺人。

普陀高僧天一禪師唱了一聲佛號道：「阿彌陀佛，小施主好豪氣，老僧受方施主之託，要將此劍尋一真英雄相贈，小施主大顯身手，讓老衲開個眼界，到時名劍配英雄，別人自是無話可說。」

黑衣少年道：「好，老和尚，我便算一個，還有兩個是誰？」

天一禪師微笑不語。

人叢中走出太湖陸公子，他對黑衣少年道：「在下倒想和尊駕比比水性，但只怕機會不多。」

他話中之意，天一禪師定能一舉將這狂妄後生打敗，那他只有知難而退，自然談不到和自己過手了。

那黑衣少年好像根本不懂他所說，滿口叫好，似乎因找到對手而高興。

天一禪師笑道：「小施主如能接過老衲三掌，老衲返身不管此事如何？」

黑衣少年道：「大和尚，咱們就這麼辦，我輸了立刻向眾位叩頭賠罪，大和尚，你發掌吧！」

天一禪師見他絲毫不作勢，心中不但詫異，而且微微有些寒意，他是得道高僧，慈悲爲懷，口中喊道：「小施主留神！」

黑衣少年露出一絲冷笑，天一禪師交手當胸一合，一股勁道緩緩發出。

那黑衣少年道：「佛門金剛伏魔掌，大和尚，你是五台山僧人。」

他開口說話，既無法運氣防禦，又不見他出手反擊，那天一禪師掌力擊在他身上如石沉大海，眾人心中一震，對那少年再也不敢輕視。

天一禪師之驚更甚於眾人，他這金剛伏魔掌實是生平絕技，剛柔並濟，比起少林大力金剛掌並不多讓。

他浸淫此道數十年，自忖已入化境，無堅不摧，適才心存厚道，雖只用了五六分勁道，但那少年以血肉之軀硬生生接了下來，半點未曾受傷，這少年內功難道已到了極點，成了金剛不壞之身？

那少年如若無事，面對著天一禪師，準備接他第二掌。

天一禪師長吸一口真氣，運到了十分，他生平對敵，從未如此凝重，只見他光光的大腦門，裊裊熱氣冒出，這一掌竟有點遞不出去了。

黑衣少年一手扶著樓上柱子，臉上仍是冷漠一片。

天一禪師大喝一聲，僧袍鼓起，雙袖抖處，激起一股狂飆，四周氣流呼呼發響，那少年身子動也未動。

眾人只聽得卡嚓一聲，那少年身子向左一躍，樓上屋頂震動，整個酒樓搖晃不止。待得搖勢稍止，眾人定目一看那少年適才所扶徑約尺餘的圓木柱，已從中折斷，他立腳之處，深深陷下兩個腳印。

天一禪師臉色灰敗，長眉垂下。半晌他喃喃說道：「移物傳力，移物傳力！」

他對黑衣少年道：「老衲輸了，施主如能再勝兩局，往普陀山金頂寺去尋老衲要劍便是。」

他說完向眾人合十爲禮，下樓走了。

十二　奇寶之爭

黑衣少年轉過身來對太湖陸公子道：「來來來，咱們來比水性。」

衆人剛才聽天一禪師點出，這少年竟施出失傳的武林絕藝「借物傳力」，這是極高武學，衆人只聽說過，真想不到世間還真有這功夫。

這少年年紀輕輕，不知是何路數，有些自命高手的人卻暗自慶幸，適才幸好沒有出陣，不然非要出醜不可。

那太湖陸公子喝了幾杯酒，臉上白皙膚色中透了一片酡紅，更顯得人美如玉，他沉著的走了上前，對黑衣少年道：「請尊駕指出一個比法。」

江南好漢都眼睜睜望著太湖陸公子。

陸家水中工夫江南第一，南人善水，那江南第一，也就可稱爲天下第一了。

此時衆人對那魚腸寶劍倒並不重視，但對陸公子勝負卻看得極重，因爲這關係著江南武林名聲，如果這小子連敗了三個江南頂尖人物，這消息傳將出去，江南群雄的臉往哪兒擱去？

陸公子只覺上面八方射來的眼光都是誠懇的期望，一時之間，他覺得肩膀沉重起來。

那黑衣少年道：「比水性無非看誰能在水中潛伏得久，也用不著真個兒下去弄得一身濕，咱們來比比閉氣便得。」

陸公子道：「好極，好極。」

他水性極佳，但這少年武功實在太強，當下一絲也不敢大意。

那少年道：「咱們倆互相將手探在對方胸前，自可察覺對方有無呼吸，如果一方先吸了氣，那便是輸了。」

陸公子點點頭。

忽然一個幼嫩的女聲叫道：「那不行，如果有一個人不遵守規矩，運內勁逼對方吐氣抵禦，那不是敗了？」

眾人覺得她說得大有道理，紛紛向她瞧去，原來是個十六、七歲少女，生得頗爲秀氣，但卻頑皮極了，正向她父親金華三義中的老大扮鬼臉。

那黑衣少年微微一笑道：「這位姑娘說得也是，依妳說便怎樣？」

眾人這才看到他露出微笑，倒不難看。

那少女卻想不出計較，急得俊臉通紅，半天才想出一段話道：「我看你一定不是陸公子對手，別比算了，不然你準會賴皮。」

陸公子聽那少女說得雖不講理，但維護自己很是明顯，當下向那少女笑了一笑道：「多謝姑娘，這位公子豈是暗箭傷人之輩，再說，他如暗施偷襲，我難道不會依樣葫蘆？」

少女萬萬想不到被自己人碰了一個軟釘，當下小嘴嘟起，心中氣道：「我管你死活，你如輸了，大夥兒跟著丟臉啦！」

陸公子不再多言，伸手按在黑衣少年胸前，兩人同時長吸一口氣，雙雙盤坐地下，眼睛閉起。

過了半個時辰，兩人仍是未分高下。

那少女到底關心陸公子，忍不住尖叫道：「啊，黑小子，你看你背後是什麼怪物？」她尖聲怪叫，臉上驚悸未消。

那黑衣少年忍不住回頭一瞧，黑壓壓地盡是江南好漢，哪有什麼怪物，知道著了小姑娘道兒，他心神一分，只覺胸前微悶。但他功力深湛，立刻又恢復過來。

又比了半個時辰，陸公子臉色愈來愈是酡紅，那黑衣少年卻仍然面色未改，眾人心情跟著緊張起來。

過了半晌，陸公子只聽到耳畔有人說道：「你水性很不錯，如果再閉氣，雖還可支持一會，但過後便成內傷，咱們一塊起來，算個平手如何？」

陸公子見對方喉間微動，這當兒還能密室傳音，心中驚得呆了，他原準備背城一戰，不惜犧牲內力，拚著爹爹昔日所傳收縮肺腔之功，但這能支持多久，自己從未用過，卻也是一個未知之數。

陸公子見對方神色安詳，好像隨便支持多久都不成問題，又不斷向自己示意，當下心中暗嘆一聲，左手一撐站起身來。

就在同時，那黑衣人也站起來道：「這算是平手。」

眾人憂喜參半，太湖陸家公子到底不凡，能和此人持平，但這少年水性也是如此高超，實在令人心寒。

不意那陸公子搖搖頭道：「小可不是閣下對手，尊駕贏了。」

他說完，只覺喉間一甜，忍不住一口鮮血噴出，那少女掩面尖叫不敢看，這回她可是真的叫了。

黑衣少年面色一寬道：「不妨事了！」

小孟嘗方通天連忙上前扶持陸公子。

那少女罵道：「明明說好不准用詭計，黑小子，你暗箭傷人，要臉不要？臭黑小子，你在江湖上混，連江湖道義都不懂，還混什麼勁？」

那黑衣少年聽她亂叫亂嚷，心中氣憤，但他自視極高，豈肯和這小姑娘一般見識，怒哼一聲不語。

那崇明九指駝俠緩緩上前，慘然向小孟嘗低聲道：「小弟只有勉力一試了。」

正在此時，突然樓下有人報道：「雁蕩三劍單大爺、左二爺、劉三爺前來拜壽。」

方通天心中一震，幾乎疑是聽錯了，只聽得樓梯篤篤響處，魚貫走上三個中年漢子來。

方通天心中忖道：「我可沒這大面子能請來雁蕩三俠，但既來之，有人可殺這小子威風了。」

眾人中有的未見過雁蕩三俠，但聞名已久，這名震天下武林的三劍一塊兒出現，眾人無形中都振奮起來。

雁蕩三劍一來，崇明島九指駝俠心中一鬆，他和三劍中老三劍多謙有數面之緣，當下連忙上前寒暄，那劉老三是出了名的囂張難惹，但此時九指駝俠竟覺他無限可親。

那雁蕩三劍中老大沉拳大俠單言飛向眾人拱拱手，轉過身來向小孟嘗方通天道：「在下三人不速而來，尚請尊駕原諒。」

方通天連道：「好說，好說，今日老朽賤辰，單大俠無論如何給老朽一個面子，先喝幾杯酒再說。」

他心中卻尋思雁蕩三俠聯袂而來，不知是什麼天大事件，不要一波未平，一波又起，看來今夜壽宴無論如何吃不安穩了，要知雁蕩雖在江南開派，但一向鮮與江南武林中人打交道，這三人又都囂張非常，是以江南眾人一向對他們都是敬而遠之。

那單言飛笑道：「在下來此，想向方前輩打聽一樁事情。」

小孟嘗方通天心中不安，暗忖人言此人愛劍欲狂，他師兄弟三人都是持著古劍，此來多半是為這魚腸寶劍了。

原來方通天此劍偶得之於肆間一落魄少年，回家賞玩之下，發現此劍竟是與干將莫邪齊名的春秋名劍魚腸劍，他知武林中人珍惜兵器，往往懷寶惹禍，自己又非擅使劍，便將劍交普陀天一禪師，要他相機贈給江南少年傑出人物，此事江南英雄皆知，大家都曾伸大拇指讚方通天心懷廣闊，了無自私之情。

方通天沉吟半刻道：「單大俠只管指教。」

「沉拳震中原」單言飛道：「不敢，在下聽江湖上傳聞，方前輩日前得了一柄寶劍，劍名魚腸，不知此事可真？想煩前輩出示。」
方通天忖道：「果然是不懷好意而來。」當下略一沉吟。
那雁蕩單言飛接口道：「在下也知此舉極是失禮，但此事有關敝派師門，是以斗膽前來。」
方通天道：「此劍原是老夫無意間得來，單大俠別說要見識，就是前來要劍也是當得，只是現下已非老夫所有。」
他話中之意點出雁蕩三劍不夠江湖道義，恃強搶寶，有失大派風度。
單言飛何等人物，當然明瞭他話中含意，但此刻有求於他，只有忍氣哈哈一笑道：「方前輩言重，小可前來杭州之前，敝掌門再三告誡，遇得劍主，一物相換一物，務必劍主心甘情願，是以著小可帶來丙辰年間玉蟬丹半瓶，總共三粒……」
他話未說完，群雄一陣竊竊私語：「丙辰年間玉蟬丹，那是玉蟬丹中極品。」
「如能得到半丸，可就等於多了一條命。」
「這魚腸寶劍雖是寶貴，但玉蟬丹乃是救命聖物，相形之下，這筆生意可以做。」
小孟嘗方通天也不禁怦然心動，要知雁蕩祖師不但劍法超凡，而且深通藥理，昔年行腳遍於天山名山大澤，盡採靈藥異草，整整二十年工夫，才採齊各藥，於丙辰年間在雁蕩山巔設爐煉丹，費了七七四十九周天，爐火純青，知丹乃成，名曰玉蟬，乃取意服食此丹功能起死回生，改變天生秉賦，如秋蟬蛻變，一飛沖天，後來雁蕩祖師雖又開爐煉過兩次，但爐火溫度總是不能和第一次一般，是以藥料雖是一般，品質畢竟差了些。

雖道如此，這後煉兩爐丹藥，武林中也視為至寶，便是雁蕩弟子立了極大功，得賞半丸，也是極大恩典。

相傳此丹主藥是成形靈芝、千年參王、天地靈鰻血三味夢寐難求的寶物，那搜尋之難是不用說的了，而且要碰機緣，雁蕩祖師能採齊各藥，煉就丹丸，真是一件震古爍今之事，這「玉蟬丹」和少林的「大檀丹」、南極藥仙的「九陽神散」同是江湖至寶靈藥。

「沉拳」單言飛見諸人都面露羨慕之色，他微微一笑，從懷中取出一個玉瓶，道：「方前輩，此劍與本派極有淵源，家師要從此劍上參悟一件敝派多年疑案，君子有成人之美，請前輩見諒，這丹藥或許有助江南諸同道。」

雁蕩三劍在江湖上何等身分，單言飛更是三劍中老大，瞧他謙虛如斯，殷殷相求，可見這事關重大，雁蕩是非得之而後心甘了。

單言飛見方通天沉吟不決，心中知他之意，他是極厲害的人物，武功機智並勝，當下又道：「如蒙前輩見憐，敝派掌門人自會親來向前輩道謝今日之事。」他不說家師，而言敝掌門，實是加重語氣，給眾人面子。

他見二師弟倒還不怎麼樣，三師弟卻面有怒意，當下連忙向他使了眼色，要他稍安勿躁，心中卻忖道：「寶劍得手，以後的事都好辦。」

方通天至此再無話說，雁蕩掌門無憂老人是天下武林中的泰山北斗，這滿座好漢在江南雖也是一方之霸，但提起雁蕩無憂老人，人人都是心嚮往之，再也不覺得失了光采。

當下小孟嘗緩緩地道：「既是無憂老人吩咐，老夫無話可說，明日老夫便領三位前往普陀取劍。」

單言飛大喜，連忙稱謝。

忽見身旁那黑衣少年冷然道：「只怕沒有這麼容易。」

雁蕩三劍中老三劉多謙年紀最輕，武功卻是極高，出道以來，你捧我拍，把他捧成一個目高於天的人物，他見師兄一再軟語相求，心中老大不耐，這時見有人憑空出來生枝節，當下如何能忍得下。

他兩目一翻道：「你是什麼人？敢管此事？」

那黑衣少年冷然道：「我是這魚腸劍一半主人，當然要管。」

他話中並不起火，但語氣極橫，雁蕩老三想不到世間還有比他更橫的人，一時之間，全身血液都往上衝，卻說不出一句話來。

那黑衣少年轉身對方通天道：「小孟嘗，咱們約好只要我再勝過這九指神駝，這劍便屬我，是也不是？」

方通天不語，那金華來的少女卻叫道：「這是你自己規定的，誰也沒承認過。」

黑衣少年一怔，心想這少女說的倒是不差，別人是沒有答應過，當下心中一惱，狠狠瞪了少女一眼，卻見那少女對他直扮鬼臉。

劉多謙道：「哪來這許多夾纏，喂，你倒要怎樣？」

那黑衣少年道：「你三人如能勝過我，我拍馬便走。」

劉多謙哈哈大笑，笑聲中沉拳單言飛道：「這個容易，小哥兒，你接我一拳。」

他爲人最是心細，心知這少年膽敢出現江南群豪之前，定非易與之輩，此事不宜多所拖延，快快料理他才是上策，當下雙拳發出，竟是十分力道。

那少年臉色微微一變，也是兩拳打出，和單言飛出招一模一樣，眾人都是一驚，兩股拳風一碰，轟然一聲，單言飛退後兩步，那少年卻是紋風不動。

單言飛臉色鐵青，呼呼連擊五拳，眾人見他一招之中連變數式，真令人眼花撩亂，但式子雖多，力道卻是愈變愈是沉重，絲毫未因繁而削，正是沉拳精髓。

這人身高體闊，施展開來，直如開路神一般，那看得清他拳路的高手，都是心中暗暗喝采不已，只覺每招每式都是恰到好處。

雁蕩二俠左君武和三俠劉多謙，都是心中緊張，大師兄一上來便施出生平絕藝，沉拳中最厲害招式「開山五式」，這人之強，實是不敢想像了。

那黑衣少年卻是見招即破，他雙腳連走，每招都是從間不容髮中閃過，閃動之間，也還了他五拳，依稀之間、也和單言飛招式類似，但勁道之強猶有過之。

單言飛這五招都是極其威猛的攻招，很少人能全身而退，閃過兩招，閃不過第三招，充其量勉強接到第四招，至於如排山倒海般第五式，那是從來無人能閃身而退的人。

昔年無憂真人傳授此拳，單言飛曾問師父這五式爲何未帶守勢，無憂真人傲然道：「如果有人能在此五招攻擊之中反擊，那是你功力未濟，天下豈有能破雁蕩沉拳開山五式的拳法？何必要帶守勢？」

但眼前這敵人卻真的從自己攻勢中反擊過來，偏偏那掌法又和自己招式大同小異，一時之間，門戶大開，哪裡再守得住，只有不住往後退，待退到第五步，忽覺背後圓桌阻路，但對方攻擊又到，只得再往後退，閃過黑衣少年第五式，但是嘩啦一聲，一桌酒餚推翻，座上眾人紛紛閃避。

到這地步，以單言飛的身分，早該罷手認輸，但他最能忍辱負重，凡事鍥而不捨，務求達到目的，這是他個性中最難得的長處。

雁蕩三劍能出類拔萃，名滿江湖，成爲各派敬畏人物，當然與他領導者性格有關，只要他單言飛出手，天大的事也非辦到不可，別人自然不敢與他相爭。

單言飛長噓一口氣，喀嚓一聲，長劍握在手中，深深打量那黑衣少年一眼。

他緩緩道：「閣下武學驚人，敝師兄弟還有一套劍法、請閣下品評品評。」

他向兩個師弟一施眼色，卡嚓一聲，眾人只見寒光一閃，三柄長劍在燈下發出藍汪汪的光芒。

那黑衣少年冷冷道：「久聞雁蕩『四合劍陣』是中原一絕，但如缺了一方，威力便大減了，單老大，你再找一個師兄弟來吧。」

他本來言語冷漠，這時又加上驕狂，眾人原覺雁蕩三劍恃技欺人，有失好漢行徑，但見這少年大言不慚，那一點抱不平之心便不存在了，都希望雁蕩三劍能出手擊倒他。

沉拳震天下單言飛道：「這個倒不用閣下擔心。」他說著又從背後拔出一支長劍，三人品字形站在少年面前。

那少年心中微驚忖道：「這人同時要施兩路劍法，倒也不可輕視。」

當下氣凝於胸，順手取了一雙筷子，故意漫不經意地道：「發招吧！」

他愈漫不為意，雁蕩三劍愈是心驚，他運氣到了十分，正待出招一擊，忽然與一道目光相接，只見那眼神中竟是惋惜與憂慮之色，他暗自忖道：「這許多人中，只有太湖陸公子關心我的安危。」

單言飛見他臉上現出茫然之色，高手過招，講究凝神聚氣，當下機不可失，口中喊聲留神，刷的揮手便是一劍，他劍勢一發，兩個師弟分別在左右方向出手。

黑衣少年左閃右躲，招招見險。

單言飛心中一定，知道劍圈一收小，這少年便有天大能耐，也難逃四劍洞穿之危，這人年紀輕輕，武功之強，真是不可思議，今日乘機除去，實是天假良機，不然後患無窮。

那黑衣少年閃躲之間，不時偷空瞧那太湖陸公子，觀察他臉上神色，竟是又急又氣，卻無可奈何的模樣，最後索性閉起眼睛不瞧了，黑衣少年心中忖道：「我且試試他是真心還是假意。」

略一疏神，單言飛招式大盛，他手中雙劍從上下一齊擊到，卻是全然不同的招術，左手施出青雲劍法中「彌天落網」，右手施的是七勁劍法中「橫斷大河」，兩招精妙之處都發揮無餘，端的是一心二用，功力深厚，單憑這一手，江南群豪便沒有能及得上的了。

驀然那少年驚叫一聲，他左肩閃動微慢，哧的一聲，衣服被挑破一個大孔，他一驚之下，雁蕩劉三俠一劍又攻到了，堪堪及到他面門，他一低頭，劍子刷的從頰邊揮過，只差一分，這少年臉上非劃個血淋淋的口子。

太湖陸公子吃驚站了起來，目不轉睛的注視場中火鬥，錢冰一顆心也像提到喉間一般，他雖對這少年無好感，但見雁蕩三劍三個大漢滿臉殺氣對待一個少年，不禁心中起了不平之感。

雁蕩三劍中劉多謙性子最惡劣，他勝算在握，出劍不由輕薄起來，招招都差上一分半毫，那少年驚叫連連，嚇得滿臉變顏，他臉色本白，這時更是慘白，狼狽不堪。那劉多謙愈打愈是得意，就如一隻飽貓捉住一隻小鼠，盡情戲耍，一時之間，卻也不傷他性命。

那少年眼中盡是倔強之色，猶自拚命苦鬥，不肯屈服，單言飛臉色愈來愈是陰沉，劍式一招緊似一招，那少年額邊汗珠露出，身手已不見先前靈敏，鬥到分際，衣袖又被刺穿一個洞，少年咬牙不退，正在此時，忽然座中太湖陸公子大喝道：「三個人合鬥一個手無寸鐵的少年，好威風喲！」

劉多謙手中絲毫不放，口中卻道：「你看不慣，你便也上吧！」

陸公子氣得俊臉發紅，他一領劍便加入戰圈，他這一喊之下，眾人心中一陣慚愧，一言不發，靜觀其變。

劉多謙冷冷道：「別人怕你太湖陸家，嘿嘿，我可不怕，我就代替令堂教訓你這狂妄小子。」

陸公子武功不弱，但哪裡是雁蕩高弟的對手，走不幾招，便連遇險著，連劍子也差點被擊飛，那少年驀然長嘯一聲，聲音尖銳，震得眾人耳膜隱隱作痛，嘯聲一止，身法大變，眾人眼前一花，只見那少年身形愈轉愈快，兩隻筷子在他手中便如兩條蛟龍，時時擊在四支長劍上，鏘然發聲，雖是細小竹枝，但力道極大，武當三劍虎口震得發麻不止。

片刻之間，情勢大變，那少年雙箸又疾又狠，不是刺向雁蕩三劍雙目，便是直刺面門，雁蕩三劍人人先求自保，那四合陣再也發揮不出威力來，鬥到分際，那少年雙箸一合，挾住劉多謙劍身，口中喝聲「撤劍」，一腳飛起，那劉多謙閃無可閃，只有往後猛竄，手中一緊，長劍被人奪去了。

那少年一轉身，後面三把劍一齊攻到，那少年身子一偏，喝聲「著」，眾人只見兩道白光，叮叮兩聲，單言飛與左二俠一人失去一劍，那少年雙箸出手，竟有千鈞力量，以單、左二劍功力之強，也握不住劍。

忽然單言飛暴吼一聲，剩下那支劍脫手飛出，這是雁蕩派一手絕技「脫手劍」的招式，非到萬不得已絕不使用，原是與人同歸於盡之意，這劍真是單言飛畢生功力所聚，雁蕩三劍縱橫天下堪近十年，劍一出手嗚嗚帶起一陣風聲，疾如閃電往那少年身上射去，那少年背向樓門，足下一運勁，身子平升丈餘，貼在樓頂橫梁，那劍直飛樓下，忽然門簾外一聲女子驚叫之餘，眾人眼一花，只見一人身若大鳥，凌空撲向樓門，那身形之快，簡直有如鬼魅，竟是後發先至，硬生生超過那把劍，衝過門簾，伸手抱起一個女子。

他勢太疾，眼看非衝到西湖上，驀然那人身形一折，竟又憑空避過長劍飛回樓上，這時噗哧一聲，那劍勢盡落入湖中。

眾人眼見這驚心動魄的一幕，都是口結目呆，那兩人也是面面相覷，好半天才定下神來，眾人仔細一看，出手救人的是個清秀少年，正是錢冰，全身樸素打扮，絲毫看不出驚人之處。

那黑衣少年打量錢冰一番，正色道：「我自忖輕功比不過兄台，這魚腸寶劍不要也罷。」

他轉身對太湖陸公子道：「姓陸的大哥，你出手救我，我心中感激得很，我……我一定到太湖去看你。」

那陸公子只是苦笑，他自以爲文武兩道已至頂尖，想不到那黑衣少年年紀只怕比自己還小，一身功力卻驚世駭俗，便是眼前這少年適才露的一手，叫人想都不敢想，這樣可敬可佩的功夫，也不知是何時練成？

那黑衣少年見陸公子悵然若失，便低聲道：「公子莫灰心，以公子才智，什麼功夫學不成？」

他柔聲說著，竟是一口又軟又悅耳的蘇州話，太湖陸公子聽得親切，見他臉色誠懇，心中十分感動，他也是十多歲的少年，別人對他好，他自是十分高興，伸手握住那少年右手，只覺又嫩又滑，不由一怔，連到口邊的話也忘了。

那黑衣少年輕輕掙脫了他的手，道：「咱們在太湖見！」

說完雙腳一縱，從窗中飛躍下去，他顯然是有意賣弄，身子在空中打了一個轉，頭下腳上，筆直落在湖上，月光下，眾人只見一條白浪起處，那黑衣少年消失在黑暗中。

陸公子呆呆看到浪花也消失了，這才默默坐下，適才和這少年生死相搏，這時竟又懷念他，人生際遇變化之速，真是不可逆料。

雁蕩三劍慚愧得恨不得有個洞鑽下去，但單言飛畢竟是見過大場面的人，知道此時多留一刻，便自多增幾分羞辱，當下拾起寶劍，向眾人一揖，也自揚長而去。

好好一場喜氣洋洋的壽宴，被這兩趟人一打擾，已是明月當頭，午夜時分，眾人多覺意興闌珊，舉目見錢冰身畔站了一個少婦，正是他適才所救，真是艷光四射，多看幾眼，竟然令人目眩心跳，便連小孟嘗這等人物見了，也不由眼前一亮，忍不住瞧個清楚。

那少婦依在錢冰身旁，根本不理會眾人目光。

小孟嘗對錢冰道：「老夫眼拙，請教閣下台甫？」

錢冰道了姓名，眾人都是一愣，小孟嘗交遊遍天下，心中鑿磨了幾遍，卻是想不起這人姓名。沉吟之間，那少婦輕輕握住錢冰右手，點點頭表示讚許。

小孟嘗道：「閣下出手挽回江南武林聲譽，座下各位對閣下都是感佩不已，既蒙捧場前來老夫賤辰，便是老夫朋友，老夫有一物相贈。」

錢冰謙遜不止道：「小可無功無德，叨擾美宴，敬謝主人，便此告退。」

方通天道：「閣下武學驚人，老夫聞所未聞，自來寶劍贈英雄，相得益彰，這魚腸寶劍三日之內，老夫親自送上。」

錢冰還待推辭，那少婦向他施了一個眼色，錢冰便不言語了，過了一會兒，眾人紛紛告退，經過錢冰身旁，或瞟或瞧，總是朝那少婦多看一下。

那太湖陸公子也忍不住瞧了幾眼，心中忖道：「古人說傾國之色，只怕便是如此了，這少年原是和她相識的，只怕是她丈夫吧！」

想到此處，心中不由微微生妒，他那寬闊胸懷中，竟是不能相容此事。

那金華三義老大的小女兒看了，心中大是不樂，嘟著嘴對她爹爹道：「這兩人只怕是串通了來臥底的。」

她爹爹橫了她一眼，怪她亂說話，但心中也自覺她話有道理，只是目前這人功力通天，一個應付不好便是大禍，當下默然。

那少婦道：「大哥，咱們回家去吧！」

錢冰一怔，隨即道：「對，我們也該走啦。」

原來這少婦正是巧妹。他攙著她緩步下樓，只見漫天星斗，明月映湖，那波光起伏，粼粼閃耀，湖畔清風徐徐，真令人如歷仙境，錢冰不由得瞧呆了。

那少婦催促道：「大哥，咱們一年總有半年住在這裡，瞧都瞧得發膩了，你流連什麼？又有什麼好看的？」

錢冰心念一轉連道：「巧妹，妳說得也是。」

兩人漸漸走遠，巧妹道：「大哥，我回到家裡把房子全都重新佈置了一遍，你一定喜歡的。」

錢冰唯唯應諾，巧妹又道：「我在家等你等得好苦，聽說方老爺子壽宴，忍不住想來偷聽一點江湖上消息，真想不到你也在這裡，大哥，我剛上樓，要不是你救我，我只怕已經被那把劍貫穿了，那人是誰呀，怎地力道這麼強？」

錢冰道：「是雁蕩三劍的老大，武功實在不凡。」

巧妹道：「大哥，你那輕功真俊，叫什麼身法？我從來沒見你施展過。」

錢冰胡謅幾句避開話題，走著走著，忽然想起一事，不禁脫口道：「好險！好險！」

巧妹睜大眼睛疑惑的望著他，錢冰心中忖道：「我剛才自報姓錢名冰，怎地忘了這姑娘在身旁，幸好她以爲我不願用真名實姓，還點頭嘉許，真是錯有錯著。」

她天性溫柔，也不追問原委，錢冰和她並肩而行，只見她無限歡愉，不時款款情切望自己幾眼，嫣然而笑，夜風吹來，她身上放出一陣陣香郁，布裙單衣，亭亭灑灑，但畢竟有三分纖弱嬌柔，臉上雪白透現大病初癒，血氣尚未恢復。

錢冰瞧著瞧著，忍不住解開外衫，要替巧妹披上，巧妹柔聲道：「我不冷，你別擔心。」她停下身來，慢慢將錢冰外衫扣子一顆顆細心地扣好，又用手輕輕拂平衫上的皺紋，仰臉凝視錢冰道：「大哥，這些日子你也夠苦了，我本來是有潔癖的，這衣衫很久沒有換了吧，一定連換衣的工夫也沒有，回家可要好好休息一段時候。」

錢冰臉一紅，他行走江湖，總是囊中羞澀，哪還注意穿著，這時瞧瞧身上，確是油垢風塵，和這容顏絕世的美嬌娘並肩站在一起，實在有點配不上，他天性豁達，哈哈笑道：「巧妹，妳是香噴噴仙女，我這臭小子連當妳跟班也不夠資格，不要說別人看了不順眼，便是我自己也自慚形穢。」

巧妹含憂帶媚看了他一眼道：「大哥，你性子變了。」

錢冰一驚，含含糊糊地道：「什麼？」

巧妹柔聲道：「你性子柔和些，我心裡喜不自勝，但……但我知道……知道你高華傲氣，你……爲我一定受了不少氣，吃了不少苦，你勉強自己，心裡一定苦得緊，大哥，你……你還是照你性兒行事吧！我再也不會連累你了。」

錢冰佯怒道：「別說這些廢話，巧妹，妳對我不相信麼，妳難道不知道我的心麼？」

巧妹嚇得臉色蒼白，囁嚅地道：「是我……我說錯了話，我相信你，你別生氣。」

她楚楚可憐，就像是受驚的小白兔，錢冰心中大爲後悔，暗自忖道：「我愈裝愈像，簡直好像不由自主似的，怎麼今晚說出這等話來，錢冰啊錢冰，你難道真想假戲真做不成？」

他心中暗暗警惕，身形移開半步，走了一會，只見前面一片竹林，竹葉隙處露出一簷屋角來。

錢冰知道每往前走一步，便是更加深陷一步，那笑語溫柔，款款情意，自己說不定會做出遺羞天下的事情來。他一向行事灑脫，這時竟吶吶不知所措，只覺舉步維艱，步子愈來愈是沉重。

錢冰略一沉吟，幾乎想將真相說出，但見巧妹歡喜神色，怎地也說不出口，他上次則剛救轉巧妹，便是不忍說，此刻心中一般想法：「總有機會讓她明白真相，目下且先讓她歡喜。」

一時之間，覺得此事有了交代，不再煩惱。

走了幾步，忽然右邊傳來虎虎風聲，巧妹道：「有人在打架，我們別管。」

錢冰道：「去瞧瞧看，說不定可以排解一下。」

當下往左邊走去，前面一塊巨石，他繞過巨石，只見兩人掌風呼呼，四周竹葉紛紛震落，打得十分激烈。

錢冰高聲叫道：「且慢！」

那兩人彷若未聞，忽然一人倒退三步，雙拳當胸合抱，暴吼一聲，雙拳合掌一擊，另一人漫不在乎地回一掌，兩人身形都是一震，月光下，那發拳的臉色一片酡紅，發掌的一陣青色，都是一瞥即消。

這時巧妹也走上前來，湊近錢冰道：「這人便是剛才在席間的黑衣少年。」

錢冰點點頭，只見那發拳的漢子長得甚是高大，雖是布衣長衫，但臉上英氣勃勃，那發拳的正是適才大顯威風的黑衣少年，這時換了一身白衣黑履，那竹葉暗影風吹閃動，映在他身上，真如神仙中人，錢冰暗暗喝了聲采。

那英俊漢子喝道：「小可與閣下無怨無仇，閣下如再苦苦相逼，只怕與閣下不客氣了。」

那黑衣少年罵道：「人言江南文明之都，便是販夫走卒也知禮義，哪有你這種無恥敗類？」

那英俊漢子奇道：「我怎麼無恥了？」

黑衣少年罵道：「今日如讓你全身而退，在下決不再在江湖上行走。」

那英俊漢子見他出言不遜，也是怒氣勃生，叫道：「我簡文斌從未見過這等不講理的妄人，來來來，咱們再打過。」

他雖氣極，但講話仍是甚有分寸。

那黑衣少年道：「今日叫你見見！」

錢冰見他臉色暴怒，大非適才席中冷靜自在，心想不知這英俊漢子如何得罪了他。他對那黑衣少年原有親近之意，就是目前這青年，也實不令人討厭，真不願兩人性命相拚，但片刻間卻是沉吟無計。

那英俊漢子默然連發三拳，黑衣少年都接下了，他腳踏八卦方位，等那英俊漢子三拳發盡，他剛好踏到原位，他身形閃動極快，就如立在原地未動一般。

那黑衣少年道：「你也接我一掌。」

當下也不再搭話，雙拳左右劃了一個圓弧，待到前胸相交，緩緩推出，毫無半點聲息。

那英俊漢子凝神聚氣，他一向自詡掌力天下少見，當下不躲不閃，一吐氣掌力暴發，只覺對方掌勁陰柔無比，竟從自己掌力隙中攻進，他迅速回掌，長吸一口真氣，雙拳再發，這才阻住了對方攻勢。

黑衣少年冷冷地道：「果然有點本事，比那沉拳單言飛強多了，注意，第二招來了！」

那英俊漢子心中實在驚駭無比，他雖未行走江湖，但自信天下年輕輩中已少見對手，不料面前這人武功之深，簡直深不可測，眼看第二掌又將擊到，如今之計，只有奮力一拚了，萬不能墜了父親威名。

那黑衣少年似乎對敵人憤恨已極，下手絕不留情，他第二掌一發，那英俊漢子運盡全身功力，也拚出一掌。

四掌相碰，黑衣少年力道奇怪已極，那英俊漢子的掌力盡若石沉大海。

英俊漢子苦苦支撐，他心知此時想避也來不及了，只覺對方力道不停湧來，胸前一寒，喉頭發甜，不由閉目待斃。

忽地他發覺背心偷進一股熱流，當下內力大增，那股翻騰的血氣也平復了。

他回頭一看，心中又歡喜又是羞慚。

一旁錢冰低聲對巧妹道：「這老者和這青年生得很像，多半是一對父子。」

那黑衣少年忽然身形一斜，抽出掌力，他雖只是腳下微一滑步，但在那英俊青年眼中，卻比他所發掌力更讓人吃驚！即使是他身後老者亦悚然動容。

要知道高手較量內力，往往都成不死不休之場面，這黑衣少年能從容脫出對方掌力，實在令人不可想像。

黑衣少年冷然對老者說：「你既出手多事，吃我一掌再走。」

那老者雙目一睜，神光四射，錢冰見他白髮如銀絲飄舞，臉上暴然一紅，雙拳遞出，便和那英俊漢子式子一模一樣。

那黑衣少年接掌後撲倒地上，錢冰心中暗暗難過，只道這少年受了重傷。但只一刻，那黑衣少年一躍站起道：「請教閣下萬兒。」

那老者一捋白鬍道：「老夫人稱『神拳簡青』！」

錢冰聽得心中一震，忖道：「真是踏破鐵鞋無覓處，得來全不費工夫！」

他打量簡青幾眼，只覺這人白髮蕭蕭，真是仙風道骨。

那黑衣少年道：「老頭子，我打不過你，過些時間再來請教。」

神拳簡青呵呵笑道：「好說，好說！」

那黑衣少年被他笑得發火，恨恨地道：「今日之事，決不善了，老頭子，你等著瞧！」

神拳簡青微笑不語，心中卻暗自吃驚，他揮手道：「老夫現居西湖南堤，小姑娘自管請便。」

他「小姑娘」一出口，眾人都是吃了一驚。

那黑衣少年臉色大窘，身形一起，經過錢冰身畔，一口氣往他身上發道：「你別以爲功夫高，站在這裡也不幫我，也不幫他，看打架當樂子，哼哼！那天總有苦頭給你吃！」

他羞怒說話，再也掩不住尖脆女聲，錢冰只有苦笑，呆在當場。

神拳簡青忽然坐在地上，閉目調息了一會，半晌望著那英俊青年道：「斌兒，你怎會和這姑娘結下樑子？」

那青年道：「爹爹，你沒受傷吧！孩兒適才經過此地，無意中見此人在石後更衣，我連忙迴避，絕未失禮，過了一會，這人便出來和孩兒拚命。」

神拳簡青呵呵大笑道：「人家是黃花閨女，自然氣憤了，斌兒，你冒冒失失，這頓打也挨得應該。」

他顯然對這個兒子甚是愛憐，他笑聲一止，臉上微現憂色，喃喃自道：「難道東海那兩個怪物還在人間？」

簡文斌問道：「爹爹，你說什麼？」

神拳簡青一抬頭，只見錢冰手中拿著一物，他登時臉色大變，伸手接過那布帛，臉上神色一陣慘然，一言不發，邁步而去。

簡文斌心中驚恐，也跟著走了，如果此時有江南武林中人在旁，一定會驚得不相信自己眼睛了。

神拳簡青，在江南武林已是「陸地神仙」一般人物，武林中人只要能見上他一面，傳上了兩三手功夫，那便終生受用不盡，那威震江南武林雁蕩大俠單言飛，昔年便是承他傳了幾招，終於稱霸江湖，這時竟被小小一塊布帛驚走，再怎樣也令人不肯相信。

巧妹道：「天色不早了，再耽擱要天亮了。」

錢冰見她嬌態滿面，心中又是一凜，急中生出一計，對巧妹道：「這事關係我一生，如果辦妥，便可重回師門。」

巧妹知道「丈夫」一生之中，最大遺憾便是被逐出師門門牆，這事實在是由自己惹起，也是自己最不能心安的事，這時聽說「丈夫」可以重入師門，當下急道：「大哥，那你趕快去辦，我在家好好等你，你別牽掛。」

她心中緊張，講話也結結巴巴起來。

錢冰見她雙頰發紅，一臉驚喜、誠摯，又充滿希望，心中不禁一軟，幾乎不想走了。

他上次支開巧妹也是用這辦法，這時巧妹並未絲毫見疑，錢冰反倒慚愧，心想自己撒謊的本事也太低劣了。

巧妹不住催促，又從頭上取下一對金釵道：「大哥，你快去快回，多帶些盤纏，不要自苦，令我心痛。」

錢冰點點頭，回到客舍，竟不立刻北走。

第三天早上，店夥送來一把古劍，上面用金絲嵌著「魚腸」兩個篆字。錢冰撫劍沉吟，心想小孟嘗確是杭州一霸，自己住在這荒僻小店他也尋到了。

那劍寒光泓然，彈了幾下，發出龍吟之聲，知是古來寶劍，想到無功受祿，也並不放在心上。

他捧著寶劍，竟不知今後如何做，自己欺騙巧妹愈來愈深，結果不知將怎麼一個樣子？

忽然門外有人高聲吟道：「千山百山幾重天，萬里黃沙一少年。」

那聲音豪放已極，錢冰推開門，只見一位濃眉大眼青年衝著他一笑，進了隔壁房間。

錢冰心中也覺寬放起來，心想只要自己以禮相待，以誠相持，那事總有個解法，想著想著，如像那事真的解決了似的，又高興起來了。

十三　力抗神仙

白雲悠悠，微風送拂，陽光溫柔地照射著大地。

這時大道上緩緩走來一人，只見他體魄高大，氣度宏偉，一襲白布衣衫，正是功力深不可測的白鐵軍。

白鐵軍走在道上，只覺微風拂面，心中甚是開暢，他面目之間雖然英氣勃勃，但精光內斂，絲毫沒有驚人之處，走著走著，已來到了山區之地，道上來來往往的行人逐漸少了起來。

白鐵軍抬起頭來遠遠眺望了一下，只見不遠之處青山起伏，正是那名震天下的少林寺所在——嵩山。

白鐵軍吁了口氣，喃喃自語道：「我想那少林寺中僧人對那羅漢石也是決不放鬆，只要上山一問，多半會有些眉目，唉，這件事委實太過於神秘了，十多年來終是一片茫茫，總算遇著了錢兄弟一語驚醒，現在有個頭緒方便得多，嗯。那錢兄弟爲人精明，說不定他這一路上又有所發現，到江南會了面非得和他好好琢磨一番……」

他心中想著，不由又想起錢冰神秘的身分：「錢兄弟也真是奇怪，看他的模樣似乎只會輕功，但我又曾親自看見他練那失傳多年的絕頂內功心法，如此看來，他的來歷可真不簡單，他一片誠懇，卻始終不肯說出自己的身分，唉，我和他是一見如故，分離才幾天，便禁不住時時想起他來，下次遇著了非得好好和他長談，不再有不必要的秘密存在咱倆之間。」

心念轉動，足步慢了下來，這時來到一個彎道，彎道緊靠著一大叢密林，林中樹木大半是楓樹，是以葉紅似火，甚是好看。

白鐵軍看那一片紅浪隨風微微搖動，心中不由一暢，正欣賞之間，忽然聽得不遠的後方有足步之聲響起。

他立身之處正是山道轉角，那後方之人非得也走到這轉彎之處，繞過山石才可看見他，這時足步聲傳來，他並不注意，卻聽到一個人聲道：「大叔，你說咱們怎麼辦？」

白鐵軍不由大大吃了一驚，以他的內功造詣，就是十丈方圓落葉之聲也逃不出他的雙耳，方才他明明只聽到一個人的足步聲，但從這一句話看來，分明是來了兩個人，這麼說另一個人的落足分明已到不驚塵土的地步了。

這落足不驚塵土並不困難，只要輕功造詣相當深的人都可辦到，但此人似未施展輕功，走路之間自然而然落足極輕，這卻是一種獨門的功夫。

白鐵軍心中暗驚，忖道：「不知是哪個高手駕到，從那落足不沾塵土看來，分明是極爲稀見的『一炷香』內力已練到家了，江湖之上卻從未聽說有這樣的人物。」

他心中震驚，這時那同樣的聲音又響起：「大叔，照小侄之意，不如到夜晚上山，能暗中得手自然最好，否則一旦動手，在黑夜中退卻也較方便。」

白鐵軍暗暗吃驚忖道：「這兩個人難道是想闖上少林山去？嘿，近日來怪事真可是層出不窮，武林正宗少林、武當竟連日有外人闖關，我且躲起來看看到底這兩個是什麼人物。」

他心念一動，心知這兩人的功夫定然絕高，是以不敢大意分毫，輕輕吸一口氣，飄身入林，躲在一株高大的楓樹之後，他輕功佳妙已極，沒有發出一絲一毫聲音。

這時那邊足步之聲越來越近，終於兩個人轉過大石，白鐵軍望目看去，只見左首一人年約六旬，頷上銀鬚根根，相貌驚人已極，雙目之中一片清澄，白鐵軍心中不由暗暗吃驚！

再看那右首一人，幾乎忍不住脫口呼出聲來，只見那右首一人年約二十左右，相貌俊秀，神采飛揚，正是那在武當純陽關和白鐵軍對過一掌的楊群。

那楊群功力之深，委實不可測度，但看他對那老者神色恭謹，分明那老者更是大有來歷之人了。

白鐵軍卻覺那老者面生得很，正思索間，那老者突然冷冷一哼道：「據青天說，那少林寺中高一輩的和尚很難輕易出手，想那少林名盛百年不衰，定是包藏深博，咱們不可輕視，哪能悄悄私闖山門，等會咱們一路上去，見著方丈老僧和他說個明白。」

白鐵軍聽得暗暗點頭，這老者的氣度驚人，鋒芒已自內斂，真猜不是透是何方高人。

忽然他念頭一轉：「青天……啊，是了，楊群本和那齊青天鬍子漢是一路的，這老人必然和齊青天有關聯，這楊群和齊青天兩人真不知是何路數，身懷絕世功力，我且看看他們到底爲了什麼，反正我也得上少林一趟，不如遠遠跟著他們吧。」

思索之間，那二人已走出十多丈遠了，白鐵軍四下看了看情形，他雖功力絕高，但爲人素來極是謹慎，身形一閃，掠入密林深處，斜斜地跟著二人往山上爬去。

少林山路因進拜香客日日絡繹不絕，是以甚爲平坦，那兩人雙足如飛，白鐵軍在林中左穿有穿，始終保持十多丈遠的距離。

這時忽然鐘聲響起，從高山上隨風傳來，白鐵軍只覺那鐘聲清越，的確足以發人深思，暗暗忖道：「看來大約是少林寺早課之時了，這兩人選的時刻倒是不錯，此刻大多僧人都去唸經了，頂多只有幾個行腳僧人在大寺門外留下，一路之上倒也可省下不少麻煩。」

他想的不錯，那鐘聲不斷地一下一下響著，一路上沒有遇著僧人，越向上爬，鐘聲越嘹亮，不一會少林寺宇已然在望。

這時日光斜斜射在少林寺廟頂上，那金飾朱雕閃閃發光，寺院連山遍野，鐘聲之中微微夾著梵唱之音，好一片佛門莊穆氣象！

白鐵軍只見那兩人來到大寺近處，忽然一起停下足步，楊群道：「大叔，咱們要等他們早課完了再上去麼？」

那老者頷首不語，這時寺院門口的僧人似乎已看見他們兩人的身形，有兩個僧人連袂緩緩下了石階，走上前來，白鐵軍在樹幹後望出去，只見兩個都是年輕和尚，大約是低輩的弟子。

那兩個和尚向楊群及那老者合十行禮道：「兩位施主請了。」

楊群回了一禮道：「大師……」

右首的和尚忙道：「不敢，小僧空明，這是小僧師弟空元。」

楊群啊了一聲，卻不再說話。

那空明道：「不知施主駕臨敝寺有何貴幹？」

楊群道：「在下要求見少林主持方丈。」

空明似乎吃了一驚，他仔細打量了一下兩人道：「敢問施主大名？」

楊群笑了一笑道：「在下楊群。」

空明在口中默默念了兩次，卻記不起這個名字在什麼地方聽過，分明是無名之輩，他又看了看老者，口中說道：「方丈在主持早課……」

楊群搖了搖手道：「這個在下曉得，是以咱們在寺外相候。」

空明啊一了聲，卻不便多言，他和空元對望了一眼，卻猜不透這一老一少的來路。

楊群一襲青衫，在日光中有如玉樹臨風，白鐵軍在樹後見了，心中暗讚道：「這楊群的是一表人才，他雖沒有錢兄弟那特有的瀟灑之氣，但氣宇非凡，而且功力之深，恐不在我之下，這種人物在武林之中不出一月必然轟動天下——」

他心念思索間，那兩個僧人低頭交談了幾句，那空明僧人抬頭道：「方丈今日恐怕要坐禪，不能接見兩位……」

楊群冷冷一哼道：「那麼，咱們去見他便是。」

白鐵軍聽了不由暗暗皺眉，忖道：「這楊群鋒芒太露，修養功夫似乎不夠。」

那空明僧人果然聞言面色一變道：「楊施主此言小僧不解。」

楊群冷哼一聲，空明忽然後退一步道：「如此，恕貧僧失陪！」

他雙掌合十，白鐵軍只見他僧袍一陣顫動，卻見那楊群冷然一哼，猛然上前一步。

白鐵軍暗吃一驚，果然見那空明僧人面上駭然變色，登時滿面通紅。

楊群冷笑道：「大師好走。」

空元上前兩步，扶住空明搖搖晃晃的身形，他面上驚怒交集，怔怔地說不出話來。

忽然寺中一連走出六個僧人，一言不發來到當前，空元這時才定下神來道：「師伯，他這個姓楊的……」

那當先一個僧人擺了擺手道：「空元，都看見啦，你扶空明進去吧！」

他一揮手，那身後五個僧人一齊走到，楊群冷笑依然。

那僧人微微一哂：「貧僧法玄——」

楊群道：「一法空慧，嗯，大師是少林二代弟子。」

法玄冷冷一笑道：「楊施主，敢問這位老施主是何人氏？」

楊群傲然道：「這個，咱們會對主持說明的。」

法玄長眉一軒，冷然道：「如此，施主請下山去吧。」

楊群冷笑一聲，正待發話，身旁的那老人忽然嗯了一聲道：「法玄大師言重了。」

法玄僧人雙目一閃，精光陡然外射，注視著那老者，但卻看不出底細。

驀然之間，一聲清越的鐘聲響起，法玄僧人面上神色一變，雙掌合十，恭恭敬敬讓向左方道：「方丈駕到！」

白鐵軍抬目一望，只見寺門之中走出三個和尚，左首一個是曾見過一面的一元大師，那居中的法相莊然，分明是那少林主持方丈。

白鐵軍暗暗心驚，只見那方丈走上前來，雙袍一抬，身後陸續走出六個僧人。

那和楊群一起上山的老者似乎不料少林方丈竟然親自現身，楊群緩緩退到老者身邊，那少林方丈合十宣了一聲佛號道：「老施主，楊施主請了。」

那老者突然向前一步，行了一禮道：「主持方丈請了，老夫來此是爲了一事請教少林……」

方丈面上神色絲毫看不出變化：「施主請說。」

老者道：「那齊青天傷在少林法元僧人毒爪之下……」

一元大師吃了一驚，不料竟是這一回事，忍不住插口道：「敢問齊青天是施主何人？」

老者淡淡道：「乃是小徒！」

白鐵軍大大震驚，那齊青天的功力已極爲深厚，雖然上次被自已擒龍神掌驚退，但仍以一人獨敵少林高僧猶佔上風，不料這老者竟是他的師父，那麼他定是絕世高人了。

一元大師也駭然道：「原來是齊施主的師父。」

老者淡然道：「那毒法乃是獨門，老夫力有不及，斗膽請少林方丈將解藥拿出一用……」

他此言甚爲托大，少林方丈淡淡道：「少林寺有的是濟世靈藥，卻無害人巨毒！」

他話音一落，雙目闔起，老者冷冷一笑，忽的楊群身形一掠，好比疾箭一般，猛地向左邊一把抓去。

白鐵軍只覺雙目一花，暗嘆一聲好快的身法，只見那一把抓向一個僧人，入目認得，正是那十年前名震天下用毒之王花不邪，如今法名法元，方才走出的六僧就有他一個。

楊群這一動委實太過快捷，法元才覺一驚，對方掌力已然罩住全身，再也退後不了。

楊群掌力正待外吐，突然身後衣袍一震，嘯聲大作，他頭都不回便知道一個少林高僧在後發出劈空神拳，這拳力之強，他不由駭然色變，急切之間左手一沉，右手生生收回自脅下一翻，倒拍而出。

他應變極爲快捷，力道後發先至，一觸之下，只覺胸口一重，暗吃一驚，呼地反過身來，只見一元大師站立在二丈之外，袍袂飄動不已。

他冷笑一聲道：「大師好沉的內力！」

雙手一劃，正待吐力，那老者忽然冷冷道：「群兒住手。」

楊群收掌後退，那少林方丈卻仍雙目微闔，老者突然上前二步道：「少林一門盛名天下多年，不知方丈是不是一個重守諾言之人！」

眾人都是一怔，少林方丈卻似乎一驚，雙目一張，神光陡然四射，對老者道：「施主此言何意？」

那老者淡然道：「楊陸訂下的諾言方丈可還記得？」

這楊陸乃是丐幫上代幫主，天下無人不知的楊老幫主的名字，少林眾增陡覺一驚，不由驚呼出聲。

那白鐵軍只聽得心頭一陣狂跳，不留神之間，足下發出一些聲息，那方丈聽了也面色陡變，也不知他發覺自己出聲沒有，只見他僧袍一拂，沉聲道：「那麼，施主是銀嶺神仙了！」

這銀嶺神仙四字一出，眾人更爲驚駭，白鐵軍只覺熱血上湧，忍不住幾乎衝了出去。

這時方丈面色已恢復如常，他右手一揮道：「法元，你將解藥給這施主帶去吧！」眾僧又是一驚，不知方丈如何忽然陡然答允，但都不敢出言，法元上前一步說道：「稟方丈，解藥弟子也沒有法子……」

方丈神僧面色一變，沉吟道：「一元師弟，你去取那『大檀丸』！」

他說出此語，不僅一元眾人色變，就是銀嶺神仙也微微震驚。

須知這少林「大檀丸」與雁蕩「玉蟬丹」、「九陽神散」爲武林三種至上藥品，這「大檀丸」幾乎有起死回生之效，少林寺中一共不過只有三粒而已，法元的毒功再厲害，以大檀丸加上內功治療，一定藥到病除。

一元大師微微遲疑了一下，緩緩入寺，這時大廳之前了無聲息，好一會一元取了回來，方丈伸手接過，沉吟了半晌，嘴角微微動著，不知喃喃自語什麼。

好一會，方丈緩緩抬起頭來，將那藥丸給了銀嶺神仙，銀嶺神仙此時面色也甚爲沉重，默默接下藥丸，還待說些什麼，但沉吟了一會，微一抱拳，緩緩走出大廳。

這時那少林方丈雙目一張，低聲道：「慢走！」

銀嶺神仙呆了一呆，方丈陡然上前三步，右袍疾拂而出。

銀嶺神仙面色陡然變色，頷下銀鬚倒立，左手一立，兩股力道一凝而滅，只見銀嶺神仙面上神色連變，方丈神僧雙目一闔，神光頓隱，冷然道：「領教。」

銀嶺神仙突然哈哈大笑起來：「老夫能一見少林金剛神功，確是不虛此行。」

他緩緩反過身來走出大廳，眾僧都驚呆了，只見那少林方丈面上陰晴不定，都不敢打擾。

銀嶺神仙走出廳門，忽然止住足步，冷冷說道：「樹後的人出來吧！」

白鐵軍知道自己方才心亂之際，不留神出了聲音已被發覺，他只輕輕一躍，飄了下來。

他才一沾地，楊群已經駭然變色，他指白鐵軍道：「大叔……大叔……上次就是這小子……」

白鐵軍若泰山之穩，卻又流露出一種威猛無比的氣度，他向著少林群僧行了一個羅圈揖，朗聲道：「小可白鐵軍，請大師恕過擅闖寶剎之罪。」

少林方丈還了一禮尚未開口，那銀嶺神仙已指著白鐵軍道：「姓白的小子，把你的師承來歷說給老夫聽聽。」

白鐵軍道：「白某素聞銀嶺神仙威震漠北，是個神秘無比的世外高手，白某倒是十分想知道薛老前輩你的師承來歷。」

銀嶺神仙氣得臉色驟變，便是少林寺的大師們也都在心中暗暗叫糟，只見銀嶺神仙忽然跨前兩步，白鐵軍雙目如炬，全神凝注。

然而就在此時，側面的楊群冷聲道：「倒下！」

他一掌如同閃電般拍到白鐵軍左脅，這一下太過突然，本來所有人的目光全聚在銀嶺神仙上，卻不料楊群突然發掌，一時之間全都緊張得叫出了聲。

白鐵軍聞風而知掌至，他沒考慮的餘地，他知道暢群的掌力重如泰山，只見他開聲吐氣地大喊一聲：「嘿！」反身一記倒摔碑大印手飛摔而出，他心中暗暗地道：「這時若是銀嶺神仙再發一掌，我白鐵軍就要命喪此地了！」

轟然一震，楊群退了一步，白鐵軍也退了一步，他清醒一下頭腦，知道銀嶺神仙並未發掌——因爲他還活著。

少林寺威鎮武林的就是掌上的功夫，然而卻是沒有見過這麼威風凜凜的一記捽碑手，眾僧呆了半晌，忍不住叫出「好」來。

這時那銀嶺神仙又跨前了一步，他對著白鐵軍一揚衣袖，面上顏色陡變酡紅。

白鐵軍再也不敢有第二個思想，奮起畢身功力一掌「六丁開山」橫推過去。

銀嶺神仙卻在這一剎那之間猛然收招，如同輕煙一般閃到右邊，白鐵軍驚天動地的內力已發，如排山倒海一般直湧而前，轟隆一聲正好擊在前面一口青色巨鐘之上。

只聽得嘩啦一響，那口巨鐘被白鐵軍一掌打成粉碎。

白鐵軍暗道：「這下壞了，又毀少林的寶物……」

他人在極度緊張之中，絲毫沒有注意到四周少林僧人全都面露狂喜之色，只差沒有齊聲歡呼出來。

銀嶺神仙望著白鐵軍這驚天動地的一擊，面上露出沉思之色。

過了一會，忽然問道：「姓白的，你可是來自大漠落英塔？」

白鐵軍哈哈笑道：「薛老爺子，你猜錯了。」

銀嶺神仙面上神色古怪之極，緊接問道：「錢百鋒是你什麼人？」

白鐵軍一怔。

數十少林僧人也是大震，「錢百鋒」這三個字重重地震駭了每個人的心。

白鐵軍在這個當兒，心中忽然如同靈光閃過，他驀然想起一個人來：「漠北……錢百鋒？對了，那錢冰不是從漠北來的麼？」

正是，錢冰正是來自漠北，這其中莫非有什麼關係麼？

風吹刮著，灰沙在天空中飛揚。

錢冰緩緩地走著，他的臉上現出一種灑脫的神采，但是沒有人知道那瀟灑自若的神色下，究竟還藏著什麼。

他信步向前走著，心中暗暗想：「前面不遠處，該有一個村鎮了。」

他伸手摸了摸衣袋，袋中除了那巧妹給他的一對金釵還有足夠的銀錢，心想那巨木山莊的伐木工資可真不算低，自己不過隨便做了一些工，卻也賺了不少！

前面是一片茫茫的遠景，誰也不知道那前面的路途上會遇見一些什麼事。人生在世，總是在茫茫中摸索著前進。

他默默地道：「若是人能知道未來……」

他抬起眼來向前望，風在響，塵沙在飛舞。

「前途總是茫茫的，未來總是一個謎，我走在這裡，又怎知下個時辰會怎麼樣？也許世上的事全是一個偶然，但是也許在這個世上的每一件事冥冥之中早已有人定好了……」

他想到這裡，腳步加快了一些，搖頭嘆道：「如果世事冥冥早有天定，人謀豈能勝過天算，那更不須多憂多慮了。」

他的嘴角露出一絲瀟灑的微笑，繼續向前走。

走過了前面的大山坡，他忽然看見了兩個熟人——

只見前面十丈之處，立著好幾個人，其中有兩個人他是認得的，一個是悅來客棧的老闆葉老頭，另一個卻是賣了那匹瘦馬給他的馬販。

錢冰十分意外地叫了一聲，那邊的人全回過頭來。

葉老頭也驚啊了一聲，那「馬販」卻指著錢冰驚道：「你……你……」

錢冰走上前去，但是他只走了幾步就停止了，因爲他發覺場中的氣氛大大不對。

那「馬販」的身後站著三個大漢，手中竟持著雪亮的鋼刀，那葉老頭的身邊還跪著一個蓬頭散髮的青年婦人。

葉老頭過了一會兒指著那「馬販」喝道：「鄧森，你也是成名武林的高手了，怎會連這等醜事也做得出手？」

那「馬販」冷笑道：「葉老頭，我問你今日架我鄧森這根樑子，是因公還是爲私？」

葉老頭道：「爲公，我要向你討回那支銀劍，爲私，我要你放回這無辜的孩子。」

那鄧森捧腹狂笑起來，他咄咄逼人地道：「爲公麼？葉老頭，你已不是華山門人了，哈哈，爲私麼？這孩子既非你葉某的兒子，這婦人也不是你老兒的媳婦，你嚷些什麼？」

葉老頭勃然大怒，全身氣得發抖。

他指著鄧森大喝道：「鄧森，我葉飛雨封劍以後，發誓除了碰上夏侯康絕不動劍，你不要逼我再開殺戒！」

那鄧森臉上忽然露出無比陰森之色，他冷然道：「葉飛雨，我瞧這孩子骨格生得不錯，收了他做徒兒，這是他的造化，與你何干？」

葉老頭指著身邊的婦人道：「你須先問問孩子的母親答不答應。」

鄧森怒道：「難不成一個娘兒們不答應，我青龍鄧森就收不成徒兒？哪有這等怪事！」

葉老頭嘆道：「武林中老一輩的個個獨善其身，俠義之道淪落，所以讓你養成了這麼驕橫的性子。」

錢冰在一旁聽得出神，這時候才發現那鄧森背後的大漢身旁躺著一個三歲大小的娃兒，似乎昏迷了過去，一動不動。

鄧森罵道：「葉飛雨，我鄧某是見你年老才對你客氣，你不要狂得忘了鄧某是什麼人物。」

葉老頭道：「鄧森，你是非要葉某動手不成了？」

鄧森只是冷笑，卻不回答。

錢冰站在一旁，忽覺鄧森的臉色愈來愈是陰森，他直覺地覺得鄧森是懷著什麼陰謀詭計，但是從現場情形看去，卻是看不出什麼來。

葉老頭長嘆了一聲，雙目凝視著鄧森，似乎有些惋惜與無奈的模樣。

他腳邊那年輕少婦忽然抱住他的腳哭道：「老爺子你仗義拔刀，小婦人這裡給你叩頭……只是……只是這強人太……太厲害了……」

葉老頭低首柔聲道：「這位娘子妳只管放心，老夫與妳作主。」

他微一抖手，叮然一聲，長劍已到了手中。

錢冰暗道：「那日在悅來客棧喝酒時，這葉老頭是何等老邁衰弱的模樣，想不到他也是一個有武藝的高人，市井中盡有屠狗英雄，這句話真是不錯……」

那鄧森見葉老頭拔出了長劍，冷冷笑道：「十多年前追魂劍葉飛雨的確是名動天下，只是在我鄧森這後進小子的眼中看來，不過是浪得虛名之徒罷了。」

葉老頭長劍到了手中，霎時之間彷彿變了一個人似的，只見他雙目神光如炬，白鬍簌然而震，一股無以復加的英雄豪氣躍然而出，錢冰不禁看得呆了。

只見他微撫長鬍，朗聲道：「葉某行遍江湖之時，你鄧森是什麼人物，今日是你逼我動手，葉某叫你死而無憾！」

鄧森嘿嘿冷笑數聲，臉上陰森之意愈濃，只見他忽然微一揮手，他身後一個大漢忽然猛一揚手，十支帶火的飛箭脫手而出，直向葉老頭打去——

葉飛雨微一偏首，那一縷火光呼的一聲從他頭邊飛過，奪的一聲釘在他身後的大樹上。

葉飛雨大笑道：「原來青龍鄧森的把戲……」

他話尚未說完，那大樹幹上忽然突突冒出濃煙，接著轟然一響，那樹幹上竟然爆出霹靂般的火光。

錢冰驚呼一聲，那葉飛雨一見濃煙冒出，接著聞得強烈硫磺之味，一個念頭閃電般穿過他的腦海——「火藥！」

只見他如同一股旋風一般猛一俯身，伸手抓住了地上的少婦，猛然向左一丟，自己的身形卻往右猛退！

那少婦早已嚇得魂不附體，葉飛雨把她一把丟起，那力道卻是用得巧妙之極。只見她在空中翻了一個跟斗，竟是安安穩穩地落在地上，一毛一髮也不曾傷及。

這少婦方始落地，那棵大樹便轟然炸開了，轟隆一聲倒了下來，葉飛雨身形如箭一般右竄，堪堪避了開去。

錢冰看得呆了，正要忘形大聲叫好，卻見那葉飛雨身形一落，草地竟是突然一陷，他大叫一聲哎喲，身子便跌了下去。

原來那草地上竟然預先挖了一個深坑，上面蓋著雜草一點也看不出來，那鄧森估量葉飛雨在這種情況之下，必然是向這邊竄躲，便在這裡挖了一個陷坑，設計真算得上天衣無縫了。

葉飛雨一聲大叫跌落下去，那鄧森立即大喝一聲撲了過去，雙掌一推，便向陷坑中猛拍下去。

青龍鄧森掌上功夫極是厲害，只見他雙掌挾著嗚嗚怪嘯直拍下去，在他計算中，正是打在葉飛雨的頭頂上去。

卻不料葉飛雨輕功驚人，就在這剎那之間，他已縱跳上來，從落坑到提氣縱起，不過是電光火石之間，那份輕靈迅速，簡直叫人不敢相信。

青龍鄧森的一掌已經打出，再也無法改變，這時葉飛雨既已縱出，那排山倒海般掌力正好打在葉飛雨的雙腿之上。

葉飛雨雙足一落空時，他心中已知怎麼回事，他知道青龍鄧森投井下石的下一招必然也接踵而至，他施出平生絕學，腳尖尚未點地便已蕩身借勢而起，然而畢竟還是慢了一點，鄧森的雙掌已打到他腿上，躲無可躲。

然而在這無可奈何的情況下，葉飛雨猶自保持著冷靜，一絲也不亂，他猛然抬起右腿，讓左腿硬受了一掌。

只聽得葉飛雨悶哼一聲，身子被打出了三丈有餘，夾著一聲刺耳的骨折之聲，然而緊接著的是青龍鄧森一聲淒厲的慘叫，他胸前鮮血狂湧，一柄寒光霍霍的長劍貫穿他的胸膛——

葉飛雨一跤摔在地上，然而就在他中掌斷骨的一剎那間，他一聲不響地施出華山神劍第三十六式「乾坤一擲」的擲劍絕招，這一招乃是華山劍法中的拚命絕著，追魂劍葉飛雨拚著孤注一擲地飛劍出手，當真是聚合了畢生功力，在一招之中就取了青龍鄧森的性命！

錢冰被這一剎那間的劇變驚得呆住了，只見葉飛雨用雙手扶著地面，用那剩下完好的一隻右腿立了起來，他雖然只是一腿，但是那金雞獨立之勢卻是有說不出的威猛，那一隻腿釘在地上，好像便是千軍萬馬上來也推他不倒的氣概。

那三個手持鋼刀的大漢本是一聲吆喝，一齊向著葉飛雨蜂湧上來，但是跑到他立身之處不及半丈之時，葉飛雨陡然大喝一聲：「鼠輩敢爾！」

那三個大漢一碰上葉飛雨那神威般的目光，竟是不約而同地一齊大喊一聲，拔腿轉身就跑，三人一個向南跑，一個向北跑，一個向西跑。

葉飛雨就用那一隻單腿猛然縱聲躍起，整個身形突如一隻大鷹一般飛翔而起，直向那向南逃跑的大漢追去，那大漢原本跑得最快，猛一回頭，只見葉飛雨已到了他的頭上，他驚叫一聲，「啪」的一聲，葉飛雨一掌拍在他頭上。

那大漢慘叫一聲倒斃地上，葉飛雨卻是足不落地，藉著這一掌按下之力，居然騰空又起，疾逾飛箭般向那往西逃跑的大漢。

那大漢只覺頭上生風，反身揮刀就砍，葉飛雨哼了一聲，雙掌一陣飛舞，劈手就奪過那大漢手中之刀，左掌一拍，立時將那大漢斃在掌下。

但是他的一口真氣畢竟無法再次騰空去追那第三個大漢，眼見那大漢向北逃走了。

葉飛雨一跤摔落地上，那個年輕婦人哭著跑了上來，跪在地上扶起他。

十四　銀髮貴人

葉飛雨在剎那之間臉上消退了那威猛駭人的凶光，取而代之的是一種出奇的平和之色，似乎什麼也不曾發生過，他指著那邊躺在地上的小孩兒道：「妳把孩子抱來。」

那婦人跑過去把那孩子抱過來，葉飛雨在那孩子背上拍了兩下，那孩子如同從睡夢中醒過來，張口大叫媽媽。

那少婦接過孩子，又是親又是疼，葉飛雨望著那母子親熱的模樣，忽然別過頭去不願看了。

這時錢冰緩步走了上來，只見葉飛雨對那婦人道：「妳快抱孩子回家去吧，別再待在這裡啦。」

那少婦向著葉飛雨跪拜下來，葉飛雨氣道：「你們還不走麼？」

那少婦囁嚅道：「可是恩公……你……你的腿……」

葉飛雨皺眉道：「這個我自己省得，妳快走吧。」

那婦人拜了兩拜道：「恩公尊姓可否賜示，咱們回去立個長生……」

她還未說完，葉飛雨已經叫了起來：「我又沒死，要妳立什麼長生祠位，快回去，快回去呀！」

那少婦只好抱著孩子走了。

葉老頭鬆了一口氣，轉過身來，衝著錢冰笑道：「人生何處不相逢，小哥兒，咱們又朝面啦。」

錢冰道：「葉老先生好俊的身手。」

葉飛雨哈哈笑道：「武林中的事不是你殺我就是我殺你，老夫修心養性這些年來，想不到今日又大開殺戒，倒讓小哥見笑了。」

錢冰道：「老先生分明是仗義行俠，錢冰佩服不已。」

葉飛雨望著天空的白雲，臉上現出奇異的神情，過了許久，忽然喃喃道：「……葉梵……葉飛雨……追魂劍，這些都是昔日的名詞了，我只待大事一了，從此不出人世間半步了……」

錢冰聽得一呆，不知該如何搭腔，只好怔怔地站在那兒。

過了一會，葉飛雨道：「小哥兒自從那日路經我那小店，後來有沒有再去過？」

錢冰何等聰明，他知道葉飛雨想要打聽他女兒小梅的情形，他搖了搖頭道：「沒有，不過我後來又碰見令嬡……」

他話才出口，葉飛雨一把抓住他，問道：「你碰見小梅？在什麼地方？」

錢冰道：「我是在一個叫做『巨木山莊』的地方碰見她……」

葉飛雨的臉色微微一變，他指著錢冰道：「你……在巨木山莊？」

錢冰笑道：「我曾經過那裡。」

葉飛雨啊了一聲，過了一會，結結巴巴地問道：「她……她……她可好？」

錢冰望著他那焦急和關注的神情，心中不禁感動起來，葉老爺子臉上方才那叱吒風雲的豪態不見了，這時所剩下的只是一個爲人父的慈愛，普天之下爲人父的都是這樣。

葉飛雨見他不答，不由更急道：「她怎……怎麼了？」

錢冰吃了一驚道：「啊！她很好呀！」

葉飛雨輕輕嘆了一口氣，錢冰望著他，心中又想起另一個老人，他好像看見了那老人，但忽然之間，又像離得天遠了，一時之間，錢冰分不出是悲是喜。

不知過了多久，葉飛雨道：「小哥兒，你扶我一程吧，前面不遠處就有村鎭。」

錢冰道：「還是讓我找一根樹枝替老先生腿上綁一綁。」

他替葉飛雨綁好了斷足，便扶著他一路向前走去。

葉飛雨在那青龍鄧森身上搜出了一柄小銀劍，錢冰邊走邊問道：「葉老先生，方才那個婦人與你什麼關係？」

葉飛雨笑道：「什麼關係？什麼關係都沒有，到現在我連她的姓名都不知道。」

錢冰道：「那麼你爲她拚命死戰……」

葉飛雨忽然哈哈大笑起來，他笑道：「若要管天下不平事，還要管她是你什麼人麼？」

錢冰回過頭來望他，只覺他那豪壯的神態倒和白鐵軍有幾分相似，他心中不禁爲之悠然神往。

不多久他們就走到一個小鎮，錢冰扶著他走入一個小酒店吃了一頓。

葉飛雨乾了一杯道：「錢老弟，咱們倆雖是一老一小，但是可說得上是一見如故，如你不嫌棄，以後就稱我一聲老哥吧。」

錢冰這人生性隨和，與什麼人都談得來，他看來生得文雅，卻是毫爽得緊，聞言也不推辭，只是笑著舉杯而飲。

錢冰扶著葉飛雨走出酒店，錢冰道：「先尋個大夫瞧瞧你的腿吧。」

葉飛雨道：「不，我要先趕到巨木山莊去。」

錢冰道：「那麼你的腿傷呢？」

葉飛雨道：「我自己已經接上了，敷上我獨門的傷藥，不出一月就能痊癒，看什麼醫生？」

錢冰道：「但是你行走不便，如何去得巨木山莊？」

葉飛雨道：「若是有一匹馬便行了。」

他說著便伸手到衣袋中去摸錢，但是伸進去的手卻遲遲不見掏出來，錢冰知道他身上沒有錢了，便扶著他到一個賣馬的販子處，揀了一匹馬問了價錢，他把自己身上所有的錢拿出來付了。

葉飛雨道：「老弟，這……這……」

錢冰搓了搓手大笑道：「這算得什麼？小弟這邊還有些錢。」

葉飛雨也豪放地大笑道：「山不轉路轉，咱們還是要碰頭的，下次做老哥的送你一匹千里良駒。」

錢冰笑道：「小弟先謝了。」

葉飛雨雙手扶著馬鞍，手上一用勁，整個身軀輕飄飄地就上了馬背，他望了望錢冰道：「老弟，你此去何處？」

錢冰道：「小弟還有幾件事要辦……」

葉飛雨也不多問，道：「如要尋我，只到巨木山莊便可。」

錢冰伸手在馬背上一拍，叫道：「馬兒快跑，送你主人去看他女兒呀。」

那馬兒的得的得地跑遠了，錢冰見馬兒跑得不見蹤影，才緩緩走出這小村鎮。

他仰首望了望天，身上又是一文不名了，他喃喃地道：「他仗義救那孩子的時候，何嘗想到過自己安危的事，我這幾文錢又算得什麼？」

他聳了聳肩，跨著瀟灑的步子向前快走而去。

出了幾里路，他哼著自己編的小調，一遍又一遍，只是每一遍都有一兩句不同的，不覺天黑。

錢冰暗道：「天黑得真快呀。」

錢冰受託傳達信物之事已畢，本當立刻動程北歸，但心中猶豫不決，那江南繁華倒還其次，每想到深閨中盼望「良人」的巧妹，不覺又是焦慮又是心虛，每往前行一步，心中便沉重一分，每日間行個十數里，便自徘徊留連起來。

這日買馬送給葉飛雨，身上只剩一點碎銀，次日在江邊搭船往無錫去。

和風煦煦，船行得又穩又平，到了中午時分，靠在一處大埠休息，錢冰吃過午飯，走在船甲板，深深呼吸幾下，只覺受用無比，忽見岸邊走來一個年老女子，滿頭銀髮如絲，陽光下閃閃有光，令人看了有說不出的舒服。

錢冰仔細打量了兩下，那女子如依她滿頭白髮看來，至少已是古稀之年，但容顏姣好，一襲白布衣裙，卻是絲毫掩不住她雍容華貴的風姿，令人油然起敬。

那婦人手提一隻大包，往船邊走來，忽然止步向岸邊一個水果攤子張望，錢冰也跟著她的目光望去，只見一對少年男女正在購買桃子，那女的不斷往那少年手中塞，直到那少年雙手再無法容納，便順手拋了一個元寶，陪著那少年走到另一隻船邊。

這時正當桃李上市價格低廉，這十多個桃子哪裡值得這許多錢，那小販手握元寶眼睛睜得大大的，不知要怎樣是好？

那少婦不住叮嚀，那少年卻是東張西望，一臉躍躍欲試的模樣，十分中聽進去一分便不錯了，那銀髮婦人瞧得癡癡出神，直到錢冰所乘帆船起錨，才驚覺過來，揮手叫道：「船家！船家等一下。」

她提著包裹走上船來，錢冰連忙將她手中包裹接下替她安放妥當。

那銀髮婦人連連道：「好孩子！乖孩子！」

錢冰聽了心中十分舒服，便搭訕道：「伯母，您也去無錫？」

那銀髮婦人道：「我小孫女也有你這年齡，叫我婆婆罷了。」

錢冰為人隨和，從不計較這種稱謂，但順她意思叫「婆婆」，那銀髮婆婆很是高興，只覺這少年極爲可愛，便和錢冰有說有笑談了起來。

銀髮婆婆談吐文雅輕鬆，舉止之間極有氣度，錢冰心中更是敬仰，晌午一過，風波起了，那帆船吃足了風，破浪疾行，錢冰見江風愈大，吹得銀髮婆婆滿頭銀絲都亂了，便道：「婆婆，下艙去吧，甲板上風兒太猛。」

銀髮婆婆笑道：「江南秀麗，連風也是如此溫和，那裡吹得動老身？」

錢冰瞧著那一頭銀絲，實在忍不住問道：「婆婆，別人頭髮白了，都是斑斑灰色，頹然無光，您老這頭髮怎麼白得這樣好看？」

銀髮婆婆見他問得天真，笑盈盈地道：「乖孩子，婆婆頭髮好看麼？婆婆自己一點也不知道！」

錢冰道：「如果頭髮白得有婆婆這樣好看，我也願早白的好。」

銀髮婆婆道：「從前婆婆在鏡中發現第一根白髮時，心中真不好受，比瞧到生死大仇還恨些，對鏡拔了個光，後來每天早上起來又多了幾根，拔也拔不盡，便只有算了。」

兩人談笑之間，從艙內又走出一個年輕道士來，迎面和兩人照了個面，緩步走到船邊，望著江水默然。

忽然間銀髮婆婆住口不說了，注視著那青年道士，面上一陣迷惘之色。

錢冰低聲道：「婆婆，這人是武當道士。」

銀髮婆婆忽然爲難地道：「婆婆心中有一事想問這小道士，又不知如何稱呼他，喂，好孩子，你說怎麼辦？」

錢冰道：「婆婆稱他『道長』便得了。」

銀髮婆婆搖頭道：「不對，我偌大一把年紀，怎樣也是他長輩，叫他道長，豈不自降身分麼？你再想想看。」

錢冰低聲道：「既是這樣，便叫他『小道士』……不成，這人也許頗有名望，這樣稱他只怕他心中不樂，婆婆問他什麼事，他如知道十分的，頂多只講一分，說不定一怒之下，胡亂拿些話來搪塞騙婆婆。」

銀髮婆婆不住點頭道：「好孩子真聰明，想得也真周到，依你說該如何？啊，對了，喂！」

她叫「喂」的聲音極大，雖是在叫錢冰，那青年道士果然回轉頭來，她急中生智，想起了年輕作少女時，爲了引起那人注意，故意和姊妹高聲談話的往事來，這番果然見效，但她沉緬昔日種種，竟忘了爲什麼要叫那青年道士回頭來。

錢冰急道：「道長，婆婆有事問你。」

那青年道士一怔，打量兩人一眼，銀髮婆婆問道：「你可姓馬？」

那青年道士心中一驚道：「貧道武當馬九淵。」

銀髮婆婆又道：「從前西北甘蘭道上有一個好漢，叫馬回回的是你什麼人？」

她說話有一種頤指氣使之態，馬九淵是武當七子中傑出人物，見這素昧平生的老婆婆像是審問自己一般，心中微感不悅，但瞧了兩眼，只覺這老婆婆實在老得漂亮可親，當下心平氣和地道：「正是貧道先祖父。」

銀髮婆婆大喜，眉花眼笑，她雙眉本就分得極開，笑起來更是和藹，當下道：「你是馬回回的孫子，馬回回連孫子也有了，時間過得真快呀！」

馬九淵不知是真是假，這老婆婆自稱和他祖父是好朋友。自己豈不是在一刻之間低了兩輩，他心中沉吟，只見錢冰站在銀髮婆婆旁邊，一臉得意的樣子，好像分享光榮一樣，也不知他何事自得，當下默然。

銀髮婆婆忽顫聲道：「你……你說什麼先祖……祖父，馬回……回過世了麼？」

她問到馬九淵先人，馬九淵不能不答，黯然道：「先祖去世已近二十年。」

銀髮婆婆嘆口氣道：「唉！婆婆本還待到蘭州去看看好朋友，請他幫件忙，但卻來得遲了，喂，我問你，你祖父那件冤枉洗清了麼？」

馬九淵心中大震，那件事實在是他祖父馬回回一生最大恨憾，也是一生最大秘密，這銀髮婆婆居然知道，那麼她和祖父交情可想而知，當下再無疑惑，恭然道：「家祖父一生耿耿此事，至死猶念念不能忘懷，他老人家朝暮鬱鬱便是爲此，終於抱憾死去。」

銀髮婆婆悠然道：「其實你祖父也不必如此自苦的，知道這事的壞人早就都死了，另外兩個人也知道他是受了天大冤屈，怎會瞧他不起？那時候，你祖父大會西北道上英雄，是何等氣概，那是太久……太久以前的事啦！」

她神色又是歡喜又是惋惜，錢冰心中暗道：「這銀髮婆婆年歲不小，但情感還如少年人一般，喜怒哀樂形諸於色，那麼她至少還可活上幾十年吧！」

馬九淵道：「前輩既是貧道家祖好友，但有差遣，貧道義不容辭。」

他這人最是乾脆，聽說這婆婆找祖父有事，暗忖以自己身分是萬萬可以承擔得下，就先答應下來。

銀髮婆婆想了想道：「聽說武當派近年來很是興盛，你掌教師祖還是周道長罷？有一個姓尹的道姑是否還在純陽觀中？」

馬九淵聽她說起的都是本派前輩，更是肅然起敬，正容道：「周祖師早已仙去，尹師祖是敝派僅餘碩果的老前輩，為湖北白龍觀觀主，家師天玄真人，算起輩份來也只是尹師祖師侄輩。」

銀髮婆婆又長嘆一口氣，恍若有隔世感覺，口中喃喃道：「故人皆老！余亦衰矣！」

錢冰心道：「想不到這樣可親的婆婆，從前還是江湖上風雲人物，她年輕的時候，一定美得不得了，飛騎千里，行俠仗義，那生活一定如神仙一般，古之紅拂女也未必比她灑然，不對，這婆婆臉上都是高華之氣，那紅拂女雖是一代女傑，但出身畢竟低了些，我怎能亂比，真是沒有學問了。」他想著想著，不由出神了。

那銀髮婆婆見錢冰怔怔出神，也不知他在想什麼，當下對馬九淵道士道：「我想請你打聽一個人。」

馬九淵道：「前輩只管吩咐，敝派師兄弟遍於天下，尋個人倒還不是難事。」

那銀髮婆婆喜道：「好極了，乖孩子，婆婆頂喜歡爽快的孩子，只要你替我找到這人，婆婆包管有好處給你。」

錢冰偷眼一看馬九淵，只見他滿臉尷尬之色，「武當七子」在武林中威名如雷，遠在「雁蕩三劍」之上，馬九淵和錢冰可大不同，這時被一個慈祥婆婆「乖孩子」「好孩子」的叫，真是啼笑皆非，錢冰看得有趣，本來就很高興，此時更是笑容掛到耳邊。

馬九淵道：「前輩要尋什麼人，尙請見告。」

銀髮婆婆道：「這人年紀比你倆人還小些，是個美貌……相當美貌的少女，武功還過得去，不對，武功和武林中人比起來，那已是很高的了。」

馬九淵想趕快擺脫這尷尬場合，連聲應道：「有這些便夠了，她武功高超，又是年輕少女，這條線索是很明顯的，貧道一定替婆婆效力。」

銀髮婆婆道：「你如發現她蹤跡，千萬告訴她說婆婆親自來尋她了，再不回去，等她爺爺也來找，就是上天下地也要把她抓回去，那可有點不妙。」

馬九淵不住點頭，稽首向兩人爲禮，下到船艙去了。

銀髮婆婆道：「孩子，你看那小道士有沒有一點把握。」

錢冰道：「這道士名氣很不小，我想他總不致於亂說話。」

銀髮婆婆憂然道：「婆婆如果不是久不出江湖生疏了，怎會低聲下氣去求那小道士，好孩子，你不見那小道士一臉不耐煩的樣子，好像有毒蛇猛獸在旁，多站一會都不肯，哼哼，當年他祖父對我都言聽計從，不敢說半個『不』字。」

她鼻子上聳，表示加強語氣。

錢冰道：「婆婆有多少年沒出江湖了？」

銀髮婆婆想了想道：「總有五六十年了。」

錢冰咋舌道：「這麼久，那時婆婆一定是很年輕了。」

銀髮婆婆道：「那時婆婆也才十多歲，嘿嘿！婆婆那時威風可不小，像什麼『祁連雙俠』、『松潘二怪』，婆婆講句話就像金口玉言一般，便是馬回回領袖西北武林，也跟在婆婆後面看臉色行事，不敢多講半句。」

她愈說愈得意，忽然想到這昔日友人已作古而去，不該出他之醜，心中略感慚愧道：「好孩子，這些事已經過去了，婆婆不該翻出來再講，只是那小道士實在太氣人，好孩子，你不會拿出來亂說吧！」

錢冰點點頭，那銀髮婆婆回想年輕時，和馬回回在甘蘭道上行走的種種淘氣之事，目光越來越是柔和，但總有一種淒寂之色，便如江上夕陽，雖是美艷不可方物，但總有向晚之意。

銀髮婆婆道：「我那小孫女實在太不聽話，她淘氣調皮，婆婆都縱容不管，但她小腦袋太愛胡思亂想，有時婆婆隨便一句無心之言，她便認真的幾天不言不語，但有時卻又莫名其妙歡天喜地纏著婆婆親熱，其實婆婆也不知是什麼事使她開心了，你說這人怪不怪？」

錢冰一怔恍然道：「婆婆要尋的便是您老人家孫女了，她這次又為什麼要出家外出？」

銀髮婆婆嘆息道：「如果婆婆知道，那便好了，那天大家還好生生在一塊吃飯，但她晚上便溜了，只留下一個紙捲兒給婆婆，道『婆婆我走了』，這一走便是幾個月，她爺爺脾氣發過了，這些日子來心中惦掛是不用說的啦，可是他又不願向這個小丫頭低頭，那還有什麼辦法，只有我這苦命的婆婆又出來東奔西走了。」

錢冰這人極是隨和，那銀髮婆婆和他相處不到半晌，已把他當作自己家裡人一般，向他訴起苦來，錢冰暗自忖道：「這孩子的母親呢？」

但想到此事可能引起銀髮婆婆的傷心，一句話到了嘴邊又縮了回去，錢冰笑道：「婆婆請放寬心，您老人家孫女兒一定安然無恙。」

銀髮婆婆奇道：「你怎麼知道？」

錢冰道：「婆婆您老人家從前年輕時行走江湖，也沒吃著虧吧！」

銀髮婆婆想了想，點點頭道：「這小丫頭哪能和婆婆比，她行事往往出人意表，而且莫名其妙的感情最多，我怕她被壞人欺騙，那時就連婆婆也是束手無策了。」

錢冰道：「婆婆的孫女一定美麗得緊，她武功又高，別人恭維跟隨還來不及，哪裡敢欺騙她，從前小道士的祖父還有很多人，不都是很怕婆婆麼？」

銀髮婆婆道：「婆婆的身分和小丫頭大大不同，自然無人敢欺侮，你不會明白的。」

錢冰拍手笑道：「婆婆年輕時一定是傾國之色了，馬回回他們只要看婆婆一眼，便不敢多說話，我講得可對。」

他口中說著，心中卻想起那張傾國傾城的面孔來，此刻怕正在西子湖畔的閨中深處愁凝眉梢吧！但他講話聲音太大，船艙下馬九淵聽得臉上一陣青一陣白，心中惱怒之極。

銀髮婆婆道：「那倒不是，馬回回聽我命令是另外一個原因，說起來婆婆也不該挾持他，這人爲人也真不壞。」

馬九淵心中懊惱忖道：「這銀髮婆婆不知還要誹謗我祖父什麼事，我去照個面阻止她再說。」當下又步到甲舨之上，裝作觀賞江中暮景。

錢冰和那銀髮婆婆談天，不覺時間過得很快，那船馳近一處大埠，又靠岸休息了。

這時暮色蒼蒼，那鎮上已是萬家燈火，遠遠望去，極是繁華，馬九淵趕快向兩人作別道：「前輩放心，貧道這就替前輩尋千金孫女。」

銀髮婆婆向他道了謝，看到馬九淵背影消失在鎮中喧嘩處，心中若有所失。

這時船家開上飯來，都是幾樣粗劣素菜，錢冰一路上心情暢快，腹中已餓，他囊中羞澀，心想區區半兩銀子船資，船家要供好幾頓飯，有這大白米飯吃也便不錯了，當下回首對銀髮婆婆道：「婆婆咱們吃飯吧！」

那銀髮婆婆一皺眉道：「你去叫船家上岸去叫幾樣精緻小菜來。」

錢冰心中暗暗叫苦，他目下全身只有半錢不到銀子，總不能讓婆婆破費，這便如何是好？當下正自沉吟，那銀髮婆婆道：「快去呀，婆婆瞧你已經餓了，好好吃一頓，明兒一早，便到無錫了。」

錢冰無奈，吩咐船家叫菜，那船家見銀髮婆婆氣派不凡，便上岸叫了整桌酒席，連侍候的人全給帶來了，錢冰見事已至此，只有走著瞧吧。他從漠北東來，一路上爲錢的事實是傷了不少腦筋，但總是怡然自得，只有此刻竟覺無地自容，那光景便如一個浪子久遊在外，回到家中連打發挑夫的錢都沒有，還要向年老母親伸手一般尷尬。他雖只和銀髮婆婆相處半日，但心中卻隱然將「婆婆」看作親人一般了。

錢冰只覺食不甘味，銀髮婆婆昔年也是個聰明絕頂的才女，早將他心事瞧穿，心中暗暗好笑，並不說穿，只不住的勸錢冰吃菜。

這時月亮初上，那船甲板極為寬敞，清風吹來，盡是酒菜香氣，錢冰見吃也吃得差不多了，心下一横，連喝兩杯酒，那銀髮婆婆瞇著眼，心中反來覆去只是這個念頭：「如果我有一個這樣聽話標緻的小孫子，那可有多好，唉，這一輩子是沒有這種福氣了。」

吃到將近初更，錢冰吃得飽得幾乎不能動了，銀髮婆婆這才滿意，從懷中取出一小錠金子交給侍者，那侍者用手掂了掂道：「還要找您老十兩銀子。」

銀髮婆婆搖手道：「算了，你就和船家分了吧！」

那侍者和船家千謝萬謝，銀髮婆婆只見錢冰這時反倒安然，心中更是喜愛，忖道：「這孩子隨和得可愛，男兒本當如是，不能拘於小節。」

想到錢冰當真不是自己孫子，不禁意興闌珊，緩緩走下甲舨，進了她一個人獨佔的一間艙房去睡了。

錢冰打著飽嗝，心中自嘲道：「人言『和氣生財』，看來是不錯的了，我為人和氣，便有吃有喝的，但我這一生難道便這樣混下去？」

他活了二十年，從來沒有想到這個問題，實是得過且過慣了，此時想來，不禁一片茫然，轉念又忖道：「我生平從來沒有發過脾氣，古人說『大丈夫揮金如沙，殺人如麻』，我不是大丈夫那是不用說的了，但……但我真的沒有一絲脾氣，沒有一絲性格？」

他想了好半天，無聊地從行李中將「魚腸寶劍」取出，抽劍撫拭，那劍是上古利器，黑暗中放著泓然光芒，著膚生寒。

夜意漸深，錢冰也走下艙舨，將劍擱在枕上朦朦睡去，那船家為趕另一筆生意，中夜放舟，錢冰次晨一醒，船已過太湖，濱無錫停了。

那船家將銀髮婆婆供奉得像財神爺一般，連忙替她將行囊搬到岸邊，錢冰也提了他那簡單行囊下了船，只見岸邊挑夫一擁而上，將銀髮婆婆行囊搶了便走，那銀髮婆婆呆站岸邊手足無措，不知如何應付。

錢冰費了很大力氣，才將銀髮婆婆行李搶了回來，錢冰替她雇定了一挑夫，耳畔只聽其他沒有搶到生意的人謾罵之聲不絕，但那吳儂軟語，罵得雖是難聽，但一點不見惡凶之色，這是江南方言天生上的限制了。

銀髮婆婆掩耳皺眉，匆匆忙忙前走，步履之間卻是健朗如飛，錢冰跟著走了一段。

銀髮婆婆道：「好孩子，你有事走吧，你這孩子心很好，下次碰到婆婆，一定好好獎你點什麼東西。」

錢冰笑著道別，見那銀髮婆婆走得遠了，心中竟是依依不捨，呆呆立在街好半天尋思道：「我趕到這大城來是要找點工作呀！不然我一定陪婆婆去尋找她孫女兒。」

當下漫步行走，忽覺懷中沉重，伸手一摸，竟放著四錠小金元寶，陽光中耀目閃爍。

錢冰從來沒有擁有這許多錢財，那金錠雖不大，但放在掌中甚有分量，他灑然一笑自忖道：「總有一天碰到銀髮婆婆，那時報答她也還不晚。」

他有許多金子，心中不禁雄壯起來，但又有些緊張，暗自盤算道：「這四錠金子化開來總有千把兩銀子吧！天啦！還是不要化開的好，不然往哪裡擱。」

他正在高興亂思胡想，忽然人叢中有人向他招手，他定睛一看，正是那日在小孟嘗方老爺子壽宴上，力折群雄的黑衣少年。
錢冰一怔，不知他招呼自己幹什麼，當下只好上來和他照面。
那黑衣少年道：「你跟我來，我有話說。」
黑衣少年說完便走，錢冰漫無主見的跟在後面，不一會又走到水邊。那黑衣少年道：「你是太湖陸公子的朋友是不？」
錢冰道：「在下與兄台一樣，上次也是初會陸公子。」
那黑衣少年好生失望，半晌道：「我以為你認得他，這陸公子名氣好大，無錫城中無人不知，但卻無人知他到底住在何處。」
錢冰奇道：「這倒怪了，他不是住在太湖麼？」
黑衣少年道：「太湖七十二峰，水道繁密，不是熟悉湖中之人，休想找得到，而且陸公子學問極富，他利用地形佈置陣式，如非得他許可，船一進入，包管迷路。」
錢冰想了想道：「你既是專誠前來，總不能半途而廢呀！我勸你還是多問問當地人士，說不定會有結果。」
黑衣少年臉上微紅，見他說得毫不中肯，冷笑道：「你知道什麼，沒有陸公子的令牌，便是熟悉水道的人，也不敢帶你入內的。」
錢冰聳聳肩無可奈何。
那黑衣少年忽道：「喂，你到無錫幹什麼？」
錢冰聽他語氣絲毫不客氣，也不和他一般見識，隨口答道：「也沒有一定個兒。」

黑衣少年喜道：「那好極了，你功夫不錯，有你幫忙準成。」

錢冰不知他要自己幫什麼忙，抬頭看他，黑衣少年笑著道：「其實我是有辦法進入太湖的，只是一個人未免有點危險，有兩人便不怕了。」

他見錢冰滿臉迷惑，便道：「不瞞兄台，小弟對星辰位置頗有心得，咱在夜間行船，天上的星辰便是一個方向，你操住舵，那樣往一個方向走，便不會有什麼問題了。」

他有求於錢冰，口頭客氣起來，錢冰也是年輕好事之人，對太湖陸公子極有好感，當下嘖嘖稱讚道：「天上那麼多星星，兄台能辨明清楚，真不簡單，小弟也略識一二，咱們晚上便去。」

那黑衣少年奇道：「兄台也是從海上來的？」

錢冰微笑不語。

黑衣少年哦了一聲道：「兄台既非海中來，但如能識得星辰方位，那一定是大漠來的。」

錢冰心中一驚忖道：「這人年輕若斯，見識端的不凡。」

當下也不多說，兩人走回市鎮中，用了早飯，到處亂逛，要等晚上行動，只覺日影移得特別慢，到了中午，錢冰又請黑衣少年大吃一頓，兌了一錠金元寶，那黑衣少年食量極小，錢冰也不在意。

他倆人一路上零嘴吃個不停，一會兒焦糖米花，一會兒麻兒糖，都是無錫名產，那黑衣少年極愛吃零食，比主食吃得多得多，一邊吃一邊談，以錢冰性格，不一會兩人便混得極熟了。

錢冰跟他談起遇到的銀髮婆婆，黑衣少年臉色一變，追問道：「那婆婆當真來了無錫？」

錢冰點頭，黑衣少年又問了一句：「是她一個人麼？」

錢冰又點點頭，黑衣少年不語了，神色很是焦急，和錢冰搭訕竟是心不在焉，錢冰也未注意，好容易等到日落西山，錢冰喜道：「等月亮上來便走。」

他倆人吃零食早就飽了，也不用再吃晚飯，走到湖邊，那黑衣少年指著岸邊一艘船道：「這便是咱們的船了。」

錢冰一縱上船，那少年原先比誰都急些，這時倒是猶豫起來，站在岸邊只覺左也不是，右也不是，心中忐忑不安。

錢冰叫道：「快呀！你看滿天星星都亮起了，那是北斗七星，咱們往南還是往北？」

黑衣少年白了他一眼道：「你急個什麼勁？你要急你一個人去好啦。」

錢冰大爲不解，但他豁達，也不細究原因，只是不住催促，那黑衣少年忽道：「我去換件衣裳去，你就在此等我。」

錢冰道：「你的衣裳乾淨，何必要換，再說夜裡湖上霧水重，換了新的豈不是又弄濕了，你……」

但見那少年已走得無影無蹤，只有住口了。

說到換衣，錢冰看看自己身上衣衫，破了又補，補了又破，他綴補又差，實在有點不雅，伸手入懷，忽然摸到一紙，展開借月光看來，上面寫著：「好孩子，去買新衣服。白髮婆婆。」

錢冰看著看著，眼睛微微發酸，他一向不注意自己一切，隨遇而安，那銀髮婆婆和自己萍水相逢，竟注意到自己衣衫陳舊，就憑這句話，錢冰也覺得熱淚盈眶了，思恩懷德。

夜風一吹，錢冰腦筋冷靜了些，忽然白影一閃，一個俏生生少女已落在船頭。

錢冰恍然，暗罵自己糊塗健忘，這黑衣少年上次在西湖被神拳簡青點破是女扮男裝，羞忿而去，自己怎會轉眼便給忘了。

那少女見錢冰直眼瞧她，不禁大羞。

錢冰道：「姑娘清麗絕俗，白衫白裙最是貼切。」

那白衣少女道：「不用你稱讚，我偏愛穿黑衣。」

但心中畢竟歡喜，臉上紅得真如奇花初孕，明艷不可方物，錢冰一生所見女子中，數美自然以巧妹第一了，但目前這個少女，卻也並不多讓。

白衣少女舉起槳來一撥，小舟似箭一般破浪而行，不一會離岸漸遠，她直身站在船頭，將槳交給錢冰，仰首凝望天上星座，良久道：「咱們該向北行。」

錢冰不善划船，他用力撥了幾下，那船竟在水中打起轉來，白衣少女頓足道：「你在幹嘛？轉陀螺麼？再轉幾周，你非要倒下不可。」

錢冰訕訕地道：「我練習一下便可得要領了。」

白衣少女一言不發，接過槳輕輕撥了幾撥，那船走得又直又快，但她又是划船又要對月影星辰方位，不禁手忙腳亂，走了一會，那船又行得偏了些。

白衣少女恨恨地道：「早知如此，不要你來了，你身子又重，船又偏了航道。」

錢冰笑道：「多一個人可壯壯膽，夜半湖上，一個人泛舟而行，只怕有點害怕吧！」

他這話正說中白衣少女之心事，她雖是倔強好勝，驕傲胡鬧，但膽子並不太大，當下默然，校準了方向，才划了幾下，又見錢冰躍躍欲試，便道：「你划一下便一下，慢一點倒不要緊，不要帶了旋勁，拖泥帶水。」

錢冰陪笑道：「省得！省得！」便又接過槳來。

忽然月光下遠遠划來一舟，逆風行駛，卻是破浪如刀，快得令人不敢相信。

白衣少女道：「等等前面的船，可能是太湖來的。」

錢冰聞言，只片刻工夫船已馳近，卻見上面坐著一個人，是個矮胖青年，正是錢冰上次碰著和英俊少年楊群一路的人。

白衣少女問道：「請問閣下是否從太湖來？」

那青年哈哈大笑道：「這周圍百里都是太湖，姑娘這話問得有趣！」

白衣少女道：「姑娘可沒功夫跟你開玩笑，姑娘是太湖陸公子朋友，看你水上功夫不凡，一定是在太湖上混生活，那陸公子你總該知道吧！」

那矮青年見白衣少女生得美艷，實是生平罕見，不由多看了幾眼。

那少女不高興了道：「你聽見沒有！」

那青年沉吟一會道：「在下也是陸公子好友，正要請公子赴敝處一行。」

白衣少女喜道：「那正好，你便替咱們帶路吧！」

那矮胖青年冷冷地道：「替姑娘帶路是沒有話說，但這臭小子要大爺帶路，倒是有點不配。」

他上次早就懷疑錢冰，故意激怒錢冰，那白衣少女好生為難，人家錢冰好意為自己而來，怎好打發他走？

她想了一下，忽然發起怒來，指著矮胖青年罵道：「你自己才是臭小子，沒有你帶路還不是一樣找得到，稀罕麼？」

那青年笑嘻嘻地並不動怒。

錢冰低聲道：「姑娘將我送到岸邊，還是讓他帶路比較有把握。」

偏偏白衣少女脾氣倔強，別人要脅她，她可是大大不買帳，示意錢冰搖槳而去。

那青年冷然道：「要見陸公子麼？他就屈就在船中。」

白衣少女神色大震，再也不能持靜，失聲叫道：「小賊，你把陸公子怎樣了？」

那青年淡然道：「妳放心，決死不了。」

錢冰悄聲道：「這人厲害之極，先到岸邊，且纏住他，我背陸公子逃走。」

白衣少女湊近錢冰道：「我並不怕他，但陸公子操於他之手，倒是不可魯莽。」

錢冰只覺她柔聲說話，聲音極是好聽，正沉思間，白衣少女搶過槳來，用力划向岸邊。

那矮胖青年長笑一聲，跟著也划向岸邊，不一會兩舟靠岸，矮胖青年提起陸公子，輕輕一縱，躍上岸來。

錢冰和白衣少女也上了岸，白衣少女注意陸公子，只見他身上並無傷痕，知是被點穴道，心下略放，雙眉一提指著敵人道：「姑娘求你一事！」

矮胖青年道：「姑娘有話請講！」

白衣少女道：「快把陸公子放了。」
矮胖青年道：「在下本當遵命，但在下千里迢迢來到江南，便為尋找水性真正好的人，這陸公子水下功夫端是一絕。」
白衣少女道：「那你是不放他了，小賊看掌！」
她飛快一掌，矮胖青年輕輕將陸公子放下，還了半掌，心中想起一事，一轉眼，只見站在一旁的錢冰目光灼灼，身形剛起，要去搶救陸公子，當下那未發的半掌呼的擊向錢冰。
錢冰身子在空中一騰避過，白衣少女一咬牙，呼的又是一掌，矮胖青年身子不動，輕輕一推，白衣少女再也立不住腳，倒退三步，一跤坐在地下。
錢冰大驚，他曾見這白衣少女大展神威，想不到不敵對方一掌，當下連忙向前察看，只見白衣少女嘴唇微動，一個清晰的聲音直傳到耳中道：「這人太強，快去找銀髮婆婆來！」
錢冰一怔，白衣少女滿臉怒容，他不暇思索，身子一起，便如一隻大鳥般飛越而去。
矮胖青年冷冷地道：「等下再走。」提著陸公子也往前追去。
才追了兩步，便覺前面錢冰比自己至少遠了半丈有餘，便是手中不提一人，也是望塵莫及，當下心中一寒頹然住足，緩緩走到白衣少女跟前。
那矮胖青年心中忖道：「那少年深不可測，他為什麼不交手而退，那銀髮婆婆又是什麼人？便是這少女功力也極深厚，適才我用了六成力氣，才將她震退，不知是何路數。」
那白衣少女道：「喂，告訴你一件事，陸公子水性極好，但並非天下第一。」
她極輕鬆的說著，其實心中緊張已極，知道今日一個應付不好，便是不可收拾之禍。

那矮胖青年提起陸公子道：「在下有事不能久留，就此告辭。」
白衣少女冷冷道：「你有什麼事，你不過怕我幫手來，不是對手。」
那矮胖青年哈哈笑道：「在下豈會怕天下任何人？姑娘不必激將，如非真有要事，會會中原高手，那正是求之不得。」
白衣少女見他軟的硬的都不吃，心中發急，心中暗恨自己：「從前爺爺要教我掌法，如果我用心學，今日還怕這臭小子怎的？」
白衣少女道：「姑娘決不說謊，陸公子和我比過水性，實在是不如我。」
那矮胖青年見她說得正經，便道：「這陸公子是妳什麼人，妳要如此護他？」
白衣少女一怔答不出話來，口中叫道：「你不信，我便表演給你瞧瞧！」
她一運氣，雙目內視，盤坐地上，過了半盞茶工夫，只見她額間鬢髮無風自動，飄得極是規律。
那矮胖青年一震道：「姑娘水性實在高強，在下井底之蛙，今日才開眼界。」
白衣少女坐起道：「你要找水性好的人幹嘛？」
那矮胖青年道：「這個姑娘不用知道，姑娘可願隨在下一行？」
白衣少女一刻之間心中連轉了許多念頭，目下之計只有先跟這人走才能解得陸公子之危，但這人武功高強，如果心懷不測，自己是萬萬無法自保了。
她想了想道：「讓姑娘想想看！」
矮胖青年道：「在下已耽誤太久，姑娘自便。」

白衣少女想起那日西湖旁酒樓上那雙關切的目光來，她性子本就極易激動，想到這裡，只覺熱血上沸，什麼事都顧不得了，當下便道：「姑娘跟你去，你先替陸公子解了穴道。」

矮胖青年道：「一言既出，便無反悔，姑娘還是三思的好！」

白衣少女最受不得逼，當下心中憤怒得幾乎嘔血，叫道：「什麼了不得，便是刀山槍林，姑娘也不怕，你如果得罪了姑娘，那可就叫你慘了。」

矮胖青年笑道：「如此甚好！」便上前拍了拍陸公子道：「一盞茶時間自然醒轉。」

白衣少女瞧著地上萎頓的陸公子，眼淚直湧，她性子執拗，決不能在敵人面前示弱，硬生生又吞下去，但心下淒楚，心中不住地道：「上次他奮不顧身護我，我爲他受難也算不得什麼，但……但他連知道都不知道……」

想到委屈之處，忍不住輕啜起來，那矮胖青年不住催促，白衣少女一咬牙，大步跟他而去。

又過了半個時辰，錢冰一個人匆匆趕來，他找遍大街小巷客店找不到銀髮婆婆，回來時只見湖邊一片空蕩，那白衣少女、陸公子和那少年都不見了，只有湖風襲襲。

在這時候，少林寺中的白鐵軍，已經把銀嶺神仙徹底激怒了。

銀嶺神仙指著白鐵軍喝道：「姓白的小子，你從實招來，錢百鋒是你什麼人？」

白鐵軍哈哈一笑道：「錢百鋒？白某不認識。」

銀嶺神仙微微一擺衣袖。

那楊群如一縷輕煙一般退到了寺門，看樣子他們是不問出個明白不放白鐵軍走了。

一元大師冷冷地插言道：「老施主，老衲有一言要提醒你。」

銀嶺神仙道：「什麼？」

一元大師一字一字地道：「此地乃是少林寺中！」

銀嶺神仙呵呵狂笑起來，他指著少林寺的彌勒大佛大聲道：「少林寺又怎麼？老夫一生之中最恨的就是你們這些自命爲武林正宗的禿驢雜毛們，你們看看，這個彌勒禿驢一臉淫笑……」

他話尚未完，一個低沉的聲音響起：「罪過罪過，老施主不可口不擇言。」

銀嶺神仙竟是未發覺身後之人來到，他側目一看，正是少林寺的主持方丈。

少林方丈合十道：「老施主與這位白施主有事不要以小寺爲解決之地！」

銀嶺神仙冷笑一聲，心中暗暗驚震這少林一代掌門果真名不虛傳，但他仍是理也不理地繼續對白鐵軍道：「姓白的，你是說出你師承來歷，還是要想立斃於老夫掌下？」

白鐵軍微微一哂道：「我看老前輩還是你先動手的好。」

他這句話一出，少林群僧又是一陣騷動。銀嶺神仙數十年前威震武林，功力之高深不可測，白鐵軍這句話等於說絕了，今日非戰不可。

他們一面心驚，一面又暗自有些興奮，要想看銀嶺神仙到底厲害到什麼境界。

銀嶺神仙聽了白鐵軍這句話，便一言不語了，他只是靜靜地打量著白鐵軍，從頭到腳，又從腳到頭，最後，他忽然仰首大笑起來。

白鐵軍直等他笑完了才冷冷地道：「笑什麼？」

銀嶺神仙道：「好，好。」

白鐵軍見他說到第二個「好」字時，陡然之間面色又劇烈酡紅起來，他不敢再答一言，也連忙把全身功力聚集到雙掌之上。

銀嶺神仙卻接著笑道：「初生之犢不畏猛虎，傲氣直衝牛斗，老夫少年之時也就是這個調調兒。」

他「兒」字尚未說完，忽然之間一掌發了出來，整個少林寺中驟然發出嗚的一聲怪響，少林群僧一個個都驚駭失色。

白鐵軍橫跨一步，一掌由橫裡迎了上去，發掌之神速，拿位之準確，已到了爐火純青的地步，銀嶺神仙陡然變掌，電光石火之間已換了七掌。

白鐵軍連擋七掌，後退了半步，抓住最後一個瞬息，反攻了十掌，一掌強似一掌，幾乎天下各家的拳式都在其中，卻又都不相同，到了第十掌上，一招「孔雀南飛」，巧妙之至地把銀嶺神仙逼退了半步！

這一招「孔雀南飛」原是少林寺中七十二路羅漢拳中的起首之式，少林寺數百和尚個個識得，卻沒有一人知道這一式會有這麼大的威力，白鐵軍掌勢才出，少林寺中已傳出轟然叫好之聲。

少林方丈緩緩走到一元大師身邊，低聲道：「阿彌陀佛，武林中又將出不世高手了，這姓白的少年不得了，不得了。」

一元大師道：「掌門師兄，說什麼今日不能讓銀嶺神仙毀了他。」

少林方丈道：「師弟你且細觀，依老衲看來，銀嶺神仙雖是一身神功，但今日若要取勝，希望甚是渺茫……」

這時，白鐵軍滿面緊張雙掌翻飛，每掌揮出皆足以摧石毀山，然而他卻是信手連揮，輕若無物，一掌重似一掌。

堪堪到了第三十招上，銀嶺神仙雙掌一沉，忽地發出絲絲白煙來，少林方丈的臉色驟然一變。

又過了五招，銀嶺神仙的雙掌中發出古怪的熱力出來，掌風所過，挾著一股熾人熱風，彷彿他雙掌之中挾著一輪火球一般。

少林群僧到了此時，一齊高聲驚呼起來。

「火焰掌！」

白鐵軍在這一剎那陡然變得冷靜了，他心中只有一個念頭，那就是：「趕快走！」

他雙掌齊發，千斤之力始出，他身形已驟然而收，如一隻疾勁的箭矢一般倒竄向寺門，那收掌換勢之快，足令天下任何高手眩然失色。

然而站在門口的楊群這時對著疾飛而來的白鐵軍輕悄悄地發出一掌。

楊群的掌力強如巨斧，白鐵軍只覺背上如壓泰山，他已知是楊群出掌，只見他一個翻身，對準楊群一拳擊去！

白鐵軍這一舉無異千斤之重，「啪」的一聲，楊群被他打出了寺門，他的身形也被震得高飛起來，這時，銀嶺神仙雙掌一推，一股熱氣直撲而至！

銀嶺神仙厲喝道：「倒下！」

白鐵軍雖然一心一意不敢一攖這傳聞中怪異無比的「火焰掌」力，但是到了這個時候，也只得碰它一碰了！

只見他身軀在空中跨行兩步，身形緩緩下降，雙掌卻是一路打將下來，直到落地爲止，他才意識到他和「火焰掌」已經碰了十幾掌了！

銀嶺神仙停下了手，驚駭地望著白鐵軍，白鐵軍臉如酒醉地站在一丈之外，雙目中射出又緊張又機警的光芒。

忽然，一個低沉之極的聲音一字一字地道：「老施主若不反對，老衲請你立刻離寺！」

銀嶺神仙側目望了望，只見少林方丈雙目如炬地凝視著自己。

站在門口的楊群這時忽然道：「大叔，咱們索藥目的已達，先回去解了青天的毒要緊。」

銀嶺神仙回首一看，只見本來擠聚一起的少林群僧不知何時已經如星羅棋布般各就各位，少林寺的羅漢陣已佈置就緒。

他心中忽然感到一陣不寒而慄，倒不全爲了少林寺的羅漢陣，而是他自覺對於那個離他一丈開外的少年敵手幾乎已經無能爲力了。

他用一個奇怪的目光注視著白鐵軍，足足有半盞茶之久，然後冷冷地道：「姓白的，老夫還會來找你的。」

這口氣，已經不再是倚老賣老，像是對一個平輩的對手說話了，他對楊群打了一個招呼，大步走了出去，直到寺門口時，頭也不回地道了一聲：「少林寺？半年後老夫要血洗此寺！」

說完便一躍而出，少林和尚緊跟而出，已不見這兩人影子了。

白鐵軍卻在這時悄悄盤膝坐了下來，銀嶺神仙對他懷著萬分戒意地離去，其實他已真力耗盡，不堪一擊了。

站在彌勒佛像下的少林方丈忽然揮了揮手，所有的少林和尚一言不發靜悄悄地退出了大殿，只剩下方丈和一元大師兩人。

白鐵軍靜靜坐在原地一動也不動，大殿中突然寂靜下來，只有一元大師壓低著聲音道：「此人十年內必成天下第一人！」

方丈低聲道：「他對火焰神掌太過畏懼了，緊張二字乃是消耗真力之第一利器。」

一元大師道：「他若真與錢百鋒有什麼關係，那……」

少林方丈揮了揮手，阻止一元大師說下去。

足足過了半個時辰，白鐵軍忽然呼的一聲跳了起來，他深吸一口氣，然後徐徐呼出，他的臉上露出一個快慰的微笑，喃喃地道：「還好，沒事。」

抬起頭來，這才發覺自己仍在少林寺中，他望著少林方丈，恍然之間不知說什麼是好。

一元大師這時迎上前來，合十道：「白施主無妨了麼？」

白鐵軍連忙回了一禮道：「白某無狀，私潛入寺，又復打鬥擾亂清修……」

少林方丈揮手止住他說下去，微微笑道：「白施主不必自責，倒是貧僧有幾事請教！」

白鐵軍道：「不敢，大師有話請問。」

方丈和尚道：「方才那銀嶺神仙見施主一掌擊毀那口古鐘，曾大聲喝問施主可與『錢百鋒』是什麼關係，想是他看出白施主掌力之中有什麼特點與錢百鋒有相同之處，貧僧孤陋寡聞，敢問那是什麼掌力？」

他這一番話問得果真厲害，雖然不曾明言，但是隱隱之中等於已經認定白鐵軍與那錢百鋒是有關係，問的只是那一掌叫什麼掌。

白鐵軍如何聽不出其中之意，他哈哈一笑道：「方才白某不是答覆他白某不認識什麼錢百鋒麼？」

少林方丈和一元大師對望一眼，繼續道：「白施主上少林究是爲何貴幹？」

白鐵軍道：「不敢相瞞大師，白某此行只是爲了一個傳聞。」

一元大師道：「什麼傳聞？」

白鐵軍凝目望著少林方丈道：「傳聞說少林寺中有一方羅漢石，不知此事可真？」

少林方丈一聞此言，臉色驟然變了一下，他與一元大師對望了一眼，然後道：「白施主此言何意？可否再說明白一些？」

白鐵軍不斷地觀察那少林方丈的臉色，他聞言淡淡一笑道：「若是傳聞屬真，白某想借那羅漢石看一看！」

少林方丈道：「此石與白施主何關？」

白鐵軍道：「於公於私，均極重大。」

方丈啊了一聲：「敢問白施主這訊息是由何得知？」

白鐵軍吸了一口氣道：「白某受一人臨終之託，五年以來夢寐難忘，近日稍獲頭緒，萬望大師指示。」

方丈面上神色陰晴不定，雙目微闔，好一會緩緩睜開雙目道：「如果老衲猜想不錯，白施主，你是和丐幫有關了！」

這丐幫兩字一出，一旁的一元大師吃了一驚。

白鐵軍面上一陣激動道：「大師所言不差，白某斗膽相問，方才那銀嶺神仙薛大皇所指『故人之言』，又提出楊陸楊老幫主之名……」

少林方丈一聞楊陸之名，面上又是一陣劇變，冷然道：「施主到底尚有多少事情相問？」

白鐵軍怔了一怔，半晌才道：「楊老幫主那年在星星峽一去不返，這是中原人人知曉的，倘若大師知道他老人家的下落，在下還須打聽什麼羅漢石？」

方丈面色森然，好一會才道：「老衲明告施主，那傳聞是不錯的。」

白鐵軍面上一緊，搶著道：「既是如此，可否……」

方丈冷然打斷道：「此事既如白施主所說，與丐幫關連極大，那就應該由丐幫的首腦人物，嗯……楊幫主之後是丐幫湯其湯二俠，該由他出面的……」

一元大師在一旁插口道：「方丈師兄，聽說近一年來丐幫又有重振的跡象，武林之中又出一位新的幫主，雖行動神秘，但威名已傳……」

方丈啊了一聲：「丐幫有後這是必然之事，只不知這新幫主……」

他陡然雙目一張，目光如電，猛可注視著白鐵軍，恍然道：「你……白施主……丐幫新任幫主……」

白鐵軍點了點頭，沉聲道：「大師猜對了，在下便是丐幫繼承之人！」

一元大師只覺心中震驚不已，方丈大師單手撫鬚，不住額首：「難怪如此，難怪如此……」

請續看《俠骨關》（二）

上官鼎武俠經典復刻版12

俠骨關（一）魅影天下

作者：上官鼎
發行人：陳曉林
出版所：風雲時代出版股份有限公司
地址：10576台北市民生東路五段178號7樓之3
電話：(02) 2756-0949
傳真：(02) 2765-3799
執行主編：劉宇青
美術設計：吳宗潔
業務總監：張瑋鳳

出版日期：2023年9月 新版一刷
ISBN：978-626-7303-55-9
風雲書網：http://www.eastbooks.com.tw
官方部落格：http://eastbooks.pixnet.net/blog
Facebook：http://www.facebook.com/h7560949
E-mail：h7560949@ms15.hinet.net
劃撥帳號：12043291
戶名：風雲時代出版股份有限公司

風雲發行所：33373桃園市龜山區公西村2鄰復興街304巷96號
電話：(03) 318-1378
傳真：(03) 318-1378
法律顧問：永然法律事務所 李永然律師
北辰著作權事務所 蕭雄淋律師

行政院新聞局局版台業字第3595號 營利事業統一編號22759935

定價：320元

國家圖書館出版品預行編目資料

俠骨關 / 上官鼎著. -- 二版. -- 臺北市：風雲時代出版股份有限公司, 2023.05 冊； 公分

上官鼎武俠經典復刻版
ISBN 978-626-7303-55-9 (第1冊：平裝). --
ISBN 978-626-7303-56-6 (第2冊：平裝). --
ISBN 978-626-7303-57-3 (第3冊：平裝). --
ISBN 978-626-7303-58-0 (第4冊：平裝). --
ISBN 978-626-7303-59-7 (第5冊：平裝). --

863.57 112003685